Exposé de la situation administrative de la province d'Anvers pour l'année 1868

Anatiposi

Anonyme

Exposé de la situation administrative de la province d'Anvers pour l'année 1868

Réimpression inchangée de l'édition originale de 1868.

1ère édition 2023 | ISBN: 978-3-38220-360-3

Anatiposi Verlag est une marque de Outlook Verlagsgesellschaft mbH.

Verlag (Éditeur): Outlook Verlag GmbH, Zeilweg 44, 60439 Frankfurt, Deutschland
Vertretungsberechtigt (Représentant autorisé): E. Roepke, Zeilweg 44, 60439 Frankfurt, Deutschland
Druck (Imprimerie): Books on Demand GmbH, In de Tarpen 42, 22848 Norderstedt, Deutschland

EXPOSÉ.

EXPOSÉ

DE LA

SITUATION ADMINISTRATIVE

DE LA

PROVINCE D'ANVERS,

pour l'année 1868.

ANVERS

IMPRIMERIE DE C. DE BACKER, RUE ZIRK, 35.

EXPOSÉ

DE LA

SITUATION ADMINISTRATIVE

DE LA

PROVINCE D'ANVERS.

TITRE PREMIER.

POPULATION.

Section I. — État de la Population.

Section II. — Mouvement de l'État-Civil. §§ 1 et 2.

Le chiffre de la population de la province au 31 Décembre 1867, devant être fixé par le Gouvernement, d'après le résultat des opérations du recensement, il est impossible d'en faire connaitre le total exact et de donner la statistique du mouvement de l'état-civil.

§ 3. — *Naturalisations et déclarations d'indigénat.*

Aucune demande en obtention de la naturalisation n'a été communiquée à l'avis de l'administration provinciale, pendant l'année 1867.

Soixante dix neuf personnes nées en Belgique d'un étranger, ont réclamé la qualité de Belge, conformément à l'art. 9 du code civil.

Aucun individu né en pays étranger d'un belge, n'a réclamé la qualité de belge, en vertu de l'art. 10 du même code.

Deux personnes ont déclaré se prévaloir, en conformité de l'art. 4 de la loi du 27 Septembre 1835, de la naturalisation accordée à leur père.

REGISTRES DE POPULATION.

Les rapports des fonctionnaires chargés de la vérification de ces registres, constatent qu'ils continuent à être régulièrement tenus.

REGISTRES DE L'ÉTAT-CIVIL.

Ces registres sont tenus avec exactitude.

TITRE II.

—

ORGANISATION DES CHAMBRES LÉGISLATIVES.

—

Section I. — Listes électorales.

Le nombre des réclamations dont nous avons été saisis, en degré d'appel, contre la formation des listes dressées en 1867, s'élève à vingt ; quinze avaient pour objet des demandes d'inscriptions nouvelles, cinq la radiation de noms inscrits ; neuf des premières et trois des secondes ont été admises.

Trois appels ont été interjetés d'office par M. le commissaire de l'arrondissement de Malines, en vertu de l'art. 7 de la loi du 1r Avril 1843.

Aucun appel n'a été interjeté d'office par M. les commissaires des arrondissements d'Anvers et de Turnhout.

Relevé comparatif des électeurs pour la formation des Chambres inscrits en 1866 et 1867.

ARRONDISSEMENT ÉLECTORAL D'ANVERS.

	NOMBRE D'ÉLECTEURS EN	
	1866	1867
Ville d'Anvers.	5258	5107
Communes rurales	2209	2209
Total. .	7467	7316

ARRONDISSEMENT ÉLECTORAL DE MALINES.

Ville de Malines	1016	1087
〃 Lierre	400	412
Communes rurales	1098	1145
Total. .	2514	2644

ARRONDISSEMENT ÉLECTORAL DE TURNHOUT.

Ville de Turnhout	253	242
Communes rurales	1446	1507
Total. .	1699	1749

Section II. — Liste des éligibles au Sénat.

La liste des éligibles au Sénat,a été arrêtée le 21 Mai 1867, et contient 69 censitaires et 11 éligibles complémentaires ou les plus imposés après les censitaires inscrits sur la liste pour atteindre le nombre voulu de un éligible sur 6,000 habitants.

Section III. — Élections.

Les 26 Février 1867 le collége électoral de l'arrondissement de Malines a procédé à l'élection d'un représentant, en remplacement de M. le Baron Félix Van den Branden de Reeth, décédé.

M. Eugène de Kerckhove, propriétaire à Malines, a été élu.

Le 11 Juin 1867 les colléges électoraux des arrondissements d'Anvers, Malines et Turnhout ont procédé au renouvellement partiel du Sénat. Le collége électoral de Turnhout a procédé le même jour à l'élection d'un représentant, en remplacement de M. le Comte de Mérode-Westerloo, démissionnaire.

Ont été élus Sénateurs, savoir :

ARRONDISSEMENT D'ANVERS :

M. Cogels-Osy,
" J. Van den Bergh-Elsen,
" Baron Van Delft-Geelhand.

ARRONDISSEMENT DE MALINES :

M. de Cannart d'Hamale,
" Duc d'Ursel.

ARRONDISSEMENT DE TURNHOUT :

M. le Comte de Mérode-Westerloo.

M. de Zerezo-de Tejada a été élu représentant, en remplacement de M. de Mérode, nommé Sénateur.

TITRE III.

—

ADMINISTRATION PROVINCIALE.

—

Section 1re. — Conseil provincial.

§ 1. — *Personnel.*

M. Van Hove, de Moll, est décédé en 1867 ; c'est la seule mutation survenue dans le personnel du Conseil provincial.

§ 2. — *Listes électorales.*

Vingt cinq réclamations nous ont été adressées contre la formation de ces listes; treize ont été admises et douze rejetées.

Aucun appel n'a été interjeté d'office par MM. les commissaires d'arrondissement.

Relevé comparatif du nombre des électeurs pour le Conseil provincial inscrits en 1866 et 1867.

VILLES et ARRONDISSEMENTS.	Nombre d'électeurs provinciaux inscrits en 1866.			Nombre d'électeurs provinciaux inscrits en 1867.		
	En vertu de la loi électorale.	En vertu de la loi provinciale.	Total.	En vertu de la loi électorale.	En vertu de la loi provinciale.	Total.
Ville d'Anvers	5258	166	5424	5107	74	5181
» de Malines	1016	50	1066	1087	51	1138
» » Lierre	400	14	414	412	13	425
» » Turnhout	242	9	251	253	9	262
Total pour les villes....	6916	239	7155	6859	147	7006
Communes rurales :						
Arrondissem[t] d'Anvers.....	2209	124	2333	2209	115	2324
» de Malines....	1098	67	1165	1145	67	1212
» » Turnhout..	1507	110	1617	1446	122	1568
Total pour les communes rurales..............	4814	301	5115	4800	304	5104
Total pour la province..	11730	540	12270	11659	451	12110

Diminution du nombre en 1867 : dans les villes : 149
dans les communes rurales. 11

Total . 160

§ 3. — *Elections.*

Le 9 Septembre 1867 il a été procédé à Moll, à l'élection d'un conseiller provincial, en remplacement de M. Van Hove, décédé.

M. Joseph Van Eynde, bourgmestre à Moll, a été élu.

§ 4. — *Actes du Conseil provincial.*

SUITE DONNÉE A SES DÉCISIONS.

Finances. — L'arrêt rendu sur les comptes de la gestion de 1866 a été transmis dès le 23 Juillet 1867 à la Cour des comptes, qui, avant de statuer, a réclamé de M. le Directeur du trésor divers éclaircissements sur des points secondaires et de pure formalité. La réponse a été expédiée vers le milieu du mois du Mars. L'arrêt définitif pourra être communiqué au Conseil dans sa session de 1868.

Le budget de l'exercice 1868 a été approuvé par le Roi le 20 Août 1867

La perception de 3 centimes extraordinaires au principal des contributions directes et de 30 additionnels sur le droit de débit des boissons alcooliques a été également autorisée.

Travaux publics. — *Rivières.* L'adresse du Conseil provincial relative au barrage de l'Escaut oriental a été envoyée à destination dans le courant même de la session de 1867.

La Députation permanente a insisté, à diverses reprises, auprès du département des travaux publics pour la prompte exécution des travaux encore à exécuter à la Grande Nèthe, au moyen du reliquat de 140,000 francs, resté disponible sur le fonds commun créé en vue de l'amélioration de cette rivière.

Cours d'eau. — Une instruction a été ouverte sur les plaintes de la ville de Aerschot au sujet des inondations causées par le ruisseau *Calsterloop*. L'administration des ponts et chaussées a demandé à examiner les titres d'exploitation du moulin de Boisschot, pour pouvoir juger de l'influence que la manœuvre de cette usine peut exercer sur l'état du ruisseau. Jusqu'ici ces titres n'ont pu être produits.

Chaussées. —Les communes d'Hingene et de Bornhem ont été invitées à faire connaître leur intention au sujet de la route vicinale demandée par les habitants du hameau *Kleinmechelen.*

Les départements de l'Intérieur et des travaux publics ont assuré par un double subside l'achèvement de la route de Meerhout à Genendyck et Quaedmechelen, sur le territoire du Limbourg, sans intervention financière de la province d'Anvers.

La construction d'une chaussée de Linth à Duffel, demandée par des habitants de Duffel et Contich, ne pourra être mise opportunément en instruction, qu'après l'achèvement de la chaussée de Contich à Edegem, dont l'adjudication est prochaine.

Le projet d'ouverture d'un chemin de Hersselt sur Zoerleparwys, Voortkappel et Oolen, avec construction d'un pont sur la Nèthe, devra également être ajourné jusqu'après réalisation des projets en instance pour la voirie vicinale du canton de Westerloo.

La Députation permanente a appelé l'attention du Gouvernement sur l'utilité et la justice qu'il y aurait à relier au réseau national des chemins de fer, les parties encore isolées de la province, par des Railways vicinaux.

Elle a également fait d'instantes démarches auprès du Département des Travaux publics, pour qu'il soit remédié aux inconvénients de la manœuvre des trains, dans la 5e section d'Anvers, sur la chaussée d'Anvers à Turnhout.

Les projets de chaussée vicinale de Willebroeck par Breendonck et Thisselt sur Londerzeel et de Wavre-N. Dame à *Boekweistrooi* sont en instruction ; celui d'Edegem à Contich à la veille d'être adjugé et la 1re section de la route de Schelle à Aertselaer mise en adjudication au moins d'Octobre 1867. La seconde section est comprise au nombre des projets à élaborer en 1868.

La question de la route dite Berlaerbaen à Malines est restée dans le statu quo, la divergence d'opinions des localités intéressées ne s'étant pas modifiée.

Un projet de route de Wavre St-Catherine à la station du chemin de fer de l'Etat et de là à la route provinciale et à Waelhem a été dressé et soumis aux délibérations des conseils communaux pour être exécuté en 2 sections, en 1868 et 1869, en cas d'adoption définitive et d'intervention des caisses communales jusqu'à due concurrence.

La proposition faite au Gouvernement de construire à ses frais une route directe de Eeckeren à Anvers, n'a pas été admise. La Département des Travaux publics a toutefois promis son concours jusqu'à concurrence d'un tiers dans les frais d'établissement de cette route, comme chaussée vicinale.

On élabore une répartition de la dépense à raison du parcours de la route future, sur les territoires d'Eeckeren, Merxem et Anvers, pour faciliter aux 3 conseils communaux l'appréciation et le vote du contingent que chaque localité intéressée aura à fournir dans les 2/3 non encore couverts, concurremment avec la Province et le Département de l'Intérieur.

L'instruction du projet de pavage du débarcadère d'Oorderen a été confiée à M. l'architecte provincial de l'arrondissement d'Anvers.

Le complément d'enquête promis sur la question de suppression du chemin qui jadis aurait abouti à la Grande Nèthe, à l'endroit *de Boekt*, où le placement d'un pont a été demandé, n'a pu encore avoir lieu, les indications nécessaires n'ayant pas été fournies jusqu'à ce jour.

Un nouveau projet complet, pour relier par une chaussée vicinale les communes de Westerloo, Tongerloo, Morckhoven et Norderwyck, a été rédigé et soumis aux délibérations des conseils communaux. Tongerloo seule rejette. La Députation examine la solution à donner à la question.

La construction d'une chaussée de St. Léonard à Hoogstraeten, qui occasionnera une dépense assez considérable ne pourra être mise utilement à l'étude qu'après l'achèvement de plusieurs autres projets antérieurs en date et dont l'instruction est plus avancée.

La commune d'Esschen refuse de contribuer pour sa part dans les frais d'établissement d'une chaussée demandée par les habitants du *Calmpthoutschenhoek* vers les Polders.

Canaux. — Le 3 Août 1867, la Députation permanente a envoyé au Département des Travaux publics une nouvelle adresse en faveur du prompt achèvement du canal de Turnhout à Anvers.

Barrières provinciales. — L'emplacement des barrières de la route de Vieux-Dieu à Lierre a été remanié ; de 3, elles ont été réduites à 2 percevant en tous sens. Ce changement a été approuvé par arrêté royal, avant le renouvellement du bail courant.

La Députation permanente proposera au Conseil provincial la perception de 3 centimes additionnels sur la contribution foncière, pour remplacer le produit des barrières et péages, en cas de suppression de ce revenu.

Les communes rurales qui perçoivent le droit de barrière sur leurs chaussées ont été consultées sur la suppression de cette taxe. Celles des arrondissements de Malines et Turnhout ont seules répondu jusqu'ici. Le dossier pourra être mis sous les yeux du Conseil provincial.

Lazaret sur l'Escaut. — Les diverses et instantes démarches faites auprès du Gouvernement, pour obtenir l'établissement d'un lazaret sur l'Escaut, ont définitivement échoué. Il en est rendu compte au chapitre IX de l'*Exposé*, section II, *Quarantaine*.

Abattoir public. — La Députation a autorisé le sieur Looymans, sur sa demande et à ses risques et périls, à ériger un abattoir public, sur un terrain dépendant du territoire de la commune de Merxem.

Eglises. — Elle a appuyé auprès du Département de la Justice, la restauration des voûtes de la chapelle de St. Antoine, dans l'église N.-Dame d'Anvers, moyennant prorogation proportionnelle des diverses subventions annuellement allouées pour la restauration générale de l'édifice.

Ecoles. — L'inspection provinciale de l'enseignement primaire s'est prononcée contre l'utilité d'une école à construire au *Hoogstraat*, sous Duffel.

Palais de justice à ériger à Anvers. — Un terrain mesurant 8842 mètres et formant le lot n° 79 des anciens terrains militaires de la place, a été acquis par la Province, de la compagnie immobilière, pour la somme de 160,000 fr. Par arrêté du 6 Décembre 1867, la Députation a institué pour la production d'un plan, un concours entre les architectes belges et étrangers. Le programme a reçu la plus grande publicité, tant dans le pays qu'au dehors. Les plans doivent être déposés au gouvernement provincial d'Anvers, avant le 1r Juin 1868.

Le projet de budget pour 1869 prévoit la perception d'un centime extraordinaire sur le foncier, le personnel et les patentes, en vue de l'emprunt à contracter pour couvrir le contingent provincial égal à la moitié de la dépense évaluée à 1200.000 fr., ameublement compris.

Des négociations ont été entamées avec le Gouvernement pour obtenir une équitable compensation des charges résultant : pour la province de la prestation de l'hotel du Gouvernement qui est sa propriété et que l'Etat occupe sans loyer et pour l'Etat de la prestation du local actuel du tribunal de 1re instance, que la construction d'un nouveau palais de justice rendra définitivement disponible à son profit.

Règlements provinciaux.— Les nouveaux règlements provinciaux sur l'attelage des chiens et le service de la vaccination ont été approuvés par le Roi.

Administration communale. — Les communes ont été consultées par circulaire sur le principe de la création d'une caisse de retraite en faveur des employés des villes, communes et établissements publics.

La Députation permanente a renouvelé ses démarches, tant auprès du Département de l'Intérieur qu'auprès de celui des Finances, en faveur de la ville d'Anvers lésée dans ses intérêts financiers par la loi portant abolition des octrois. A ces démarches qui ont eu un résultat négatif se rattache la proposition des conseillers Mertens et Solvyns, tendant à obtenir de la législature, vu l'insuffisance des revenus de la plupart des communes, l'abandon total ou partiel en faveur de chaque localité, de sa contribution personnelle.

M. le ministre des finances a répondu que le Gouvernement ne peut consentir à l'abandon du produit d'un impôt général pour faire face aux besoins des services communaux, se référant aux considérations qu'il a fait valoir pour écarter la demande de plusieurs Députations permanentes ayant pour objet la cession du produit du droit de débit des boissons alcooliques afin de combler le déficit qu'entraînerait pour les finances provinciales la suppression des barrières. (Lettre à M. le président du Sénat, documents session 1866-67 p. 31 et discours prononcé à la chambre des Représentants, séance du 21 Novembre 1867, p. 173 et suivantes.) 2

Les conclusions du Conseil provincial sur la demande de séparation du hameau *Achterbroeck*, ont été transmises à M. le Ministre de l'Intérieur, qui a fait connaître qu'il soumettra à la législature un projet de loi érigeant la nouvelle commune

Gardes champêtres. — Comme suite aux conclusions de la commission qui a examiné la question de suppression des 3e et 4e classes des gardes champêtres, la Députation a recommandé aux administrations communales d'améliorer la position de ces agents, eu égard à la hausse des denrées et à la cherté de la vie.

Marchés publics. — L'établissement de marchés à Meir, Grobbendonck, Borgerhout, Thisselt et Eynthout a été autorisé par divers arrêtés royaux.

Employés. Traitements. — Conformément aux intentions du Conseil provincial une démarche instante a été faite auprès de M. le Ministre de l'Intérieur, pour obtenir que les traitements des employés du Gouvernement provincial soient augmentés par l'Etat, dans une juste proportion avec les services qu'ils rendent à l'administration.

Enseignement primaire. — Il sera fait droit en 1868 au désir exprimé par le Conseil, en 1867, de voir instituer, en dehors du concours général, un prix spécial pour l'enseignement de la langue française.

On a recommandé l'introduction du système d'épargnes dans les écoles primaires, l'établissement d'ouvroirs dans les écoles de filles, l'achat d'un livre sur l'hygiène pour le service des écoles etc.

Milice. — Le Gouvernement a eu égard au désir du Conseil de voir renvoyer à l'époque de la moisson, le plus grand nombre possible de miliciens dans leurs foyers.

La révision de la loi sur la milice a été demandée à la Chambre des Représentants et au Sénat.

Section II. — Députation permanente.

§ 1. — *Personnel.*

Aucune mutation n'est survenue dans le personnel de la Députation permanente, pendant l'année 1867.

§ 2. — *Actes de la Députation.*

Pendant l'année 1867 la Députation permanente a tenu 79 séances dont 25 ont été consacrées à l'examen des réclamations en matière de milice.

Les registres des procès-verbaux de ces séances contiennent 3525 articles.

Il est à remarquer que souvent un seul article représente un certain nombre d'affaires de même nature quoiqu'exigeant chacune une décision séparée.

Les questions qui se présentent sont examinées avec tout le soin qu'elles comportent. Celles de quelqu'importance donnent lieu à des rapports écrits qui sont discutés en séance.

Section III. — Employés provinciaux.

Les mutations survenues en 1867 dans le personnel des employés provinciaux, sont les suivantes :

Remplacement des sieurs C. Van Genck et J. J. Vielroye, dessinateurs de M. l'architecte provincial de l'arrondissement d'Anvers, par les sieurs P. Taeymans et F. Cox.

Remplacement du sieur A. Pulinx, conducteur du service spécial dés chaussées vicinales, par le sieur L. Michotte.

Section IV. — Archives provinciales.

Le classement des dossiers envoyés au dépôt est continué activement.

Les pièces inventoriées en 1867 se rapportent toutes aux affaires administratives courantes.

Les archives continuent d'être entretenus avec soin.

Section V. — Biens meubles et immeubles.

La Province a fait l'acquisition d'un terrain pour l'érection du futur palais de justice d'Anvers, sur le périmètre des anciennes fortifications démolies. Il est rendu compte de cette acquisition au § intitulé : *suite donnée aux travaux du Conseil provincial.*

Section VI. — Casernement de la Gendarmerie.

Les travaux de construction d'une écurie à la caserne d'Anvers, pour lesquels un crédit de frs. 6400 a été porté, en rappel, au budget de l'exercice courant, ont été adjugés à l'entrepreneur J. Lefebvre, pour frs. 6200. La réception provisoire en a été faite dès le mois de Janvier dernier.

Aucun travail important n'a dû être exécuté cette année à la caserne de gendarmerie de Malines.

A Turnhout, la construction de la nouvelle caserne est terminée. Toutefois, pour mettre les divers locaux en rapport avec les exigences du service, l'autorité militaire a réclamé l'exécution de quelques travaux supplémentaires, dont la dépense est évaluée par Mr l'architecte provincial à frs. 1785,31. Il sera nécessaire de comprendre, de ce chef, un crédit spécial au budget de 1869.

La Députation a reconnu la nécessité d'apporter quelques modifications à l'emplacement actuel des brigades de gendarmerie de l'arrondissement d'Anvers. Des propositions ont été faites au Gouvernement pour le transfert de la brigade de Wuestwezel à Brasschaet et de celle d'Oostmalle à Brecht. Jusqu'ici aucune décision n'est encore intervenue.

Le bâtiment occupé par la gendarmerie de Calfort, se trouve dans un état de vétusté extrême. La commune de Puers a fait l'offre de construire, à ses frais, une nouvelle caserne, à condition que la province lui paie, à titre de loyer, un intérêt de 5 p. c. sur le capital qui sera engagé dans cette construction. En ce moment, Mr l'architecte provincial Schadde s'occupe de l'élaboration d'un projet.

Aucun n'engagement n'est pris par la province.

Section VII. — Finances provinciales.

§ 1. — *Recettes ordinaires et extraordinaires.*

a. Revenus patrimoniaux.

La province d'Anvers n'en a pas.

b. Centimes additionnels.

Le projet de budget pour 1869 maintient les 6 centimes ordinaires sur le foncier et le personnel, ainsi que les 3 centimes spéciaux sur les mêmes bases et le droit de patente, qu'elle a perçus jusqu'à ce jour.

Il prévoit en outre la perception d'un nouveau centime extraordinaire sur l'ensemble des contributions directes, pour assurer le service de l'amortissement et des intérêts annuels d'un emprunt de 700,000 fr. qu'il sera nécessaire de lever, pour couvrir la part de la province dans les frais de construction d'un nouveau palais de justice à Anvers, jusqu'à concurrence de 600,000 fr. et faire face aux besoins de l'enseignement primaire, notamment en ce qui concerne l'érection d'écoles et d'habitations d'instituteurs.

Dans le cas où le Conseil provincial prononcerait, pour 1869, la suppression des barrières sur les routes de la Province, arrêtée en principe dans sa session de 1867, la Députation permanente proposera la perception de 3 centimes additionnels sur le foncier, pour compenser la perte de revenu aux budgets annuels, dont l'équilibre serait détruit sans cette nouvelle ressource indispensable.

c. Taxe des Chiens.

Ainsi que l'établit le dernier compte clos et la note explicative du projet de budget, l'augmentation du produit de cet impôt persiste. Ainsi est il permis d'escompter un nouvel excédant de 1000 fr. pour l'année 1869. La prévision a été en conséquence portée de 55,000 fr. à 56,000 fr. pour l'exercice prochain.

d. Impositions diverses.

Le produit présumé de la taxe provinciale sur le droit de débit des boissons alcooliques, inscrit pour la première fois au budget de 1868 pour 33,000 fr. est reproduit au budget futur, pour la même somme, d'après l'évaluation donnée par la direction des contributions, douanes et accises.

§ 2. — *Emprunt de la Province.*

L'amortissement des bons provinciaux créés en 1861 poursuit régulièrement son cours. L'avant dernier remboursement partiel de fr. 2500 est prévu au budget de 1869. Cette dette spéciale sera complètement éteinte en 1870.

L'encaisse produit par la souscription à l'emprunt de 1867, a permis à la Députation permenante d'anticiper sensiblement sur le remboursement de l'ancien emprunt 4 ½ de 1843, en prévenant les porteurs 3 mois d'avance conformément à l'arrêté du 20 Juillet 1843.

C'est ainsi qu'au tirage ordinaire d'Octobre 1867, au lieu d'éteindre les 54 obligations statutairement prévues, on en a amorti 100 ; le 20 Décembre suivant, il en a encore été tiré 200 au sort et au 31 Janvier 1868, également 200. La Députation a en outre remboursé par voie de consignation les 13 obligations non encore appelées par le sort sur les 22 titres volés en 1852 au sieur J. J. Struyff, de Niel. Cette opération s'est faite du consentement du bénéficiaire.

De plus 142 titres (soit fr. 71000) ont été présentés par les porteurs à l'échange contre les obligations du nouvel emprunt 4 % de 1867.

Il s'en suit que le nombre d'obligations encore en circulation en ce moment sur le million émis en 1843, n'est plus que de 606, représentant un capital de 303000 francs. Tout fait prévoir un prochain remboursement qui permettra de réduire considérablement, peut-être même d'éteindre au complet, l'emprunt de 1843. Pour le cas, peu probable, où il n'en pourrait être ainsi, le libellé du budget de 1869 est rédigé de manière à assurer le service des emprunts, jusqu'à due concurrence de leurs besoins respectifs.

La souscription au nouvel emprunt 4 % de 1867 a été ouverte dans les bureaux de M. le Directeur du trésor à Anvers le 20 Mars 1867. Bon nombre de communes, bureaux de bienfaisance, administrations d'hospices et fabriques d'église y ont pris part. L'emprunt est couvert pour au delà des 3/4 du million à écouler et les remboursements anticipés sur l'emprunt de 1843 autorisent à entrevoir le remplacement immédiat d'un grand nombre d'anciens titres contre l'équivalent en titres nouveaux.

Les fonds provenant de la souscription ont été successivement placés à intérêt au profit de la Province, à la caisse générale d'épargne et de retraite de l'Etat. Une partie en a été retirée pour alimenter avant sa clôture le budget de 1866, qui s'équilibrait au moyen d'un premier prélèvement de fr. 241800 sur le produit de l'emprunt. La situation du compte de 1866 a permis de réduire ce prélèvement de fr. 28000, sans créer un déficit et de laisser, sans interruption, la Province en jouissance des intérêts à produire par cette somme, qui constitue au budget de 1869 une ressource extraordinaire comme dernier prélèvement à opérer sur l'emprunt de 1867. Cette combinaison, toute d'économie, explique l'exiguité du chiffre qui représente au budget de 1869 le boni final du compte de 1866.

Le tirage au sort des 67 obligations de 100 fr. à rembourser le 20 Mars 1867 par 150 fr. chacune, a eu lieu le 20 Décembre 1867.

Les fonds nécessaires pour ce premier remboursement à prime et pour le service du coupon annuel n° 1, jusqu'à concurrence du total des titres émis lors de l'echéance de 1868, ont été mis à la disposition de la banque d'Anvers, que *la société générale pour favoriser l'industrie nationale*, a autorisée à se charger des paiements, moyennant une commission d'un quart pour % sur les sommes liquidées.

Le service de l'emprunt de 1843 a toujours été effectué sans remunération.

§ 3. — *Dépenses ordinaires et extraordinaires.*

a. Dépenses obligatoires.

b. Dépenses facultatives.

Quelque développement qu'on veuille donner à ces deux paragraphes, ils seraient nécessairement la reproduction incomplète des explications marginales, consignées en regard de chacun des articles du projet de budget pour 1869. On croit par conséquent pouvoir se borner à y renvoyer, pour ces deux catégories de dépenses, qui tendent de plus en plus à augmenter annuellement.

§ 4. — *Comptes provinciaux.*

Le Conseil provincial aura à statuer sur la gestion de l'année 1867. Elle comprend le compte final de 1866 et le compte provisoire de 1867. Le premier de ces comptes donne un boni définitif de 820,97 fr. qui sera porté au chap. I art. I du titre des recettes du budget de l'exercice futur. Ce solde est en réalité de 28820,97 fr. Pour ne pas interrompre la production d'intérêt sur l'encaisse que la souscription à l'emprunt de 1867 a permis de déposer à la caisse générale d'épargne et de retraite, il a paru de bonne économie de n'alimenter l'art. 26 des recettes prévu pour 241800 fr., que jusqu'à due concurrence pour arriver à la balance du compte de 1866. Cet aliment a été limité en conséquence à 213800 fr. Le complément est porté en recette au budget de 1869, comme dernier prélèvement sur l'emprunt susdit. Il pourra ainsi continuer à porter intérêt au profit de la Province jusqu'au 4e trimestre 1870, époque à laquelle on peut sans inconvénient ni irrégularité, ajourner l'apurement final des recouvrements de 1869.

L'excédant de fr. 28820,97 provient :

a. De rendements de recettes au delà des chiffres prévus au budget de 1866, sur le produit des centimes additionnels au foncier et aux patentes, sur celui de la taxe des chiens, sur la part de la province dans une barrière de l'Etat, sur les ventes de pavés, bois d'élagage et recettes imprévues et sur la vente de plantations venues à maturité;

b. Du non emploi partiel ou total de plusieurs allocations du titre I des dépenses.

Plusieurs articles de recette ont donné des rendements au dessous des prévisions inscrites au budget de 1866. Ce sont : les barrières et péages dont la réadjudication s'est faite à un total global inférieur à celui des baux de 1865, qui avaient servi de base aux évaluations, le subside de l'Etat pour l'entretien des enfants trouvés, dont le réglement dépend d'un décompte annuel essentiellement variable, l'indemnité de casernement de la gendarmerie, le fonds des 5% des barrières, le service d'amélioration de la race chevaline, l'achat et la vente d'étalons, qui sont tous subordonnés à la même éventualité d'un décompte final, les cens provinciaux, réduits par renonciation de censitaires et par rectification du chiffre dont les notes marginales du budget de 1869 indiquent la décomposition exacte.

Le compte final de 1866 n'accuse aucune non-valeur.

La situation des articles de dépenses est justifiée par l'exhibition des mandats, visé par la Cour des Comptes, payés à décharge de la province par M. le directeur du trésor et dûment acquittés par les parties prenantes. Celle des recettes par des certificats à l'appui de chacun des articles et les lettres de crédit délivrées par le Département des Finances.

Le compte provisoire de 1867 solde par un boni provisoire

de fr. 143,255.44, dont il faut retrancher 65,343. 51 fr. pour mandats émis, mais non encaissés au 31 Décembre 1867.

Le compte final de l'exercice périmé 1863 est complètement apuré.

Les recouvrements anticipés sur 1868 consistent : 1° dans le boni final de l'exercice 1865, formant le 1r article des recettes du budget de l'exercice courant ; 2° dans un premier à compte de 50,000 fr. sur le subside de 400,000 fr. promis par l'Etat pour l'érection d'un Palais de Justice à Anvers.

Les pièces de dépenses incomplètement apurées sur mandats collectifs au 31 Décembre dernier montent à la somme de 5272, 96 fr.

Le compte général de gestion au 31 Décembre 1867 présente les résultats que voici :

Boni final de 1866	820,97
Boni provisoire de 1867	143,255,44
Anticipation sur 1868	83,952,17
Mandats en circulation sur exercices clos mais non périmés	104,702,91
Portefeuille ; mandats collectifs non apurés	5,272,96
Encaisse au 1r Janvier 1868, à justifier au compte de gestion futur.	338,004,45

Résumé des Comptes provinciaux.

COMPTE FINAL DE 1866.

Droits constatés, frais de perception déduits. .	755292.14
Droits recouvrés.	755292.14
Report.	Néant.

Recouvrements opérés 755292.14

Mandats émis 754471.17

Boni définitif . 820.97

Mandats émis . . . 754471.17
Mandats payés . . . 650045.28

Circulation au 31 Décembre 1867 . . . 104425.89

Recouvrements opérés 755292.14
Paiements faits, portefeuille compris 653268.26

Boni provisoire ou fonds non absorbés 102023.88

Allocations régularisées du budget des dépenses . 789054.—
(Chiffre primitif, augmenté de 1145.81 fr. sur un article non limitatif).
Droits liquidés dans le cours de l'exercice . . 754471.17

Excédant d'allocations à annuler. 34582.83

COMPTE PROVISOIRE DE 1867.

Droits constatés, frais de perception déduits. . 685994.74
Recouvrements opérés 433424.76

Restant à recouvrer. 252569.98

Droits constatés 685994.74
Créances liquidées 353462.85

	Boni provisoire.	332531.89
Mandats émis . . .	353462.85	
Mandats payés . . .	288119.34	
Circulation au 31 Décembre 1867 . . .	65343.51	
Recouvrements opérés		433424.76
Paiements faits, portefeuille compris . . . , ...		290169.32
	Encaisse provisoire.	143255.44

COMPTE FINAL DE L'EXERCICE PÉRIMÉ 1863.

Circulation au 31 Décembre 1864 .	2371.50
Paiements faits en 1865. . . .	2371.50
	Balance.

COMPTE PROVISOIRE D'APUREMENT DES EXERCICES CLOS ET NON PÉRIMÉS.

Mandats en circulation à la clôture des exercices 1864, 1865 et 1866.	167156.61
Paiements faits en 1865, 1866 et 1867 . . .	62453,70
Circulation au 31 Décembre 1867.	104702.91

Portefeuille.

MANDATS COLLECTIFS NON SOLDÉS.

Exercice 1866. Part des communes dans la taxe des chiens. . . .	3222.98
Exercice 1867. Indemnités aux inspecteurs-voyers.	1625.—
Indemnités aux inspecteurs de l'enseignement primaire. .	424.98
Total.	5272.96

Section VIII. — Contentieux.

A la suite d'un jugement rendu, en 1865, par le tribunal civil de Malines, le sieur Geens, d'Heyst-op-den-Berg, a dirigé un appel contre la province, du chef du raccordement de la route provincial aux abords de la station du chemin de fer.

Cette affaire vient de recevoir une solution favorable pour la province ; la société concessionnaire du chemin de fer d'Anvers à Hasselt a déclaré, par conclusion, qu'elle entendait tenir la province complètement indemne, non seulement de toute condamnation qui pourrait intervenir au profit du sieur Geens, mais encore de toute dépense en première instance et en appel.

Section IX. — Commissaires d'arrondissement.

Aucune mutation n'est survenue dans le personnel des commissaires d'arrondissement.

Section X. — Circonscription territoriale.

Les territoires belges-néerlandais sont séparés par des bornes ou poteaux dont l'entretien est à charge des deux Gouvernements.

La dernière inspection qu'en ont faite MM. les bourgmestres des communes limitrophes a constaté l'état de parfaite conservation dans lequel se trouvent ces poteaux.

Nous avons délégué MM. Caers et Heylen, membres de notre collége, pour faire partie dela commission internationale chargée du règlement définitif du partage des biens des pauvres de Barleduc et Barle-Nassau.

Dans une réunion générale des administrations intéressées il a été décidé que tous les immeubles possédés en commun seront vendus aux enchères publiques, libre à chacun de racheter ceux qui lui conviendront.

La Députation permanente a approuvé cette résolution.

TITRE IV.

ADMINISTRATIONS COMMUNALES.

Section I. — Circonscription territoriale des communes.

Les hameaux d'Achterbroek et autres dépendant de Calmpthout et Wuestwezel ayant insisté sur leur demande d'érection en commune, leur vœu a été appuyé auprès du Gouvernement par le Conseil provincial.

Mr le Ministre de l'Intérieur a fait connaître qu'il se propose de soumettre à la législature un projet de loi décrétant l'érection de la nouvelle commune. — Ce haut fonctionnaire a demandé un plan de délimitation indiquant le nom de la nouvelle commune, les noms des différents points, ruisseaux et chemins auxquels dans leurs parcours les limites séparatives de la nouvelle commune devront se rattacher.

On s'occupe de la confection de ce plan.

Des habitants de *Linth* ont également adressé à la Députation permanente une requête tendant à ce que ce hameau soit distrait de Contich et érigé en commune.

Cette demande est en instruction et sera soumise au Conseil provincial dans sa session actuelle si, comme nous l'espérons, cette instruction est assez avancée pour que le résultat en soit appréciable.

Section II. — Conseils communaux.

§ 1. — *Listes électorales.*

Dix huit réclamations nous ont été adressées contre la formation des listes des électeurs communaux ; six ont été admises et douze rejetées.

Relevé des électeurs communaux inscrits en 1866 et 1867.

	ELECTEURS INSCRITS EN.	
	1866	1867
Ville d'Anvers	5810	5509
» de Malines	1242	1247
» Lierre	534	536
» Turnhout	303	294
Total pour les villes .	7889	7586
COMMUNES RURALES		
De l'arrondissement d'Anvers	6288	6276
» de Malines . . .	4279	5783
» de Turnhout . . .	4561	6205
	15128	18264
Total général .	23017	25850

§ 2. — *Elections.*

Des élections ont eu lieu pendant l'année 1867, dans les communes d'Edegem, Hoboken, Hoevenen, Mortsel, Santvliet, Schilde, Stabroeck, Vremde, Boisschot, Herenthout, Moll, Poederlé et Turnhout.

Toutes ces élections ont été validées.

§ 3. — *Actes des Conseils communaux.*

Les articles 86 et 87 de la loi du 30 Mars 1836 donnent au Gouverneur le droit de suspendre, sauf l'assentiment de la Députation, et au Roi, celui d'annuler les actes du conseil communal qui sortent de ses attributions ou qui blessent l'intérêt général.

Il n'a pas été fait usage de ces dispositions en 1867.

Dans l'examen des règlements et ordonnances de police communale qui nous sont transmis en vertu de l'art. 78 de la même loi nous trouvons parfois des dispositions d'une légalité douteuse. Aussitôt que celles-ci leur sont signalées par nous, les conseils communaux ont soin de les supprimer ou de les modifier dans le sens de nos observations.

Section III. — Colléges des Bourgmestres et Echevins.

§ 1. — *Personnel.*

Les mutations suivantes ont eu lieu dans le personnel des colléges échevinaux, pendant l'année 1867 : quatre bourgmestres et huit échevins sont décédés; sept échevins ont résigné leurs fonctions.

§ 2. — *Actes des collèges des Bourgmestres et échevins.*

Les administrations communales continuent à prêter à l'autorité supérieure un concours actif et éclairé.

Section IV. — Employés communaux.

Voici les mutations qui ont eu lieu dans le personnel des employés communaux, pendant l'année 1867 : quatre secrétaires et deux receveurs communaux sont décédés ; trois secrétaires ont résigné leurs fonctions.

Section V. — Archives communales.

La plupart des localités de la province ayant une maison commune, y possèdent un local convenable pour le dépôt des archives.

MM. les commissaires d'arrondissement qui, dans leurs tournées administratives, inspectent les locaux affectés à la conservation des archives ne nous ayant signalé aucun cas de négligence dans ce service, il est permis de supposer que les collèges échevinaux, qui ont la garde des archives dans leurs attributions, connaissent et remplissent leurs devoirs à cet égard.

Section VI. — Biens communaux.

§ 1. — *Biens meubles et immeubles. — Mutations.*

Lorsque les communes achètent des biens immeubles c'est pour les faire servir à l'exécution de travaux publics dans l'intérêt de la voirie, de l'enseignement, du culte, de l'indigence, de l'hygiène etc.

Souvent nous affranchissons les acquisitions d'immeubles par les communes ou autres établissements publics des formalités administratives qui doivent dans les cas ordinaires les précéder, telles qu'enquêtes, expertises etc. C'est lorsque la publicité qui serait donnée aux projets d'achat pourrait devenir préjudiciable aux établissements acquéreurs.

L'approbation subséqnente de l'acte du transfert de la propriété fait sans autorisation ou instruction préalables, donne d'ailleurs à ces opérations le caractère légal qui leur faisait défaut.

Le tableau ci-après résume les principales acquisitions et aliénations d'immeubles effectuées par les communes durant l'exercice 1867.

a. Acquisitions.

COMMUNES.	NATURE ET DESTINATION DES IMMEUBLES.	CONTENANCE.	PRIX.
		h. a. c.	
Malines	Achat de la moitié indivise de la propriété dite Halleken.	— —	2300 —
Oppuers.......	Idem d'un terrain destiné à la construction d'une école.	— 20	1931 90
Malines	— terrain à bâtir-boulevard des arbalétriers.	— 17-48	4370 —
Koningshoyckt .	— maison avec jardin pour école de filles.	— 36 —	15000 —
Wilryck	— terrain devant servir à la construction d'une école.	— 74 —	6000 —
Santhoven.....	— idem idem	— 27 —	1467 —
Wilryck	— idem idem	— 21 —	8615 —
Vosselaer	— idem pour habitation de l'instituteur.	— 18 —	1100 —
Grobbendonck .	— maison avec jardin pour école de filles.	— 06-50	3980 —
Herenthout ...	— idem id. pour habitation de l'institutrice. maison comm[le] etc.	— 24-30	6978 08
Olmen........	— terrain pour construction de deux écoles.	— 60-30	2170 80

b. Aliénations.

COMMUNES.	NATURE ET DESTINATION DES IMMEUBLES.	CONTENANCE.	PRIX.
Malines	Vente de la propriété dite Stadswaeg.	— 03-07	6535 —
Lierre	Vente publique de terrain à bâtir (plaine des manœuvres).	— 52-74	11770 —
Malines	Cession de terrain à bâtir, rue Léopold.	— 03-56	1424 —
id.	idem idem	— 03-76	1504 —
id.	Vente publique de terrain à bâtir, hors de la porte d'Hanswyck.	— 14-42	10280 —
Hoogstraeten .	Cession d'excédants de chemins.	3-33-70	2220 89
Oolen.........	Vente publique de bruyères.	9-62-66	5487 90

c. Echanges.

La ville d'Anvers a été autorisée à échanger une partie de la rue des chiens,de 102,42 mètres contre 47 mètres de terrain appartenaut à M. Denis-Haine. L'échange s'est faite sans soulte.

La commune de Vosselacr a échangé avec M. Van de Werve, 70 ares d'un chemin supprimé contre 70 ares de terrain incorporé à la voie publique. Aucune soulte n'a été payée.

Nous avons approuvé 35 procès-verbaux de ventes de bois, herbages et tourbes qui ont produit ensemble la somme de fr. 31,651.29.

Idem 22 actes de location d'immenbles et de chasse au prix total de fr. 4196.55.

§ 2. — *Répartition de fruits et mode de jouissance.*

Les communes ne peuvent, sans autorisation, changer le mode de jouissance ou d'exploitation de leurs propriétés immobilières. Lorsqu'il s'agit de terrains incultes ou de bois soumis au code forestier, l'autorisation requise doit être accordée par arrêté royal.

Dans les autres cas il appartient à la Députation permanente d'y statuer.

La commune de Lille a été autorisée par le Roi à effectuer des travaux de boisement sur une étendue de bruyères de 5 hectares. La dépense est évaluée à frs. 692,50.

Celle de Wuestwezel est en instance pour être autorisée à convertir un bois de 5 hectares, 45 ares 60 centiarcs en terre arable destinée à la création d'une ferme-hospice.

Section VII. — Finances communales.

§ 1. *Recettes ordinaires et extraordinaires.*

La cherté de l'année 1866 s'est maintenue en 1867.

Il en est résulté que les subsides ordinaires inscrits aux budgets communaux pour venir en aide aux bureaux de bienfaisance, ont été insuffisants dans beaucoup de localités et qu'il a fallu secourir ces derniers par des subventions extraordinaires.

Les frais du recensement général de la population et de l'agriculture ont également pesé sur les finances communales. Plusieurs crédits extraordinaires ont été alloués pour les couvrir.

La société du crédit communal qui avait dû, à cause de la crise financière, ajourner toute avance de fonds aux communes, sera en mesure de satisfaire aux demandes qui lui ont été adressées à cette fin lorqu'elle aura conclu l'emprunt de 15 millions de francs pour lequel la souscription est ouverte en ce moment.

Pendant les années de cherté des denrées alimentaires les non-valeurs sur les impôts communaux sont plus considérables et le recouvrement des taxes s'opère plus difficilement qu'à l'ordinaire.

Nous pensons toutefois que le produit des impôts communaux joint à la quote part dans le fonds communal aura permis de faire équilibrer dans beaucoup de localités les dépenses avec les recettes. Ce sont les comptes de 1867 de l'examen desquels nous allons nous occuper bientôt, qui établiront la situation réelle des finances.

Les communes n'ont pas seulement à pourvoir à leurs propres dépenses. A défaut de ressources suffisantes des bureaux de bienfaisance, elles doivent, au vœu de la loi, combler le déficit. Elles ont ainsi le devoir de contrôler et de faire balancer les budgets des établissements charitables existant dans la localité.

Centimes

COMMUNES.	NOMBRE DE CENTIMES additionnels extraordinaires dont la perception est demandée			PRODUIT PRÉSUMÉ de ces centimes additionnels extraordinaires			DURÉE DE LA PERCEPTION.
	à la contribution foncière.	à la contribution personnelle.	au droit de patente.	à la contribution foncière.	à la contribution personnelle.	au droit de patente.	
							ARRONDISSEMENT
Anvers (ville)........	60	60	»	240000	516500	»	1 an expir' le 31 Déc. 1868
Austruweel..........	3	»	»	320	»	»	10 ans.
id.	3	3	3	320	16 41	5 50	5 »
Brasschaet	6	»	»	541 98	»	»	10 »
Brecht..............	7	»	»	402	»	»	10 »
Calmpthout..........	5	»	»	277 45	»	»	3 »
Contich	5	»	»	870	»	»	10 »
Emblehem	8	»	»	375	»	»	5 »
Halle	10	10	10	190	94 34	18 08	10 »
id.	10	»	»	190	»	»	5 »
Hoboken	3	»	»	275	»	»	10 »
Oeleghem	11	»	»	400	»	»	8 »
Pulderbosch	8	»	»	170	»	»	5 »
Pulle	5	»	»	134	»	»	5 »
Ranst	10	»	»	425	»	»	10 »
Schilde	14	»	»	460	»	»	5 »
St-Léonard	10	»	»	270	»	»	10 »
Vremde..............	10	»	»	411 40	»	»	10 »

extraordinaires.

NATURE DE LA DÉPENSE à couvrir par le produit des centimes additionnels extraordinaires dont la perception est demandée.	DATE de la DÉLIBÉRATION.
D'ANVERS.	
Diverses et notamment partie des dotations des emprunts de 1859 et de 1866.	11 Novembre 1867.
Traitement du garde-champêtre.	12 Septembre »
Réparations à la tour de l'église et à la maison de l'Instituteur.	» »
Traitement du garde-champêtre.	27 Novembre »
Idem.	16 Septembre »
Traitement du second garde.	17 » »
Traitement du garde-champêtre.	» »
idem.	10 Octobre »
Amortissement du capital des intérêts de l'emprunt contracté pour la chaussée.	8 Août »
Traitement du garde-champêtre.	» »
idem.	3 Septembre »
idem.	16 Octobre »
idem.	25 Novembre »
idem.	23 Juillet »
idem.	19 Septembre »
idem.	24 Octobre »
idem.	18 Septembre »
idem.	9 » »

Waerloos	3	3	3	95	45	8	10 a
Wilmarsdonck.......	10	10	»	851.80		»	10 »
Wyneghem	10	»	»	425	»	»	5 »
Zoersel	15	»	»	520	»	»	10 »

ARRONDISSEMENT

Beersel	6	»	»	173 76	»	»	10 an
Berlaer	4	»	»	455	»	»	5 »
id.	7	7	»	796	263	»	10 »
Breendonck	8	»	»	370	»	»	5 »
Heffen	9	»	»	496 44	»	»	7 »
Hingene	2	2	»	210	106	»	1 »
Itegem..............	13	13	»	689	277	»	8 »
Leest	10	»	»	531	»	»	5 »
	2	»	»	135 82	»	»	10 »
Liezele.............	6	»	»	260	»	»	5 »
Lippeloo	5	5	5	153	53	7	5 »
Malines	12	15	»	10000	15000	»	10 »
Mariekerke.........	15	»	»	205	»	»	10 »
Puers	15	20	»	1500	1200	»	1 »
Putte...............	5	5	»	482	180	»	5 »
Ruysbroeck.........	5	»	»	251 50	»	»	5 »
id.	15	15	15	752 50	277 50	60 75	10 »
St-Amand...........	10	10	10	1000	300	100	5 »
Waelhem	10	»	»	308	»	»	1 »
	6	»	»	220	»	»	10 »
Weert..............	25	25	25	550	120	38	10 »
Wiekevorst	4	»	»	133	»	»	5 »
Willebroeck........	4	4	4	414 55	237 90	231 12	15 »

lemboursement des dettes communales.	16	Octobre	1867.
.mélioration de l'école communale.	26	Novembre	»
'raitement du garde-champêtre.	14	Septembre	»
Idem.	30	»	»
DE MALINES.			
fraitement du garde-champêtre.	23	Octobre	»
idem.	21	»	»
Construction d'une chaussée et agrandissement de l'église.	21	»	»
Traitement du garde-champêtre.	29	»	»
idem.	11	Septembre	»
Enseignement primaire.	14	»	»
Pavement de route.	2	Octobre	»
Traitem' du garde-champ. et remboursement de la dette comm.les.		»	»
Traitement du garde-champêtre	24	»	»
idem.	19	»	»
Construction de routes et remboursement de la dette communale.	27	»	»
Dépenses communales extraordinaires.	19	»	»
Traitement du garde-champêtre.	2	Septembre	»
Travaux d'utilité communale.	14	»	»
Subside au Bureau de bienfaisance.	22	Octobre	»
Traitement du garde-champêtre.	10	Septembre	»
Service des emprunts et dépenses communales.	23	Octobre	»
Entretien d'indigents et d'aliénés.	28	Septembre	»
Subside extraordinaire au Bureau de bienfaisance.	2	»	»
Traitement du garde-champêtre.		»	»
Construction de la chaussée vers le Sas de Marnix.	26	Octobre	»
Traitement du garde-champêtre.	24	»	»
Agrandissement de l'église et charges extraordinaires occasionnées par le choléra.	19	Septembre	»

ARRONDISSEMENT

Beersse	8	»	»	204 77	»	»	5 ans
Eynthout	15	»	»	320	»	»	10 »
Hoogstraeten	4	»	»	175	»	»	5 »
Hulshout	15	»	»	335	»	»	5 »
Meerhout	10	»	»	860	»	»	10 »
Meir	3	»	»	120	»	»	5 »
Merxplas	10	»	»	400	»	»	10 »
Oevel	10	10	10	148	60	12	5 »
Poederlé	8	»	»	200	»	»	10 »
Poppel	4	»	»	75	»	»	10 »
Ryckevorsel	5	»	»	215	»	»	5 »
Tongerloo	6	»	»	320	»	»	5 »
	8	8	8	425	148	23	10 »
Vlimmeren	15	»	»	125	»	»	10 »
Wortel	5	»	»	120	»	»	10 »
Zoerleparwys	15	15	15	115 50	106 50	33	5 »

DE TURNHOUT.

-aitement du garde-champêtre.	21 Octobre 1867
idem.	2 Septembre »
idem.	26 » »
idem.	21 Octobre »
idem.	» »
idem.	» »
idem.	9 Septembre »
onstruction d'une route.	2 » »
raitement du garde-champêtre.	21 Octobre »
idem.	30 » »
idem.	16 » »
idem.	24 Septembre »
onstruction d'une route.	» »
raitement du gardè-champêtre.	24 Octobre »
idem.	17 Septembre »
onstruction d'une école avec habitation à l'usage de l'instituteur.	2 » »

§ 2. — *Emprunts.*

Emprunts que les communes ont été autorisées à contracter en 1867.

N° d'ordre.	NOM de la COMMUNE.	Date de l'ar. royal ou de celui de la Députation.	DESTINATION de la SOMME EMPRUNTÉE.	Montant.	Taux de l'intérêt.	TERME du remboursement.
1	Zoersel	1 Février	Exécution de travaux communaux.	600 »	4 ½ %	6 ans.
2	Anvers	8 id.	Emprunt supplémentaire idem.	3000000 »	3 %	66 »
3	Reeth...........	22 id.	Construction de chaussées.	20000 »	5 %	30 »
4	Tongerloo.......	13 Mars.	idem d'une route.	8376.85	5 %	15 »
5	Rumpst..........	15 id.	Travaux d'amélioration au presbytère.	5000 »	3 %	8 »
6	Broechem	21 Mai.	Construction d'une chaussée.	11000 »	4 ½ %	8 »
7	Oevel...........	31 id.	idem idem.	12000 »	5 %	20 »
8	Weert	31 Juillet.	idem idem.	11000 »	id.	66 »
9	Santhoven.......	9 Août.	idem d'une école.	4200 »	id.	id.
10	Waelhem.........	30 id.	idem idem.	1250 »	4 ½ %	4 »
11	Westmeerbeeck..	25 Octobre.	idem d'une demeure pour l'instituteur.	1500 »	5 %	10 »
12	Ruysbroeck	31 id.	pour faire face à des dépenses extrordinaires.	5000 »	5 %	10 »
13	Beersse	8 Novembre.	Construction d'une route.	2300 »	5 %	1 »
14	Herenthout.......	22 id.	idem d'une maison d'instituteur.	7000 »	5 %	13 »
15	Schelle	id.	idem d'une route.	4000 »	5 %	4 »
16	Itegem..........	6 Décembre.	idem d'écoles.	25000 »	5 %	66 »
17	Stabroeck	id.	idem d'une maison communale.	7000 »	4 %	14 »
18	Lillo............	13 id.	idem d'une chaussée.	3700 »	5 %	10 »
19	Bevel	27 id.	idem idem.	8500 »	5 %	66 »
			Total Fr.	3137426.85		

La commune de Boisschot a été autorisée à renouveler pour un terme de 10 ans et moyennant un intérêt de 5 % par an, l'emprunt de 5000 fr. qu'elle a contracté, dans le temps, avec le bureau de bienfaisance.

§ 3. — *Dettes.*

Les anciennes dettes constituées des communes diminuent et tendent à disparaître insensiblement.

L'adjudication publique au rabais du rachat des titres de ces dettes a été reconnue jusqu'ici être le meilleur moyen d'amortissement.

Plusieurs communes ont réussi ainsi à rembourser à des conditions favorables, une partie de leurs dettes constituées.

Les communes ne sont autorisées à contracter de nouvelles dettes que pour autant que leurs revenus ordinaires soient suffisants pour le paiement des intérêts annuels et des annuités remboursables.

En cas d'insuffisance de leurs ressources ordinaires, elles doivent y pourvoir au moyen de la perception de centimes additionnels.

Les communes d'Oorderen, Vorst et Contich ont amorti leurs dettes à concurence d'une somme de frs. 2319.60.

§ 4. — *Dépenses ordinaires et extraordinaires.*

En 1867 les non-valeurs et les décharges accordées sur les impôts communaux s'élèvent à frs. 3138.90. Les capitaux versés dans la caisse d'épargne ou placés en fonds publics montent à frs. 80,489.38.

§ 5. — *Comptabilité communale.*

a. Budgets des villes pour 1868.

VILLES.	RECETTES.	DÉPENSES.	EXCÉDANT.
Anvers.	15263571 04	15263571 04	0000 00
Malines.	556456 02	548672 64	7783 38
Lierre	209053 63	208345 32	708 31
Turnhout . . .	175379 22	174515 96	863 26

Relevé des budgets pour 1868 *des communes dont la population excède* 3000 *âmes.*

COMMUNES.	POPUL.	RECETTES.		DÉPENSES.		EXCÉDANT.	
Arrondissement d'Anvers.							
Berchem . .	5520	66678	28	66272	86	405	42
Boom . . .	9892	57171	99	54286	29	2885	70
Borgerhout .	11347	91008	69	90740	44	268	25
Calmpthout .	3031	25601	33	25101	45	499	88
Contich . .	3856	48409	29	47344	64	1064	65
Deurne . .	3416	20045	83	20017	03	28	80
Hemixem . .	3499	10246	44	9933	25	313	19
Merxem . .	3241	23739	69	23638	59	101	10
Niel . . .	4148	17905	25	17802	09	103	16
Rumpst . .	3218	20522	42	20419	39	103	03
Stabroeck .	3139	27532	24	27319	70	212	54
Arrondissement de Malines.							
Berlaer . .	3401	24524	15	24492	53	31	62
Bornhem .	4814	28489	82	28483	65	6	17
Duffel . .	4645	29161	80	29080	30	81	50
Heyst-op-den-b.	5805	30537	39	30438	82	98	57
Hingene . .	3730	22205	39	21520	68	684	71
Puers . .	3596	29889	—	29880	41	8	59
Putte . . .	2215	22195	79	22115	87	79	92
Wavre Ste-Cath.	3526	27267	71	27125	—	142	71
Willebroeck.	3996	55033	94	54928	63	105	31

Arrondissement de Turnhout.

Arendonck. . .	3551	23544 81	22522 99	1021 82
Baelen. . . .	3323	23673 97	22204 36	1469 61
Gheel	11771	60860 19	60790 90	69 29
Herenthals . .	4704	30447 27	30444 23	3 04
Hersselt . . .	3374	20186 —	19170 91	1015 09
Meerhout . . .	3790	30957 52	29427 76	1529 76
Moll.	5296	32510 55	32245 —	265 55

b. Comptes.

Relevé des comptes des villes, pour 1866.

VILLES.	RECETTES.	DÉPENSES.	EXCÉDANT.
Anvers. . . .	20864631 —	11644113 93	9220517 07
Malines . . .	601998 28	595669 96	6328 32
Lierre . . .	179159 87	149444 22	29715 65
Turnhout . . .	166417 98	135658 50	30759 48

Relevé des comptes pour 1866 *des communes dont la population excède* 3000 *âmes.*

COMMUNES.	RECETTES.	DÉPENSES.	EXCÉDANT.
Arrondissement d'Anvers.			
Berchem	54586 85	47232 64	7354 21
Boom	64124 89	46255 12	17869 77
Borgerhout. . . .	75087 59	49677 95	25409 64
Calmpthout . . .	22564 45	14361 20	8203 25
Contich.	48208 62	34972 85	13235 77
Deurne.	24952 70	25263 87	311 17
Hemixem	10051 59	8360 02	1691 57
Merxem	21669 66	12529 82	9139 84
Niel	22222 42	16707 94	5514 48
Rumpst.	12484 99	11376 79	1108 20
Stabroeck	12477 79	16584 14	4893 65

Arrondissement de Malines.

Berlaer	21957 61	17150 57	4807 04
Bornhem	37080 92	28736 79	8344 13
Duffel	31259 66	24190 77	7068 89
Heyst-op-den-berg . .	43001 82	39438 93	3562 89
Hingene	17623 04	17223 23	399 81
Puers . . : . .	34591 22	22423 06	12168 16
Putte	18632 65	9326 76	9305 89
Havre Ste-Catherine	46186 15	41576 53	4609 62
Willebroeck . . .	26510 51	22868 71	3641 80

Arrondissement de Turnhout.

Arendonck	20467 15	15820 06	4647 09
Baelen	25283 09	12405 40	12877 69
Gheel	65610 03	59889 98	5720 05
Herenthals. . . .	26687 31	24882 42	1804 89
Herssell. . . .	22708 48	13018 45	9690 03
Meerhout	23418 57	19903 —	12515 57
Moll	34395 41	26125 97	8269 44

c. Comptables.

Les règles de comptabilité et les instructions sur la matière sont aujourd'hui généralement connues des receveurs qui les ont apprises dans les arrêtés que la Députation permanente prend annuellement sur les comptes qui lui sont soumis.

Section VIII. — Contentieux.

Relevé des autorisations de plaider accordées par la Députation permanente en 1887.

DATE DES AUTORISATIONS.	NOM de la COMMUNE.	NATURE DE LA CONTESTATION.	Degré de solution de la cause.
9 Février 1887.	Anvers.	Mr. N., Curé, a assigné la ville en paiement d'un indemnité de logement.	La ville a été condamnée au paiement d'une indemnité annuelle de 1000 fr.
16 » »	idem	Sur le refus de la ville de délivrer pour chaque propriété un billet séparé de la contribution des pompiers, le sieur N. l'a citée en justice.	Jugement en faveur de la ville.
20 Avril »	idem	Contestation avec la société de Zoologie au sujet de l'impôt sur les divertissements publics	La cause est pendante en appel.
9 Mai »	idem	Action intentée à la ville par l'administration des domaines relativement aux schorres de l'Escaut. La ville a appelé en garantie la famille N. qui lui a vendu les terrains en question.	Affaire pendante.
24 Juillet »	idem	Légalité de la contribution communale sur les propriétés bâties temporairement exemptes de la contribution foncière.	idem.

19 Octobre 1867	Anvres.	Affaire contre le sieur N capitaine de navire du chef de dommage causé au pont du bassin.	La ville s'est désistée de l'appel.
28 Nov. »	idem	Affaire contre le sieur N. capitaine de navire du chef de dommage causé à un navire par un poteau enlevé par la tempête.	Affaire pendante en première instance.
7 Décem. »	idem	Sortie sur le lot 37 des terrains militaires.	idem.
16 » »	idem	Séparation de propriétés, rue du Réséda.	En négociations.
13 Avril. »	Beirendrecht.	Démolition d'un mur clôturant un sentier grevé d'une servitude de passage.	Affaire pendante.
6 Décem. »	Santvliet.	Suppression d'un aqueduc.	idem.
29 Novem. »	Gheel.	Suppression de fenêtres dans la façade postérieure de la maison communale.	Jugée contre la commune.
3 Mai. »	Westerloo.	Poursuites contre le fermier des droits de place en paiement d'une somme de fr. 187 50.	Le débiteur a payé avant l'ouverture du procès.

TITRE V.

INSTITUTIONS DEBIENFAISANCE.

Section Ire. — Bureaux de bienfaisance.

§ 1. — *Administration.*

Conformément au décrêt du 7 germinal an XII et au règlement du 12 Décembre 1823, il a été procédé dans le courant du mois d'Octobre 1867, au renouvellement, par cinquième, des membres des administrations des bureaux de bienfaisance.

Cette opération a eu lieu régulièrement : les nominations de tous les nouveaux membres ont été approuvées par nous.

Les mutations survenues dans le personnel des receveurs, pendant l'année 1867, se bornent à deux décès et deux démissions.

§ 2. — *Biens des bureaux de bienfaisance.*

a. *Acquisitions.* — Aucune acquisition importante d'immeubles n'a été effectuée en 1867. C'est parce que les bureaux de bienfaisance placent leurs capitaux ou argent disponible en fonds publics.

D'un autre coté ce n'est guère que dans les villes, que les bureaux de bienfaisance possèdent des immeubles ou locaux affectés au service de l'administration.

Dans les communes rurales l'administration de bienfaisance a en général son siége à la maison commune.

b. *Aliénations.* — Les principales aliénations d'immeubles faites en 1867 sont les suivantes :

par le bureau de bienfaisance de Lierre de deux maisons avec jardin dont l'emprise était nécessaire pour la construction du nouvel hôpital. Prix fr. 7500 —

id de Hulshout de 16 ares 12 c/a de terrain cédé à un particulier. — " 1000 —

id. de Westmeerbeeck de 33 ares 50c/a de terrain cédé à un particulier. — " 1000 —

id. de Grobbendonck de 79 ares 01 c/a de terrain cédé à un particulier. — " 4756.20

id. de Bornhem de 25 ares 50 c/a de terrain cédé à un particulier. — " 1600 —

id. d'Olmen de 60 ares 30c/a de terrain cédé à la commune pour construction d'écoles. — " 2170.80

c. *Baux emphytéotiques.* — Le bureau de bienfaisance d'Herenthals a loué par bail emphytéotique de 99 ans une parcelle de terrain de 6 ares 90 c/a, moyennant une redevance annuelle de fr. 33.12.

Celui de Lillo a également concédé par bail emphytéotique, pour le terme de 50 ans et à raison de fr. 79,75 par an, trois parcelles de terre d'une contenance totale de 23 ares 33 c/a.

Nous avons approuvé en 1867 : 1° 44 procès-verbaux de location de biens, au prix total de fr. 41,897.23 ; 2° 56 actes de ventes de bois, herbages. — Produit fr. 52864.09.

§ 3. — *Legs et donations.*

Relevé des legs et donations faits aux bureaux de bienfaisance, pendant l'année 1867.

NOMS des COMMUNES.	NOMS des DONATEURS.	NATURE du legs ou de la donation.	VALEUR du legs ou de la donation.	CHARGES Y ATTACHÉES.
Hingene.	Dme Van Goethem.	Rente hypothécaire.	7200.—	Distribution aux pauvres.
Scheile.	Sr H. Busschots.	Numéraire.	200.—	Sans charges.
Turnhout.	Sr G. Van Gerven.	Idem.	100.—	Distribution de pain aux pauvres.
Heren bout	Sr D. Bosmans.	Terre.	3800.—	Sans charges.
Hingene.	J.F. Van Damme.	Numéraire.	1000.—	Services religieux.
id.	Le même.	Idem.	1050.—	Distribution aux pauvres pendant 20 ans.
Bornhem.	Sr Al. Cranleux.	Idem.	1200.—	Distribution annuelle de pain.
Brecht.	Dme Van den Wyngaert.	Idem.	400.—	Idem.
Boisschot.	Sr J. Van Goubergen.	Terres.	26900.—	Sans charges.
Itegem.	Sr P.J. Wouters.	Numéraire.	500.—	Services religieux.
Heyst-op-d b.	Le même.	Idem.	100.—	Sans charges.
Merxem.	Sr P. De Laet.	Terres et numéraire.	18252.— 400.—	Distributions de pain aux pauvres.
Norderwyck.	Dlle. A M Willems.	Idem.	2775.— 2200.—	Distribution de pain et services religieux.
Turnhout.	Dme Van Huisel.	Numéraire.	500.—	Concession d'un caveau de sépulture.
Hove.	M. Geelhand.	Idem.	200.—	Idem.
Gheel.	Dme Ve D'Aliecourt.	Idem.	400.—	Sans charges.
Moll.	Sr S. Mertens.	Terre.	1000 —	Idem.
Ramsel.	Srs Hens.	Idem.	2600.—	Services religieux.
Veerle.	Sr Eg. Verbruggen.	Numéraire.	500.—	Sans charges.
Blaesveit.	Sr J.B. De Coster.	Terre.	1600.—	Services religieux.
Boom.	Sr J.B. De Backer.	Numéraire	1400.—	Distribution de pain.
id.	Le même.	Idem.	500.—	Sans charges.
		Total fr...	74783.—	

§ 4. — *Remboursements et remplois de capitaux.*

Les capitaux des établissements de charité sont sujets à de nombreuses mutations. Ceux qui sont inscrits sur des immeubles sont le plus souvent remboursés en cas de décès des débiteurs ou de vente de l'hypothèque.

Quand nous autorisons la main-levée des inscriptions nous prescrivons toujours le remploi immédiat du capital remboursé.

Le dernier emprunt provincial offre un placement avantageux pour les capitaux disponibles des établissements publics. Outre l'intérêt de 4 % par an, il assure une prime de 50 p. % aux obligations qui sortent au tirage annuel.

L'appel que nous avons fait à ces capitaux a été entendu, c'est ainsi qu'en 1867 une somme de fr. 66300 a été placée en obligations provinciales par des établissements de charité.

Les capitaux des rentes, inscriptions hypothécaires, fonds belges etc. sont indiqués dans les comptes annuels des bureaux de bienfaisance avec le taux de l'intérêt. De cette manière nous pouvons toujours vérifier exactement si le revenu porté en compte de ce chef correspond au capital cité en regard.

Tous les cens et redevances quelque minimes qu'ils soient ont également leur libellé spécial dans le compte annuel. En cas de remboursement il en est tenu note dans nos registres de comptabilité et sur la minute du compte ; de cette manière chaque mutation de capital est l'objet d'un contrôle efficace qui s'étend ensuite sur le remploi, de la même manière.

Nous avons dit que la comptabilité se simplifierait beaucoup par la disparition des comptes des petits cens et rentes dont le grand nombre rend l'examen de ceux-ci très-laborieux.

Nous espérons qu'avec le temps les capitaux qui représentent ces petits cens se rembourseront insensiblement.

Plusieurs administrations ont déjà répondu au désir que nous avons exprimé à ce sujet.

Quand nous autorisons, par exception, les bureaux de bienfaisance à prêter leurs capitaux aux communes pour l'exécution de travaux d'utilité publique ce n'est qu'à la condition que l'intérêt soit fixé à 5 % et qu'il soit établi un terme en déans lequel doit se faire le remboursement, lequel doit s'effectuer en une fois ou par fractions de 1000 fr. au moins. Pour les inscriptions hypothécaires nous nous contentons encore d'un intérêt de 4 ½ %, mais il faut que l'immeuble grevé représente largement le capital engagé.

Les capitaux provenant de dons ou legs sont immédiatement placés à intérêt. L'instruction de ces sortes d'affaires n'est considérée comme terminée qu'après le placement du montant des sommes léguées.

On ne place plus guère de capitaux en immeubles, si ce n'est quand il s'agit d'assurer une plus grande valeur à une propriété par l'achat d'une parcelle qui y est attenante, la sépare de la voie publique ou la tient enclavée. Aussi les placements en immeubles ne donnent qu'un faible intérêt et l'administration en est plus difficile que celles des placements en fonds publics.

§ 5. — *Comptabilité.*

Comme nous l'avons dit, dans un article précédent, la cherté des denrées alimentaires et les épidémies des dernières années ont exercé une influence défavorable sur la situation financière des établissements de charité. Les mesures à prendre contre les épidémies entraînent des dépenses extraordinaires et les secours à distribuer en temps de crise alimentaire doivent être plus nombreux et plus élevés. Il est donc aisé de comprendre que la réunion et même la succession de pareilles circonstances doivent peser lourdement sur les finances des bureaux de bienfaisance.

Les comptes des bureaux de bienfaisance sont toujours examinés avec tout le soin désirable.

Notre attention se porte d'abord sur les recettes afin de s'assurer si tous les revenus provenant de capitaux placés, de biens loués, de cens et rentes, de ventes de bois ou d'herbages etc., sont exactement renseignés.

Quant aux dépenses, aucune n'en est admise en compte si elle n'est justifiée par une quittance en règle ou toute autre pièce pouvant en tenir lieu.

Il faut aussi que chaque dépense soit renseignée exactement sous le libellé du compte auquel elle se rapporte sans quoi il régnerait une grande confusion dans la tenue de la comptabilité.

La comptabilité des bureaux de bienfaisance est plus compliquée que celle des communes parce qu'elle comprend une foule de petits cens et rentes et des détails que l'on ne rencontre pas dans les comptes communaux. Il en résulte que l'examen des pièces comptables exige plus de soin et de temps. Notre tâche serait beaucoup facilité si les administrations communales voulaient, à l'exemple de MM. les commissaires d'arrondissement, faire subir un premier contrôle aux comptes des établissements établis sous leur tutelle.

Nous devons dire cependant que les receveurs commencent en général à être familiarisés avec les règles de la comptabilité qui leur ont été expliquées dans les arrêtés pris sur les comptes annuels.

Relevé des budgets des bureaux de bienfaisance des villes pour 1868.

VILLES.	RECETTES.	DÉPENSES.	EXCÉDANT.	DÉFICIT.
Anvers . . .	152650 50	323650 50	"	171000 —
Malines . . .	152009 91	151926 13	83 78	
Lierre . . .	96586 15	96586 15	"	"
Turnhout . .	46916 45	46842 19	74 26	

Relevé des budgets pour l'exercice 1868 *des bureaux de bienfaisance des communes dont la population dépasse* 3000 *âmes.*

COMMUNES.	POPUL.	RECETTES.	DÉPENSES.	EXCÉDANT.
		Arrondissement d'Anvers.		
Berchem . . .	5520	5312 12	5309 53	2 59
Boom . . .	9892	19696 49	8978 75	717 74
Borgerhout .	11347	31566 59	31369 82	196 77
Calmpthout .	3031	4856 79	4374 18	482 61
Contich . .	3856	8456 59	7876 00	580 59
Deurne . .	3416	14888 12	14045 37	842 75
Hemixem . .	3499	4296 28	3856 70	439 58
Merxem . .	3241	15140 24	14262 94	877 30
Niel . . .	4148	10985 23	10073 43	911 80
Rumpst . .	3218	8851 90	7994 55	857 35
Stabroeck . .	3139	6875 77	6148 65	727 12

Arrondissement de Malines.

Berlaer . .	3401	11158 35	11154 56	3 79
Bornhem .	4814	13761 23	13377 06	384 17
Duffel . .	4645	7873 23	7487 58	385 65
Heyst-op-den-b.	5805	14284 95	13345 29	939 66
Hingene . .	3730	8346 08	8264 45	81 63
Puers . .	3596	10440 05	10429 92	10 13
Putte. . .	3215	7858 41	7772 77	85 64
WavreSte-Cath.	3526	6728 64	5898 18	830 46
Willebroeck.	3996	9208 83	9204 42	4 41

Arrondissement de Turnhout.

Arendonck . .	3551	8440 42	6626 80	1813 62
Baelen . . .	3323	5520 39	4980 80	539 59
Gheel . . .	11771	27441 48	26346 41	1095 07
Herenthals . .	4704	26451 43	25165 15	1286 28
Herselt. . .	3374	8078 11	7021 41	1056 70
Meerhout . .	3790	7417 96	6340 62	1077 34
Moll. . . .	5296	12915 99	12119 65	796 34

Relevé des comptes des bureaux de bienfaisance des villes pour 1866.

VILLES.	RECETTES.	DÉPENSES.	EXCÉDANT.
Anvers	520498 66	520141 34	357 32
Malines. . . .	163989 47	149851 35	14138 14
Lierre	93182 63	78181 08	15001 55
Turnhout . . .	40639 28	37373 20	3266 08

Relevé des comptes pour 1866, *des bureaux de bienfaisance des communes, dont la population excède* 3000 *âmes.*

COMMUNES.	RECETTES.	DÉPENSES.	EXCÉDANT.
	Arrondissement d'Anvers.		
Berchem . . .	5124 04	3880 98	1243 06
Boom. . . .	22108 31	18129 43	3978 88
Borgerhout . . .	55693 45	49793 45	5900 —
Calmpthout . . .	8750 03	6646 31	2103 72
Contich	9308 97	7568 87	1740 10
Deurne	14214 54	12007 26	2207 28
Hemixem . . .	3956 73	3147 74	808 99
Merxem. . . .	14758 63	8999 30	5759 33
Niel.	6676 24	5096 94	1579 30
Rumpst	8819 51	7106 45	1713 06
Stabroeck . . .	7872 40	5728 88	2143 52
	Arrondissement de Malines.		
Berlaer . . .	11993 35	10936 25	1057 10
Bornhem . . .	9487 27	8531 90	955 37
Duffel . . .	8385 44	5255 85	3129 59
Heyst-op-den-berg .	15390 48	12097 19	3293 29
Hingene . . .	7174 53	6649 31	525 22
Puers	8956 40	7132 79	1823 61
Putte	6437 63	5229 48	1208 15
Wavre St.-Cath. .	8299 26	5244 52	3054 74
Willebroeck. . .	5792 76	5189 03	603 73
	Arrondissement de Turnhout.		
Arendonck . . .	9125 54	5543 61	3581 93
Baelen	4422 28	3902 92	519 36
Gheel	28862 68	20997 77	7864 91
Herenthals . . .	21963 13	17574 79	4388 34
Herselt. . . .	10038 94	5752 39	4286 55
Meerhout . . .	9999 82	1543 87	2455 95
Moll.	9785 42	8342 02	1443 40

§ 6. — *Distribution de secours. (Anvers).*

Secours en nature sur différents articles du budget. —

28876 pains de seigle mêlé	fr.	13,217 02
448 chemises pour hommes et 1342 chemises pour femmes	»	4162 —
16489 kilogrammes pommes de terre et environ 25 hectolitres pois	»	1998 26
Secours à de femmes en couches	»	5854 32
Ces secours consistent en 400 maillots, 994 portions de viande, 998 pains blancs, environ 75 hectolitres charbons et 71 chemises de femmes.		
Brayers, bandages et fers orthopédiques	»	1444 16
Habillements et ustensiles de ménages pour prix de propreté	»	2396 88
Cercueils environ	»	1200 —

Secours extraordinaires. — A part les secours extraordinaires distribués pour compte de diverses fondations à charges spéciales qui se trouvent sous l'administration du bureau de bienfaisance les dépenses ci-après ont encore été occasionnées dans l'intérêt de l'hygiène publique et par suite de la reprise du choléra :

1142 bottes de paille	fr.	372 60
69 couvertures	»	144 90
162 paillasses	»	810 —
pour médicaments prescrits d'urgence et fournis par des pharmaciens particuliers	»	212 95
pour diverses dépenses	»	33 24

Une partie de ces secours a été remboursée par les comités d'assistance organisés pour venir en aide aux victimes de l'épidémie.

Service médical des indigents. — Le nombre des permis et cartes d'admission au service médical, délivrés en 1867, s'est élevé à 6024, dont 1529 aux indigents secourus continuellement, 3729 à ceux qui ne jouissent que d'une carte de secours médical et 710 à des indigents étrangers.

La pharmacie a préparé 99273 prescriptions. Les dépenses de tout le service médical se sont élevées à savoir :

Drogues et dépenses exclusives de la pharmacie, environ	fr.	25,500
Emoluments de tout le personnel du service médical	"	21,741 64
Salaires des accoucheuses payés en 1867	"	5,975

§ 7. — *Contentieux.*

Dans sa séance du 21 Décembre 1867 la Députation permanente a autorisé le bureau de bienfaisance d'Anvers à poursuivre en justice la délivrance des legs aux quels il pourrait avoir droit selon les dispositions testamentaires de feu le sieur J. B. De Groof.

Les poursuites que le bureau de bienfaisance de Veerle a été autorisé à exercer contre quelques débiteurs de cet établissement n'ont pas été portées devant les tribunaux, les arriérés dûs ayant été acquittés auparavant.

Section 1 bis. — Ateliers de Charité.

a. *Section de Secours.*

ANVERS.

Pendant l'exercice 1867, la cuisine des ateliers a préparé les portions de soupes ci-après :

Pour les fréquentants de l'établissement		35,469	
Pour les écoles gardiennes		173,296	
Pour des pauvres sans asile et recueillis au *lazaarhuis*		3,017	
Pour les détenus provisoires de l'amigo		3,389	

Le nombre d'individus nourris à l'établissement s'est élevé à 91 par jour, dont 34 hommes, 35 femmes et 22 petits enfants des deux sexes.

Seize vieillards et infirmes ont reçu des secours en argent jusqu'à concurrence d'une somme de	fr.	1,047	09
Les recettes se sont élevées à	»	16,005	25
Les dépenses à	»	37,834	37

Section de fabrication.

Parmi les personnes qui ont fréquenté l'établissement, il y en a 38 qui ont été employés dans la cuisine et divers autres travaux, à savoir :

4 hommes, 13 femmes et 31 adultes du sexe masculin et 3 adultes du sexe féminin.

Les recettes se sont élevées à	fr.	51,656	03
Les dépenses à	»	54,010	15
Et la perte à	fr.	2,354	12
A la fin de l'exercice 1866, le capital industriel s'élevait à	»	71,146	32

A déduire :

Un capital de fr. 30,000 qui a été remboursé à la ville fr.	fr. 30,000				
La perte qui précède, soit	» 2,354 12				
		fr.	32,354	12	
Reste capital		»	38,792	20	

La perte de fr. 2,354-12 provient principalement de ce qu'on a dû recourir à une vente publique pour arriver à la suppression du tissage des tapis et à la liquidation du magasin, la vente à l'amiable ne donnant plus de résultats.

MALINES.

Nombre des personnes employées	Quantité de travail fait.		Dépenses faites.	Produit des ventes d'objets fabriqués.	Situation et améliorations à introduire.
	Filage.	Tissage.			
	Kilogrammes	Mètres	Francs.	Francs.	
363	3710 20 laine, lin et étoupes.	15901 — étoffes en laine, coton, lin et étoupes.	37368 38	36615 11	La situation financière de l'atelier est satisfaisante et permet de continuer les travaux sans subside.

Section II. — Hospices et Hôpitaux.

§ 1. — *Administration.*

Le renouvellement, par cinquième, des membres des administrations des hospices a été effectué à l'époque déterminée par la loi. Cette opération a eu lieu régulièrement.

Aucun changement n'est survenu dans le personnel des receveurs des administrations des hospices.

§ 2. — *Biens des Hospices.*

Acquisitions. — Les hospices de Malines ont fait l'acquisition, au prix de fr. 6950, d'une maison située en cette ville et enclavée dans leurs propriétés.

La ville leur a vendu aussi, au prix de fr. 855.42, 159 mètres de terrain à bâtir.

Les hospices de Lierre ont également acquis quelques propriétés dont l'emprise était nécessaire pour la construction du nouvel hôpital. Le prix payé est de fr. 20,116.20.

Une grange à convertir en hospice a été acquise, au prix de fr. 600, par la commission des hospices de Grobbendonck.

Aliénations. — Les hospices d'Anvers ont été autorisés à vendre à la compagnie du gaz le terrain de l'ancien hospice Ste-Elisabeth, rue de la Cuiller, pour la réédification duquel M. Heesmans a fait don d'un terrain dans la 6e section. La vente a eu lieu au prix de fr. 33000.

Une maison rue du Sureau a été vendue à la ville pour être démolie. Prix fr. 11000.

Les hospices de Malines ont aliéné 88 ares 33 c/a 80 m/a de terrain à bâtir, au prix total de fr. 45505,80.

Une parcelle de terre labourable de 77 a. 80 c/a, située à Muysen, a été cédée de gré à gré à un particulier, au prix de fr. 11670.

Nous avons aussi autorisé la vente publique d'une maison évaluée à fr. 13500, appartenant à la fondation Oliveten.

Les hospices de Turnhout ont vendu, au prix de fr. 8295, 27 a.65 c/a de terrain à bâtir. La vente d'une maison avec 3a. 29 c/a de terrain évaluée à fr. 4000 a également été autorisée.

Les hospices de Lierre ont cédé à l'Église de St. Gommaire le terrain de l'ancien hospice St Jacques d'une superficie de 4 a. 95 c/a. La cession s'est faite au prix de fr. 2500.

Les hospices d'Herenthals ont échangé avec un particulier 4 a. de terrain contre 1 a. 72 c/a, et payé pour soulte fr. 102.60. — Ont été approuvés en 1867 : 1° 22 procès-verbaux de ventes publiques de bois, herbages etc., au prix total de fr. 55304,40 ; 2° 20 actes de location d'immeubles moyennant la somme de fr. 30615,56.

§ 3. — *Legs et Donations.*

Relevé des legs et donations faits aux hospices pendant l'année 1867.

NOMS des COMMUNES.	NOM du DONATEUR.	NATURE du legs ou de la donation.	VALEUR du legs ou de la donation.	CHARGES Y ATTACHÉES.
Anvers .	Sr P. H. Heesmans.	Terrain à Anvers rue Lozane.	5840 —	Reconstruction de l'hospice Ste-Elisabeth rue de la Cuiller.
Turnhout	Dme Ve Van Hulsel.	Numéraire.	500 —	Don fait à l'occasion d'une concession de terrain au cimetière.
Boom.	Sr F.J.Pauwels.	id.	500 —	Sans charge.
		Total Fr.	6840 —	

§ 4. — *Remboursements et remplois de capitaux.*

Les capitaux, obligations et cens remboursés en 1867, s'élèvent à fr. 43743, dont le remploi s'est effectué en fonds belges etc., ou en améliorations exécutées aux bâtiments hospitaliers.

§ 5. — *Comptabilité.*

Hospices. — Comptes de 1866.

Villes et communes.	Recettes.		Dépenses.		Excédant		Déficit.	
Anvers . . .	603389	21	679247	42	»		75858	21
Malines . .	359975	25	253981	17	105994	08		
Lierre . . .	120077	31	97223	98	22853	33		
Turnhout . .	49236	23	46764	75	2471	48		
Arendonck . .	8159	55	3512	27	4647	28		
Berchem . .	23386	31	22224	08	1162	23		
Boom . . .	13829	77	13186	09	643	68		
Duffel . . .	7170	73	6854	56	316	17		
Gheel . . .	9351	56	9046	81	304	75		
Grobbendonck .	2909	78	910	90	1998	88		
Herenthals . .	82297	41	50625	37	31672	04		
Hoogstraeten .	8710	23	4716	25	3993	98		
Puers . . .	4107	99	114	74	3993	25		
Schooten . .	25286	15	61682	17	3603	98		

Relevé des budgets des hospices, pour 1868.

Villes et communes.	Recettes.		Dépenses.		Excédant.		Déficit.
Anvers . . .	503770	—	671770		„		168000 couvert par la caisse communale.
Malines . .	395678	79	390428	78	5250	01	
Lierre . . .	221640	35	221640	35	„		
Turnhout . .	64870	56	64564	98	305	58	
Arendonck . .	7991	57	7478	„	513	57	
Berchem . .	30964	38	30929	69	34	69	
Boom . . .	17045	89	16662	41	383	48	
Duffel . . .	3984	73	3973	95	10	78	
Gheel . . .	11806	„	10433	14	1372	86	
Grobbendonck .	6516	82	6000	18	516	64	
Herenthals . .	77703	14	74724	68	2978	46	
Hoogstraeten .	10790	33	10719	18	70	15	
Puers . . .	39144	36	39101	88	42	48	
Schooten . .	21422	23	21421	63	„	60	

§ 6. — *Contentieux.*

Aucune autorisation d'ester en justice n'a été accordée à des Hospices en 1867.

§ 7. — *Hospices de vieillards et d'incurables.*

Les travaux de construction de l'hôpital-hospice de Puers et d'agrandissement de celui de Schooten sont terminés. Au moyen du crédit ordinaire, porté au budget de 1867, la province a pu se libérer entièrement envers les commissions administratives de ces établissements.

A Grobbendonck, quelques travaux supplémentaires ont été jugés indispensables ; ils ont donné lieu à une dépense de frs. 934,17, qui sera régularisée sur les fonds de 1868.

Depuis la dernière session du conseil, deux nouveaux projets ont été mis en adjudication, savoir :

1° L'agrandissement de l'hôpital-hospice de Berchem;

2° La construction d'un hôpital-hospice au hameau de Gooreind, sous Wuestwezel.

Grâce au généreux concours de M. Reyniers-Vranken, qui intervient pour fr. 20,000 dans la dépense, ce dernier projet a pu être mis immédiatement à exécution ; les travaux sont poussés avec vigueur. Il n'en est pas de même en ce qui concerne l'hospice de Berchem. Cet établissement se trouve dans le rayon des servitudes militaires de la nouvelle enceinte d'Anvers et, malgré les plus vives instances, la commission administrative n'a pu, jusqu'ici, obtenir du Département de la Guerre, l'autorisation d'élever les constructions nouvelles. Elle se flatte, toutefois, de l'espoir de voir intervenir bientôt une solution favorable.

Un projet nouveau a été dressé par M. l'architecte Gife, pour l'érection d'un hôpital-hospice à Merxem. La dépense est évaluée à frs. 62,556.98, pour laquelle on ne sollicite le concours du Gouvernement et de la province que jusqu'à concurence d'une somme de frs. 32,000, soit frs. 16,000 pour chacun.

Le projet vient de recevoir l'approbation de M. le Ministre de la Justice et ne tardera pas à être mis en adjudication.

La commune d'Arendonck a demandé à agrandir l'hôpital-hospice qui existe dans cette localité ; M. Van Gastel, architecte provincial de l'arrondissement de Turnhout, a été chargé de dresser un avant-projet.

A Willebroeck, Borgerhout et Deurne, l'érection d'hôpitaux-hospices a été décidée en principe. Les administrations communales s'occupent de rassembler les fonds nécessaires.

On attend leurs propositions pour mettre des avant-projets à l'étude.

Le tableau suivant indique la répartition du crédit de frs. 12,000, porté au budget de 1867, en faveur des hôpitaux et hospices ruraux :

1° Hôpital-hospice de Puers,		(solde)	frs.	4,000.00
2°	idem	(trav. supp.)	"	197.44
3°	idem de Schooten,	(solde)	"	5,106.55
4°	idem	(trav. supp.)	"	998.33
5°	idem de Gooreind,	(1r à compte)	"	1,697.68
			Total frs.	12,000.00

Il existe des hôpitaux ou hospices dans les quatre villes de la Province.

Les communes qui possèdent de semblables établissements sont Berchem, Boom, Hoboken, Schooten, Duffel, Puers, Arendonck, Gheel, Grobbendonck, Herenthals et Hoogstraeten.

Le coût de l'entretien, par jour, de chaque individu varie de 20 centimes à fr. 1,50.

La plupart de ces établissements sont desservis par des religieuses.

Ils servent de refuges aux vieillards, aux orphelins, aux aveugles et sourds-muets, aux aliénés, aux malades et infirmes des deux sexes.

Dans la plupart les indigents de la localité sont admis gratuitement. Ceux de communes étrangères contre remboursement des frais d'entretien selon tarif.

§ 8. — *Hôpitaux pour les enfants.*

HÔPITAL LOUISE-MARIE A ANVERS.

Pendant l'année 1867, 280 enfants ont été admis à l'hôpital.

215 en sont sortis guéris.
47 y sont morts.

Le nombre des vaccinations a été de 759.

Aucune maladie grave n'a régné en 1867. Cependant au mois de Septembre on a recueilli quelques enfants atteints du choléra.

Les consultations gratuites qui se donnent journellement par des hommes de l'art ont été bien suivies. Les cas de chirurgie surtout ont été fort nombreux.

Le personnel de l'hôpital continue de remplir sa mission avec ce dévouement que sait inspirer la charité chrétienne.

§ 9. — *Hospices de maternité.*

Voir *art de guérir.*

§ 10. — *Aliénés.*

Le nombre des établissements d'aliénés dans la province est resté le même. Ils continuent à être bien administrés. Les comités permanents d'inspection constatent dans leurs rapports que les aliénés placés dans les établissements spéciaux, comme dans la colonie libre de Gheel, y reçoivent les soins les plus dévoués. Les efforts de l'administration tendent à introduire dans ces établissements les améliorations qui paraissent utiles pour le bien-être et la guérison de ces malheureux.

Population des établissements d'aliénés au 31 Décembre 1867 :

Hospice civil d'Anvers : 70 hommes et 68 femmes.
Établissement des frères Cellites à Anvers : 24 hommes.
Établissement des frères Alexiens à Lierre : 8 hommes.

Établissement des frères Alexiens à Malines : 21 hommes.

Établissement des sœurs noires à Duffel : 75 femmes.

Établissement de Gheel : 521 hommes et 514 femmes, à savoir : 118 pensionnaires et 917 indigents. Cette population se divise comme suit : 842 aliénés indigènes, 130 étrangers, 63 inconnus.

§ 11. — *Aveugles et sourds-muets. — Opthalmiques.*

La province est intervenue en 1867 dans les frais d'éducation de 21 sourds-muets et aveugles, pour une somme de fr. 2384.67.

Société de l'institut des sourds-muets, à Anvers. — Au 31 Décembre 1867 il y avait dans cet établissement 16 élèves.

La société a placé 4 filles sourdes-muettes dans des instituts du pays ; 3 à celui de Bruges et 1 à celui de Bruxelles.

La méthode d'enseignement adoptée est celle d'Amman ou la méthode allemande, avec exclusion du langage dactylologique et de tout signe méthodique. Elle consiste à apprendre le langage oral et à lire sur les lèvres d'un interlocuteur. Ce système plus naturel et plus pratique, que la société a inauguré en Belgique en 1865, fournit au sourd-muet des moyens de communication qui lui manquaient et le réintègre dans la société d'une manière plus complète que tout autre système.

La direction, d'accord avec les parents ou tuteurs, met en apprentissage les élèves dont l'instruction est assez avancée ; on leur fait apprendre le métier pour lequel ils montrent le plus d'aptitude, pour qu'ils puissent, en quittant l'établissement, se suffire à eux-mêmes et devenir des membres utiles dans la société.

La société continue à exercer son patronage sur ceux qui ont quitté l'institut, en soignant pour leur placement dans les ateliers et en les dirigeant de ses conseils, pour en faire d'honnêtes ouvriers.

Cet institut est un établissement essentiellement laïque, ouvert au malheureux sourd-muet, sans distinction de culte; l'instruction religieuse lui est donnée par le ministre du culte auquel il appartient.

Le prix de la pension est de fr. 400 ; on n'admet pas d'élèves au-dessous de 6 ans. La durée de l'enseignement est de 8 ans.

L'institut se trouve placé sous la surveillance et le contrôle de la direction de la société.

Les rapports de M. l'Inspecteur provincial de l'enseignement primaire constatent l'excellence de l'enseignement, la bonne tenue des locaux et l'entretien soigné des élèves.

§ 12. — *Enfants trouvés et abandonnés.*

Le nombre des enfants trouvés entretenus, pendant l'année 1866, aux frais de la province et des communes où ils ont été recueillis, présente, comparativement à 1865, une diminution de 24 : de 366, il est descendu à 342, répartis comme suit :

Anvers	325
Malines	10
Lierre	1
Berchem	1
Borgerhout	1
Contich	1
Loenhout	1
Berlaer	1
Heyst-op-den-Berg	1

Les dépenses occasionnées par leur entretien se sontélevées à fr. 29815.41. En accordant, par arrêté royal du 20 Septembre dernier, un subside de 9938 fr., le gouvernement y est intervenu pour un tiers.

Nous avons procédé à la répartition de cette subvention et liquidé au profit des communes intéressées leur part afférente.

Les villes d'Anvers et de Malines sont les seules où l'on pourvoit à l'entretien d'enfants abandonnés dont les parents sont connus. Il s'en trouvait, en 1866, 155 (chiffre moyen) dans la première de ces villes et 106 dans la seconde. La dépense totale faite de ce chef a été de fr. 20553.70.

Par arrêté royal du 5 Février 1868, pris en exécution de l'art. 22 de la loi du 18 Février 1845, le prix de la journée d'entretien des enfants trouvés, à l'hospice d'Anvers, pendant l'année courante, a été fixé à 70 centimes.

Les établissements charitables ne peuvent, sans notre autorisation, restituer gratuitement à leurs parents des enfants abandonnés confiés à leurs soins (circulaire ministérielle du 25 Juin 1816). Nous autorisons cette restitution, lorsqu'au moyen de certificats émanant de l'administration locale, il est constaté que les père et mère possèdent les moyens d'entretenir dorénavant l'enfant qu'ils réclament, sans être toutefois à même de rembourser les frais qu'il a occasionués, et lorsque leurs parents sont d'une bonne moralité.

Nous avons été appelés à nous prononcer dans le débat ouvert depuis des années entre la commission administrative des hospices civils et le bureau de bienfaisance de Malines, sur la question de savoir auquel de ces établissements incombent les frais d'entretien des enfants abandonnés dont les parents sont connus et ont leur domicile de secours dans la dite ville.

Par délibération du 15 Octobre 1864, le conseil communal

avait décidé que les frais dont il s'agit seraient supportés par le bureau de bienfaisance. L'affaire se trouvait rattachée à une espèce donnée, l'enfant Langenus, dont la qualité d'enfant abandonné n'était pas contestée.

Le bureau de bienfaisance interjeta appel, le 20 Février 1865, conformément à l'art. 20 de la loi du 18 Février 1845.

Nous eûmes donc à examiner si par la loi du 30 Juillet 1834, il était dérogé aux principes généraux qui déterminent les attributions et charges respectives des hospices et des bureaux de bienfaisance, et en vertu desquels les premiers ont à leur charge les individus qui, à cause de leur âge, d'infirmités corporelles ou intellectuelles, ne peuvent être secourus qu'en les plaçant, soit dans un refuge, soit en nourrice ou en pension, et les seconds, les indigents qui ne réclament que des secours à domicile. Notre avis fut que le législateur n'avait pas voulu innover à cet égard et, conséquemment, comme l'enfant Langenus avait été mis en pension, nous décidâmes que les frais de son entretien incombaient à l'administration des hospices. Celle-ci a pris son recours au Roi contre cette décision et l'affaire est encore actuellement pendante.

Il en est de même du pourvoi exercé par les dits hospices contre la ville de Malines et la province, en répétition d'une somme de fr. 6373.39 qu'ils prétendent avoir indûment payée, de 1834 à 1857, pour l'entretien d'enfants trouvés qui avaient atteint leur majorité.

Section III. — Dépôt de mendicité d'Hoogstraeten.

§ 1. — *Administration.*

Par arrêté royal du 19 Décembre 1867, MM. J. Bovie et J. Van den Bergh, membres du conseil d'inspection de cet établissement, et dont le mandat était expiré, ont été maintenus dans leurs fonctions, pour un nouveau terme de six ans.

M. Marcelis, médecin du dépôt, depuis 28 ans, et dont la santé ne lui permettait plus de remplir cet emploi, a donné sa démission et a été admis à la pension.

§ 2. — *Service intérieur.*

Ce service n'a subi aucun changement pendant l'année 1867.

Le chiffre élevé de la population a permis de donner un grand développement aux diverses industries qui ont été introduites au dépôt.

Les différents travaux, auxquels les reclus sont employés, ont donné, pour l'année 1867, un bénéfice net de fr. 13.985.44.

§ 3. — *Population.*

La population était au 1r Janvier 1867, de 696 reclus des deux sexes. Au 31 Décembre, elle était de 716 reclus, dont 565 hommes, 140 femmes et 11 enfants.

§ 4. — *Comptabilité.*

Le compte des recettes et des dépenses pour l'exercice 1866, a été arrêté comme suit, savoir :

Les recettes à	fr.	119.572,93
Les dépenses à	»	119.607,97

Le budget de l'exercice 1868, approuvé par M. le Ministre de la Justice, a été arrêté comme suit :

Les recettes à	fr.	192.088,80
Les dépenses à	»	188,115.99
Excédant des recettes sur les dépenses	fr.	3972.81

Le prix de la journée d'entretien de l'exercice 1867, a été de 55 centimes pour les reclus valides, de 85 centimes pour les invalides et de 30 c^mes pour les enfants au-dessous de deux ans.

Ces prix ont été portés au budget de 1868 comme suit :

Pour les reclus valides à . . .	fr.	0,65
Pour les reclus invalides à . . .	"	0,85
Pour les enfants au-dessous de 2 ans à	"	0.33

§ 5. — *Service de transport.*

Un service de transport a été organisé, aux frais de l'établissement, pour le transport des reclus, du dépôt à Turnhout, et vice-versa. Ce service fonctionne régulièrement depuis le 1er Janvier dernier.

Section IV. — Monts de piété.

§ 1. — *Opérations.*

Tableau comparatif des opérations des monts de piété d'Anvers, de Malines et de Lierre, pendant les années 1866 et 1867.

VILLES.	Nombre des gages déposés pend. l'année		Différence en plus en 1867.	Différence en moins en 1867.	Montant des capitaux prêtés sur les gages pendant l'année		Différence en plus en 1867.	Différence en moins en 1867.	Nombre des gages retirés en 1867.	Montant des dégagements.	Nombre des gages vendus en 1867.	Montant des ventes en		Differ. en plus en 1867.	Différence en moins en 1867.	Valeur moyenne des gages vendus en 1867.
	1866	1867			1866	1867						1866	1867			
Anvers.	174895	180491	5596	»	1513946	1917789	403843	»	169182	1771626	5509	77580.—	87407.—	9827.—	»	15.85
Malines.	76750	70383	»	6167	575017	516006	»	59011	69038	515510	2302	27105.75	13708.—	»	11397.75	6.82
Lierre.	25249	25018	»	231	108016	107644	»	372	24707	105218	351	1177.—	2166.—	989.—	»	6.17
Totaux.	276894	276092	5596	6398	2196979	2541439	403843	59383	262927	2392354	8162	105862.75	103281.—	10816.—	11397.75	28.84

§ 2. — *Comptabilité.*

Bilan de la situation générale des Monts de piété d'Anvers, de Malines et de Lierre, au 31 Décembre 1867.

Spécification des capitaux actifs et passifs.	Anvers.	Malines.	Lierre.
Actif.			
Valeur des bâtiments et meubles. . . .	139965 74	31920 83	600 —
Prêts sur gages en magasin	806142 —	166210 —	30373 —
En caisse	6599 30	25624 01	3097 43
En caisse, en obligations de l'emprunt belge, de celui de Malines et en bons du trésor.	»	49750 —	»
A recevoir pour les ventes tenues aux mois de novembre et décembre 1867 . . .	19937 66	1718 50	»
Courtresses.	»	134 80	98 85
Total de l'actif. .	972644 70	275358 14	34169 28
Passif.			
Capitaux propres au Mont-de-Piété. . .	770107 13	233801 70	
Id. avancés par le bureau de bienfaisance.	74000 —	»	8000 — 14000 —
Id. avancés par les hospices. . . .	»	»	»
Cautionnements.	120000 —	39300 —	7500 —
Boni des gages vendus.	8537 57	2256 44	319 72
Intérêts des cautionnements et capitaux empruntés.	»	»	» 1380 85
Capitaux avancés par la caisse d'assurance l'*Escaut*	»	»	»
Total du passif. .	972644 70	275358 14	31200 57

Etat des recettes et dépenses des Monts de Piété d'Anvers, de Malines et de Lierre, pour l'exercice de 1867.

Spécification des recettes et des dépenses.	Anvers.	Malines.	Lierre.
Recettes.			
Intérêts des capitaux placés en fonds publics de l'emprunt de Malines et des bons du trésor	»	2300 00	»
Intérêts sur les capitaux de gages dégagés.	72730 71	17498 43	4496 39
» » vendus	8242 19	2256 44	228 72
Boni prescrit.	2687 65	»	»
Augmentation de 5 °/₀ sur le prix de la vente	5994 10	»	106 42
Produit de la location des bâtiments. . .	1900 00	600 00	»
Droit de 5 °/₀ sur les dégagements sous caution	142 21	»	31
Produit de la vente de vieux matériaux et autres recettes..	» 597 30	» »	» »
Courtresses à suppléer par le priseur. . .	158 25	184 85	98 85
Subside pour la restauration de la galerie .	»	»	»
Total des recettes frs.	92422 41	22836 72	4930 69
Dépenses.			
Courtresses non suppléées sur le capital des gages vendus	1397 31	600 00	98 85
Appointements, subsides et gratifications des employés.	39165 75	13416 66	2520 00
Loyer de trois bureaux auxiliaires. . . .	2550 00	»	200 00
Chauffage et éclairage.	617 33	550 00	48 29
Contributions.	910 46	155 04	19 99
Fournitures de bureau, impressions.. . .	2088 13	621 22	161 90
Intérêts des cautionnements.	6000 00	1965 00	375 00
Intérêts au bureau de bienfaisance et aux hospices.	»	500 00	1005 85
Assurances contre incendie.	620 00	62 50	30 00
Menus frais et dépenses imprévues . . .	1367 84	638 57	19 00
Entretien et restauration de bâtiments. . .	1623 55	789 84	»
Intérêts des emprunts temporaires. . . .	2525 09	»	»
Boni des gages vendus, restitué aux propriétaires	»	739 41	»
Restauration de la galerie gothique . . .	»	»	»
Total des dépenses. .	58865 46	20038 24	4478 88
Balance.			
Les recettes s'élèvent à.	92422 41	22836 72	4930 69
Les dépenses à.	58865 46	20038 24	4478 88
Bénéfice.	33556 95	2798 48	451 81
Déficit.	»	»	»

Section V. — Caisses d'épargne.

Les fonds destinés à être versés dans la caisse d'épargne le sont dans celle instituée sous la garantie de l'Etat par la loi du 16 Mars 1865.

La ville de Malines n'a pas consenti à affilier sa caisse d'épargne particulière à celle instituée par la loi indiquée ci-dessus.

Les tableaux suivants indiquent la situation de cette dernière caisse.

Mouvement de la caisse d'épargne de la ville de Malines pendant l'année 1867.

	RECETTES. générales.	d'exploitation.
Reçu le remboursement de 5500 frs emprunt de la ville.	5500 —	» »
Reçu délivré deux duplicats de livrets.	60	» 60
Il restait en caisse au 31 décembre 1866	6458 27	» »
Reçu de 1417 participants dont 226 nouveaux	99001 94	» »
Reçu en intérêts des fonds	15399 —	15399 —
Total.	126359 81	15399 60

	DÉPENSES générales-	d'exploitation.	RESTE à PAYER
Payé en 285 remboursements dont 138 totalement soldés.	62744 63	» »	» »
» pour intérêts courus et payés en 1867.	689 24	689 24	» »
» » » à payer sur 1867	» »	12648 »	12648 »
» » » payé sur 1862	» 24	» »	» »
» » » » » 1863	8 36	» »	» »
» » » » » 1864	24 61	» »	» »
» » » » » 1865	265 94	» »	53 66
» » » » » 1866	10356 08	» »	454 43
Achat de 4 oblig. emprunt de la ville	1980 »	» »	» »
» 6 » crédit communal.	5550 »	» »	» »
» 30 mille francs emprunt belge.	29850 »	» »	» »
Payé pour intérêt couru.	344 51	344 51	» »
» » commission	35 41	35 41	» »
» à la caisse de garantie le bénéfice de l'année 1866.	1916 05		
Total.	113765 09	13717 16	13156 09

RÉCAPITULATION :

Recettes générales.	126359 81
Dépenses générales.	113765 09
Solde en caisse.	12594 76
Recettes d'exploitation.	155399 60
Dépenses »	13717 16
	1682 44

Balance de la caisse d'épargne de la ville de Malines, au 31 Décembre 1867.

Au cours du 31 Déc. 1867	Passif	Actif.
Montant des participants	349786 69	
Intérêts restant à payer sur les années 1865 et 1866.	508 09	
Intérêts à payer sur l'année 1867.	12648 —	
217 obligations crédit communal de 1000 frs à 95, 90		208103 —
8 » emprunt belge de 2000 fr. 99, 50		15920 —
41 » » » » de 1000 fr 99, 50		40795 —
23 emp. de la ville (abattoir) de frs 500.		11500 —
18 id. id. (1856) de frs 1000.		17820 —
1 id. id. id. frs 500.		495 —
56 id. id. de 300000 frs 500.		27720 —
2 id. id. id. frs 100		198 —
50 id. remb. de la dette constituée de frs 500		24750 —
2 mois d'int. sur 217 oblig. crédit communal.		1627 50
2 id. 18 id. emp. belge de frs 2000		120 —
2 id. 41 id. de frs 1000		307 50
Argent en caisse.		12594 76
Différence en moins.		992 02
Total........	362942 78	362942 78

Selon le prix d'achat.	Passif.	Actif.
Montant des participants	349786 69	
Intérêts restant à payer sur les années 1865 et 1866............	508 09	
Intérêts à payer sur l'année 1867..	12648 —	
217 obl. créd. comm^l. 4 1/2 % frs 1000		210990 50
8 » empr. belge, » frs 2000		15951 —
41 » » » » frs 1000		40868 50
23 » emp. de la ville (abattoir) » frs 500		11500 —
18 » » (1856) » frs 1000		17820 —
1 » » » » frs 500		495 —
56 » » de 300000 » frs 500		27720 —
2 » » id. » frs 100		198 —
50 » » remb. de la dette constituée. » frs 500		24750 —
2 mois d'int. sur 217 oblig. crédit communal.		1627 50
2 » » » 18 » emp. belge. de frs 2000		120 —
2 » » » 41 » emp. belge. de frs 1000		307 50
Argent en caisse		12594 76
Différence en plus ou bénéfice.	2002 98	» —
Total........	364945 76	364945 76

VIe Section. — Sociétés de prévoyance pour l'achat de provisions d'hiver.

Il existe dans la province deux sociétés de ce genre : la société d'épargne pour l'achat de provisions d'hiver, à Anvers, et la société de St Joseph, à Malines. Toutes les deux continuent à prospérer et à rendre des services signalés à la classe ouvrière.

VIIe Section. — Sociétés de secours mutuels.

Nous n'avons rien de nouveau à signaler dans la situation des sociétés de secours mutuels.

Section VIII. — Expositions et loteries faites dans un but de bienfaisance ou d'encouragement des Beaux-Arts.

La loi du 31 décembre 1851 sur les expositions et les loteries est ponctuellement exécutée et conséquemment aucun recours n'a dû être pris en cette matière contre les décisions des administrations locales. Celles-ci sont tenues, aux termes de la circulaire insérée au mémorial administratif sous le no 6043, de notifier en temps utile les autorisations qu'elles ont accordées. Cette disposition a été rappelée à quelques colléges échevinaux qui ne s'y étaient pas conformés.

Nous donnons ci-après le détail des expositions-loteries qui ont été organisées dans la province pendant l'exercice 1867, ainsi que de celles dont le résultat n'a pu être connu que pendant le cours de la dite annéc.

On y remarquera celle qui a été érigée avec notre assentiment par le bureau de bienfaisance et la fabrique d'église d'Austruweel. Le premier de ces établissements a consacré la plus forte partie de sa part du produit à l'achat de fonds belges; sa dotation s'est ainsi accrue d'un capital nominal de 600 fr.

TITRE VI.

—

CULTES.

—

Section 1. — Culte catholique.

§ 1. — *Clergé.*

Le nombre des membres du clergé catholique préposés à l'administration spirituelle de la province, s'élevait en 1867 à 443, savoir :

1 Cardinal-Archevêque.
2 Secrétaires de l'archevêché.
3 Vicaires-généraux.
12 Chanoines.
10 Curés de 1re classe.
11 Curés de 2e classe.
169 Desservants.
12 Chapelains.
215 Vicaires.
8 Coadjuteurs.
———
443

Son Eminence le cardinal Sterckx est décédé à Malines le 4 Décembre 1867 et a été remplacé dans ses fonctions d'archevêque par Sa Grandeur l'évêque de Namur, Monseigneur Victor Auguste Dechamps.

§ 2. — *Traitements.*

D'après les derniers états transmis au département de la justice, les sommes allouées aux membres du clergé catholique, à titre de traitement, s'élèvent pour l'année 1867, à fr. 421,960, savoir :

1	Cardinal-archevêque			Fr. 21,000
	Abonnement, frais de tournée et de secrétariat			« 1,600
2	Secrétaires de l'archevêché		à fr. 1,500	« 3,000
3	Vicaires généraux		" 3,600	" 10,800
12	Chanoines		" 2,400	" 28,800
10	Curés de 1re classe		" 2,047-50	" 20,475
2	" 2e "		" 1,600	" 3,200
6	" " "		" 1,500	" 9,000
3	" " "		" 1,365	" 4,095
28	Desservants	à fr. 1,200		" 33,600
68	"	" 1,100		" 74,800
73	"	" 950		" 69,350
3	"	" 700		" 2,100
1	"	" 840		" 840
8	"	" 600		" 4,800
7	Vicaires	" 700		" 4,900
208	"	" 600		" 124,800
8	Coadjuteurs	" 600		" 4,800
443				Fr. 421,960

§ 3. — *Eglises et presbytères.*

Un crédit de fr. 33,000, figurait au budget de 1867, pour être affecté à la construction et la restauration d'églises et de presbytères et au placement de paratonnerres. Il a été réparti de la manière suivante :

ARRONDISSEMENT D'ANVERS.

Rumpst. — Amélioration du presbytère (solde) fr.	266.67
Edegem. — Restauration de la tour et de l'église (solde)	150.—
Deurne. — Travaux supplémentaires d'appropriation au presbytère (solde)	965.93
Hoevenen. — Construction d'une nouvelle sacristie	333.33
Westmalle. — Restauration du presbytère . .	400.—
St. Léonard. — Appropriation du presbytère . .	725.—
Brecht. — Construction de la tour de l'église .	1233.33
Cappellen. — Acquisition de l'église St. Denis à *Heirbrant*	5000.—
Hoboken. — Agrandissement de l'église . .	9816.66
Ranst. — Restauration du presbytère. . .	183.33
Schelle. — id. id.	533.33
Wuestwezel. — Pavement de l'église de *Gooreind* .	334.11
Schelle. — Placement d'un paratonnerre sur la tour de l'église	66.66
Eeckeren. — id. id. .	69.48
Rumpst. — id. id. .	45.—
Total de l'arrondissement d'Anvers.	20122.83

ARRONDISSEMENT DE MALINES.

Ruysbroeck. — Amélioration du presbytère (solde).	318.—
Breendonck. — Appropriation du presbytère (id.)	275.—
Boisschot. — Travaux supplémentaires au presbytère	47.75
St. Amand. — Reconstruction de la tour et agrandissement de l'église (solde)	1700.—
Idem. — Travaux supplémentaires à la tour. .	75.33
Puers. — Travaux de restauration au presbytère de *Calfort*	150.—
Idem. — Idem à l'église de *Calfort* . . .	272.35
Nylen. — Restauration de l'église et placement d'un paratonnerre (solde)	66.67
Breendonck. — Travaux supplémentaires d'appropriation au presbytère	120.29
Heyst-op-den-berg. — Placement d'un paratonnerre sur l'église d'*Hallaer*.	50.—
Total de l'arrondissement de Malines.	3075.39

ARRONDISSEMENT DE TURNHOUT.

Beersse. — Achèvement du presbytère (solde) .	225.—
Oevel. — Restauration de la tour de l'église (travaux supplémentaires)	146.—
Oolen. — Pavement de l'église et achèvement du presbytère d'*Achteroolen* (solde) . . .	360.76
à reporter fr.	731.76

		Report fr. 731.76
Oolen. — Placement d'un paratonnerre	. .	103.—
Lichtaert. — Pavement de l'église	. . . .	591.66
Meir. — Agrandissement de l'église (solde).	.	633.33
Eynthout. — Pavement du portail de l'église	.	37.50
Meerle. — Reconstruction d'un pignon de l'église.		104.54
Wechelderzande. — Restauration du presbytère (à compte)	. . . .	3766.66
Vorsselaer. — Restauration de la tonr de l'église	.	1000.—
Veerle. — Placement d'un paratonnerre sur la tour de l'église de *Milleghem*	. . . . .	50.—
Moll. — Placement d'un paratonnerre sur la tour.		75.—
Eynthout. — idem idem.	.	58.33
Total de l'arrondissement de Turnhout		7151.78

RÉCAPITULATION :

Arrondissement d'Anvers .	. . fr.	20122.83
" de Malines	. . "	3075.39
" de Turnhout	. . "	7151.78
Prélèvement de la moitié des traitements des architectes provinciaux	. . . . . .	2650.—
Total général. fr.		33000.—

En dehors de la répartition qui précède, un subside de fr. 5000 a été mis à la disposition du conseil de fabrique de l'église St. George à Anvers, pour les travaux d'achèvement de cet édifice.

Les églises de St. Joseph, à Anvers, et de Goorcind, sous Wuestwezel, ont reçu respectivement les subsides de 10,000 et de 6,000 fr. qui leur avaient été alloués sur les articles 25 et 27 du même budget.

Les sommes votées pour la construction d'une église au hameau Terhaegen, sous Rumpst, et pour celle des deux églises du Kiel et du Stuivenberg qui aurait été adjugée la première, sont restées jusqu'ici sans emploi. Aucun de ces projets n'a encore pû être mis en adjudication.

Les projets actuellement en instruction et qui devront être subsidiés sur le crédit de 1868, sont les suivants :

ARRONDISSEMENT D'ANVERS.

Austruweel. — La toiture de la tour et de l'église a nécessité quelques réparations urgentes évaluées à fr. 906,19. Ces travaux réclamaient, par leur nature, une surveillance toute spéciale. Pour ce motif, l'exécution en a été autorisée par voie de régie.

Beirendrecht. — Il a été reconnu nécessaire d'agrandir l'église de cette localité. Le conseil communal et le conseil de fabrique ont décidé que l'agrandissement se ferait du côté ouest et qu'une nouvelle tour serait construite ; ils s'engagent à couvrir les deux tiers de la dépense. Un projet est demandé à l'architecte provincial.

Brasschaet. — Un projet de restauration du presbytère avait été dressé en 1862. A cette époque, le conseil communal jugea à propos de n'y pas donner suite. Cette affaire ayant été reproduite, à la fin de 1867, le projet a de nouveau été soumis à la délibération de la commune et du conseil de fabrique, qui l'ont adopté, après y avoir fait apporter quelques modifications. Les travaux sont évalués à fr. 4932,47 ; il pourront être mis en adjudication dans un délai très-rapproché.

Brecht. — Dans une pétition adressée à la députation permanente, des habitants des hameaux de Sternhoven, Overbroeck et Meirreyt, offrent de concourir, pour une somme de

6.000 fr., dans les frais de construction d'un presbytère et d'une école avec demeure d'instituteur. Le conseil communal paraît peu disposé à accueillir cette offre en son entier. On fait des instances pour l'y décider.

Schooten. — Le projet d'agrandissement du presbytère, dont l'exécution donnera lieu à une dépense de fr. 10.797,66, a été définitivement adopté. Il fera partie de la première série de travaux à mettre en adjudication.

Oeleghem. — Des travaux de réparations extraordinaires devraient être faites au presbytère, mais, la commune ne disposant pas de ressources suffisantes, ces travaux se trouvent momentanément ajournés.

ARRONDISSEMENT DE MALINES.

Bevel. — Depuis le mois de Novembre 1866, un projet de restauration du presbytère est soumis à la délibération du conseil communal qui jusqu'ici n'a pas fait connaître ses intentions, quant à la suite à y donner.

Blaesvelt. — A la demande du conseil communal et du conseil de fabrique, M. l'architecte Schadde a été chargé de dresser un projet de pavement pour l'église. Il entraînera une dépense approximative de fr. 2814,29. La commune et l'église délibèrent, en ce moment, sur les moyens de couvrir les deux tiers de la dépense.

Calfort (Puers). — A la suite de déclarations émanées directement de la commission royale des monuments, la fabrique de l'église a résolu de faire exécuter au bâtiment certaines restaurations que l'architecte provincial évalue à fr. 1634.09. Vu la grande diversité de ces travaux, l'exécution en a été autorisée en régie.

Waelhem. Le projet dressé par M. Schadde pour le prolongement du transcept et la construction d'un pignon et des contreforts de l'église, a donné lieu à quelques observations de la part de la commission royale des monuments. Elles ont été communiquées, au mois de Juillet 1867, à l'architecte provincial, qui, jusqu'ici, n'y a encore donné aucune suite.

Le presbytère de Waelhem exige également des travaux de restauration, qui ont été évalués à fr. 1629,98. Les pièces pour la mise en adjudication de ces travaux sont, en ce moment, soumises à la formalité de l'enregistrement.

ARRONDISSEMENT DE TURNHOUT.

Herenthout. — Il a été reconnu nécessaire d'exécuter quelques travaux de restauration au presbytère. Le détail estimatif en a été dressé par l'architecte provincial, au montant de fr. 635. Il est soumis à l'appréciation du conseil communal.

Lichtaert. — L'écurie et la buanderie du presbytère nécessitent une reconstruction complète, évaluée à fr. 3563.58. La commune et la fabrique d'église ont pris l'engagement de couvrir les deux tiers de cette dépense. Les travaux ne tarderont donc pas à être adjugés.

Meir. — Les travaux d'agrandissement de l'église ont été adjugés à la fin de l'année 1867. Vu l'approche de la mauvaise saison, l'exécution en a été ajournée au printemps de 1868. On a exprimé depuis le désir que l'exhaussement du chœur, puisse être effectué en même temps, pour améliorer l'aspect général du futur édifice. En conséquence M. Van Gastel a été chargé de dresser un projet complémentaire.

Moll. — Le conseil communal désire reconstruire le presbytère de Milleghem, mais il n'offre son concours dans la dépense que jusqu'à concurrence du tiers de la dépense. On lui a fait connaître que, pour voir aboutir son projet, il est indispensable de réunir des ressources égales aux deux tiers. Sa réponse n'est pas encore connue.

Norderwyck. — L'état de délabrement de l'église exige une reconstruction complète de l'édifice. M. Van Gastel a été chargé de s'entendre avec le conseil de fabrique et le conseil communal, pour l'élaboration d'un projet.

Rethy. — L'église de Rethy est devenue insuffisante, par suite de l'accroissement de la population. Le conseil de fabrique se propose de l'agrandir, avec le concours de l'Etat, de la province et de la commune. L'architecte provincial s'occupe de l'élaboration d'un projet.

Wortel. On a reconnu la nécessité d'exécuter des travaux urgents d'amélioration au presbytère. Le devis en a été dressé par l'architecte provincial ; il monte à fr. 3,111-74. La commune et l'église délibèrent sur les moyens de fournir leur contingent dans la dépense.

Hersselt et Merxplas. — Les églises de ces deux localités doivent être agrandies. Des projets sont demandés à l'architecte provincial, M. Van Gastel.

§ 4. — *Fabriques d'église.*

L'art. 89 du décret du 30 Décembre 1809 prescrit le dépôt à la maison commune du double des comptes annuels des fabriques d'église. Partout cette prescription a reçu son exécution.

§ 5. — *Biens et immeubles.*

Acquisitions. — La fabrique de l'église de Puers a été autorisée à affecter la somme de fr. 1430 à l'achat de deux parcelles de terre contigues à d'autres propriétés de la fabrique.

Celle de St-Gommaire à Lierre a fait l'acquisition, au prix de fr. 2500, du terrain de l'ancien hospice St-Jacques.

Aliénations. — La fabrique de l'église de Willebroeck a été autorisée à vendre publiquement 2 hectares 06 ares 65 c/a. de terres évaluées à fr. 10560 et ce afin de pouvoir fournir son contingent dans les frais d'agrandissement de l'église.

Celle de Wilmarsdonck a obtenu l'autorisation d'exproprier judiciairement une parcelle de terre de 1 hectare 27 ares 40 c/a. grevée d'une rente dont le paiement était resté en souffrance.

La fabrique de l'église de St-Willebrord à Anvers a cédé a deux sociétés industrielles, après y avoir été autorisée par arrêté royal, deux parcelles de prairies sises au Looybroeck, contre le Schyn, d'une contenance de 39 ares 64 c/a. La cession a eu lieu au prix de fr. 23784.

Echange. — Une parcelle de terrain de 8 ares 55 c/a appartenant à l'église de Beersel et évaluée à fr. 555.75, a été échangée contre une autre parcelle d'une contenance de 25 ares 65 c/a et d'une valeur de fr. 1026. L'échange s'est fait sans soulte.

Si les biens immeubles des fabriques d'église ne subissent pas de nombreuses mutations c'est que les fabriques ne vendent ceux qu'elles possèdent que lorsqu'on en offre un prix élevé ou qu'elles ont besoin de ressources pour l'exécution de travaux aux églises ou aux presbytères. Les fabriques n'achètent de propriétés immobilières que dans le cas où elles sont destinées à améliorer d'autres propriétés adjacentes ou que le service du culte exige qu'on en fasse l'acquisition.

La location des biens immeubles des fabriques se fait dans les mêmes conditions que celles admises pour l'adjudication des biens des établissements charitables.

§ 6. — *Legs et donations.*

Relevé des legs et donations faits aux fabriques d'église en 1867.

NOM de la COMMUNE.	NOM du DONATEUR.	NATURE du legs ou de la donation.	VALEUR.	CHARGES y attachées
Anvers, (St. Paul.)	Sr J. C. J. Dusart.	Numéraire.	3000 —	Services religieux.
Id.	Le même.	Ornements sacerdotaux.	2094 —	idem.
Malines, (N.-D. au-delà de la Dyle).	Le même.	Numéraire.	300 —	Idem.
Malines (St. Jean).	Sr J. B. Segers.	Rente hypothécaire.	340 —	idem.
Id. id.	Dlle C. B. J. Van Kiel.	Numéraire.	125 —	idem.
Hingene.	Dame Van Goethem.	Rente hypothécaire.	8000 —	idem.
id. (Wintham).	La même.	Idem	800 —	idem.
Casterlé.	Sr D. Spaepen.	Numéraire.	200 —	Restauration d'une chapelle
id.	Le même.	Idem	400 —	Services religieux.
Calmpthout.	Dlle A. C. Geerts.	Idem	1200 —	idem.
Lierre (Béguinage).	Dlles Van Hoof et Ces.	Maison.	6000 —	—
Malines (St. Romb')	Chanoine Vander Linden	Id. et jardin.	20000 —	Services religieux.
Idem	Dlle Somers.	Numéraire.	730 / 1875	idem.
Esschen.	Sr Corn. Claessens.	Idem	200 —	idem.
Anvers (St. Paul).	Dame Peeters-Stuyck.	Rente hypothécaire.	2300	idem.
			——— —	
		à reporter fr.	47784 —	

		Report fr.	47784 —	
Niel.	Sr J. B. Colders.	Numéraire.	154 —	Services religieux.
Puers (Calfort)	Dame Diercksens-Duvivier.	Idem	100 —	Sans charges.
Ruysbroeck.	La même.	Idem	800 —	Pavement de l'église.
Malines (N.-D. au delà de la Dyle).	Dame Absillis-Willems.	Rente hypothécaire.	2230 —	Services religieux.
Hingene.	Sr J. F. Van Damme.	Numéraire.	500 —	idem.
Id.	Le même.	Rente.	560 —	idem.
Id. (Wintham).	Idem.	Idem	320 —	idem.
Nylen.	Frères De Ram.	Numéraire.	1100 —	idem.
Westmalle.	Sr Coolbonders.	Idem	200 —	idem.
Bornhem.	Sr A. Cranleux.	Idem	400 —	idem.
Norderwyck.	Sr Jacq. Vloeberghs.	Terre	1025 —	idem.
Brecht(St Antoine),	Dame Vanden Wyngaert.	Numéraire.	40 —	Inscription sur le registre de la prière dominicale.
Idem	La même.	Idem	400 —	Travaux d'amélioration à l'église.
Oostmalle.	Sr P. De Beucker.	Idem	87-50	Services religieux.
Merxem.	Sr P. De Laet.	Terre et numéraire.	1800 — 600 —	idem.
Herenthout.	Sr M. F. Van Rompaey.	Rente hypothécaire.	200 —	idem.
Hombeeck.	Dlle J. Th. Somers.	Idem	720 —	idem
Contich.	Sr A. Lambrechts.	Idem	200 —	idem.
Westerloo	Sr F. J. Le Flot	Idem	400 —	idem.
Eeckeren.	Dame Van Dingenen.	Numéraire.	181-40	idem.
Vieux-Turnhout.	Sr J. B. Reyniers.	Idem	50 —	Sans charges.
Anvers St. Amand.	Fab. d'église de St. Willebd.	Terrain	2990 —	idem.
Borgerhout.	Sr E. De Ridder.	Numéraire	2000 —	Services religieux.
Hove.	Sr Geelband.	Idem	200 —	Sans charges.
Anvers, (Notre-Dame.)	Sr Hanegraeff.	Numéraire et ornements d'église.	1045 —	idem.
Hove.	P. J. Van Heurck.	Numéraire.	700 —	Services religieux.
Contich.	Dlle P. Reyckx.	Idem.	870 —	idem.

Hombeeck.	Dlle Ceulemans.	Numéraire.	80 —	Services religieux.
Moll.	Sr S. Mertens.	Terre	1300 —	idem.
Putte.	Sr C. Vermylen.	Numéraire.	300 —	idem.
Anvers (St.Jacques).	Dlle L. Van Donghen.	Idem	1000 —	idem.
Boom.	Sr J. B. De Backer.	Idem	600 —	idem.
Idem.	Le même.	Idem	500 —	Sans charges.
Oevel.	Sr F. De Brier.	Idem	4000 —	Services religieux et distribution de pain aux pauvres.
		Total fr.	75156.90	

7. — *Remboursements et remplois de capitaux. — Emprunts.*

Les remboursements de capitanx effectnés par des particnliers, par la caisse d'épargne ou par aliénation de fonds belges, s'élèvent à fr. 50770,30.

Ceux de ces capitaux qui n'ont pas été employés pour travaux exécutés aux églises ou aux presbytères ont été reconstitués. Un grand nombre a été replacé en obligations du nouvel emprnnt provincial.

La fabrique de l'église de Santvliet a été autorisée à contracter un emprunt de fr. 5000 à 4 $^1/_2$ $^0/_0$ d'intérêt, rembonrsable en 10 ans. Cette somme doit servir à convrir les frais de construction du presbytère.

Celle de Meir a levé à 4 $^0/_0$ et pour un terme de 28 ans, un emprunt de fr. 14,000 destiné au paiement des travanx de reconstruction de l'église.

Celle de Boisschot a emprunté fr. 6000 pour l'achat d'un nouvel orgue; l'intérêt est de 4 $^1/_2$ $^0/_0$ par an et le terme de remboursement est fixé à 15 ans.

§ 8. — *Contentieux.*

Les fabriques des églises de Malines ont été autorisées à ester en justice contre la ville pour la revendication du droit des transports funèbres dont la ville a adjugé l'entreprise à son profit. Celle-ci a été également autorisée à se défendre contre l'action qui lui a été intentée. Le jugement n'étant pas encore connn, on présume qne l'affaire est encore pendante devant le tribunal de première instance.

La fabrique de l'église de Barleduc a obtenu l'autorisation de poursuivre en justice l'État néerlandais en rectification d'une inscription au grand livre de la dette publique. Le jugement n'est pas encore intervenn.

§ 9. — *Séminaires.*

En 1867 nous n'avons eu à statuer sur aucune affaire concernant les séminaires.

Section II. — Cultes protestant, anglican et israëlite.

Culte protestant.

Le personnel officiant de cette communauté n'a subi aucun changement, pendant l'année 1867.

Le premier pasteur jouit d'un traitement sur le trésor de.	fr.	4800.00
Le second pasteur d'un traitement de .	"	2880.00
et le chantre marguillier d'un traitement de	"	480.00
Indépendamment de ces sommes, il est accordé annuellement au consistoire, à titre de subside, une somme de.	"	1000.00
Total de la dépense annuelle par l'Etat	frs.	9160.00

Culte anglican.

Un seul pasteur est attaché au culte anglican à Anvers ; le traitement qu'il reçoit de l'Etat s'élève à 2,400 francs.

Culte israëlite.

Le ministre officiant préposé au culte israëlite à Anvers, reçoit de l'Etat un traitement annuel de 800 frs.

Section III. — Cimetières.

Deux concessions de terrain pour construction de caveaux de sépulture ont été accordées en 1867. L'une sur le cimetière de Turnhout à la famille Van Hulsel qui a payé de ce chef une indemnité de 90 fr. à la ville et fait en outre au bureau de bienfaisance et aux hospices à chacun un don de 500 fr. Le terrain concédé a une superficie de 4.50 mètres carrés.

L'autre a été octroyée à la famille Geelhand dans le cimetière de Hove. Il a été fait de ce chef par l'impétrant à la commune, au bureau de bienfaisance et à la fabrique d'église à chacun un don de 200 fr. pour une contenance de terrain de 7.20 mètres carrés.

Il résulte des renseignements fournis par les administrations locales, que des mesures ont été prises pour assurer l'exécution des travaux d'amélioration dont, d'après le rapport de la commission médicale provinciale, étaient susceptibles les cimetières de Berlaer, Itegem et Ruysbroeck.

Une convention a été conclue entre la fabrique d'église, des délégués du conseil communal et un propriétaire de Schrieck pour l'exécution au cimetière des travaux d'amélioration signalés par la dite commission que nous avons cru devoir consulter de nouveau sur l'efficacité des travaux projetés.

Le projet d'agrandissement du cimetière de Merlaer, sous Vorst, est en instruction.

TITRE VII.

INSTRUCTION PUBLIQUE.

Section I. — Enseignement primaire.

§ 1. — *Ecoles communales.*

L'instruction primaire continue à être l'objet de toute la sollicitude du Gouvernement et de l'administration provinciale. Les communes à leur tour, témoins des bons résultats qui ont été obtenus déjà, se montrent généralement disposées à seconder les vues bienveillantes de l'administration supérieure. — Des sommes considérables sont affectées chaque année à la construction de bâtiments d'écoles ainsi qu'à l'amélioration du sort des instituteurs. Néanmoins il reste beaucoup à faire ; sans cesse de nouveaux besoins se révèlent. Les locaux qui étaient trop grands, il y a une quinzaine d'années, sont devenus insuffisants. Il faut donc créer de nouvelles écoles et augmenter le nombre des instituteurs.

Le nombre des écoles communales spécialement destinées aux filles augmente chaque année. Des institutrices diplômées ont été nommées à Waelhem, à Puers (Calfort), à Koningshoyckt, à Beersse. Des bâtiments d'école avec habitation d'institutrices sont en voie de construction à Santhoven. La création d'une école communale de filles est décidée à Itegem, à Wiekevorst, d'autres projets sont en instruction. Déjà un grand nombre de hameaux sont pourvus de bonnes écoles communales et dans un avenir prochain tous les hameaux de quelque importance auront leur école communale. — Citons déjà Hoogboom, sous Eeckeren, Achterbroeck et Gooreind, sous Calmpthout et Wuestwezel, Hykant, sous Berlaer et Itegem, Mylstraet, sous Duffel, Hallaer, Bernum et Bruggeneynde, sous Heyst-op-den-Berg, Grasheyde, sous Putte, Elsestraet, sous Wavre St-Catherine, Petit-Willebroeck, sous Willebroeck. D'autres projets sont à l'étude. L'organisation d'écoles communales pour les filles dans les communes importantes et l'organisation d'écoles communales dans les hameaux sont certes le moyen le plus efficace de donner aux populations disseminées dans les campagnes une instruction convenable et une éducation appropriée aux besoins des familles.

On constate avec bonheur que les villes surtout semblent aujourd'hui donner l'élan en créant des écoles de garçons et des écoles de filles et en augmentant le personnel enseignant des écoles communales.

Le personnel enseignant se recrute dans les écoles normales, notamment à Lierre pour les instituteurs et à Herenthals pour les institutrices. La position des instituteurs s'est notablement améliorée surtout depuis quelques années. Les avantages attachés aux places répondent mieux aux exigences de la vie et cela est nécessaire. La rémunération des sous-instituteurs est aujourd'hui aussi élevée que l'était encore celle de beaucoup d'instituteurs, il y a une dizaine d'années seulement.

En général les instituteurs font preuve de zèle et d'aptitude et remplissent leurs devoirs à la satisfaction des autorités et des familles.

Aux termes de l'art. 6 de la loi, l'instruction primaire comprend nécessairement l'enseignement de la religion et de la morale, la lecture, l'écriture, le système légal des poids et mesures, les éléments du calcul et la langue maternelle. Ce programme est dépassé dans toutes nos écoles. Partout on enseigne la géographie et l'histoire de la Belgique. Dans presque toutes nos écoles on enseigne aussi les éléments de la langue française; dans un grand nombre d'écoles on enseigne le chant, le dessin linéaire, la tenue des livres etc. Les instituteurs ne s'occupent pas seulement de l'instruction des enfants, ils donnent aussi leurs soins à l'éducation de leurs élèves.

Dans les écoles de filles on enseigne, indépendamment des branches obligatoires et facultatives précitées, les ouvrages de main. Toutes les filles apprennent les ouvrages dont la connaissance est indispensable, le tricot, la couture, le point élémentaire de la broderie. Aux élèves les plus avancées on enseigne même la coupe du linge, etc.

§ 2. — *Écoles adoptées et privées.*

Trois écoles de religieuses ont été nouvellement adoptées en 1867, savoir : à Rumpst, à Wommelghem et à Meerle.

La situation des écoles privées proprement dites n'a subi aucun changement notable.

§ 3. — *Écoles d'adultes. — Écoles dominicales.*

L'*Exposé* de la situation administrative pour l'année 1866 témoigne hautement de l'intérêt que la Députation permanente attache à l'organisation des écoles d'adultes.

L'arrêté royal du 1r Septembre 1866 et la circulaire ministérielle du 20 Octobre concernant l'organisation des écoles d'adultes sont en voie d'exécution.

Aux termes de l'art. 1 de cette circulaire, les conseils

communaux ont été invités à établir des écoles spéciales pour les adultes.

Les villes d'Anvers, de Malines et de Lierre ont répondu à l'appel en organisant des écoles distinctes pour chaque sexe.

Un nombre assez considérable de communes ont également répondu à l'invitation, qui leur a été faite. Cependant il reste un très grand nombre de communes rurales qui n'ont pas encore décidé la création d'écoles d'adultes. Il est à espérer que d'ici à quelques années chaque commune, chaque hameau, en possession d'une école primaire, sera aussi en possession d'une école d'adultes.

Les communes rurales qui ont adhéré en 1867 aux propositions d'organiser un enseignement spécial pour les adultes sont :

Dans l'arrondissement d'Anvers. — Beirendrecht, Berchem, Boom, Borgerhout, Brasschaet, Brecht, Calmpthout, Cappellen, Contich, Edegem, Eeckeren, Hoboken, Hoevenen, Oorderen, Oostmalle, Putte, Santvliet, Schooten, St-Léonard, Westmalle, Wilmarsdonck, Wommelghem, Wuestwezel, Wyneghem et Zoersel.

Dans l'arrondissement de Malines. — Bevel, Boisschot, Bonheyden, Bornhem, Heffen, Hingene, Hombeeck, Itegem, Kessel, Koningshoyckt, Leest, Nylen, Oppuers, Putte, Schrieck, Thisselt, Wavre N.-D., Weert, Wiekevorst et Willebroeck.

Dans l'arrondissement de Turnhout. — Arendonck, Baelen, Beersse, Bouwel, Casterlé, Grobbendonck, Herenthout, Hoogstraeten, Lichtaert, Lille, Meerle, Meir, Minderhout, Olmen, Poederlé, Ryckevorsel, Vlimmeren, Vorsselaer, Vosselaer et Wortel.

§ 4. *Écoles gardiennes.*

Les avantages que procurent les écoles gardiennes aux classes pauvres et ouvrières ne sont plus contestés aujourd'hui. Depuis l'introduction du système de Froebel, les méthodes et les moyens d'éducation se perfectionnent d'année en année. Ce qui est surtout difficile à trouver, ce qui manque partout pour assurer à ces écoles une organisation convenable, ce sont les ressources.

Les locaux ne sont pas assez spacieux et ne réunissent pas toujours les conditions hygiéniques ; le personnel enseignant n'est pas convenablement rétribué et pour ce motif se recrute difficilement.

C'est surtout dans les grandes villes, comme Anvers, que l'on s'aperçoit de l'insuffisance des ressources, en présence des besoins pour ainsi dire incalculables. Nonobstant toutes ces difficultés la société des écoles gardiennes d'Anvers vient de créer une 8e école gardienne et le nombre des enfants qui sont admis s'élève à 1107 garçons et 850 filles, total 1957 enfants.

Les écoles gardiennes de Malines, de Lierre et d'Herenthals se maintiennent dans une bonne situation et rendent de grands services.

§ 5. — *Ecoles d'Adultes.*

Voir § 3.

§ 6 *et* 7. — *Écoles normales.*

Nous avons dans la province, trois écoles normales de l'enseignement primaire : à Lierre, l'école normale de l'État pour les garçons ; une école normale adoptée à Herenthals et une à Wavre N.-D. pour les filles.

Les élèves diplômés qui sortent des écoles normales de Lierre et d'Herenthals trouvent à se placer avantageusement dans les écoles communales.

Les trois élèves qui ont obtenu cette année un diplôme à l'examen de sortie à Wavre N.-D. sont placées dans des écoles primaires adoptées.

§ 8 — *Inspection.*

Le mandat des inspecteurs cantonaux a été renouvelé par arrêté royal du 11 Août 1867.

La province est divisée en treize cercles de conférences. Les instituteurs montrent toujours le plus grand empressement à assister à ces conférences qui se renouvellent dans le courant de chaque trimestre. Il est rare qu'un instituteur s'absente d'une conférence, si ce n'est pas pour cause de maladie. Il y a eu, en 1867, huit conférences d'institutrices.

§ 9 *et* 10. — *Traitement et subsides.*

Les dépenses de toute nature du service ordinaire de l'enseignement primaire se sont élevées en 1867, à fr. 572.440, à savoir :

Indemnités aux écoles adoptées . . .	fr.	29687 ""
Idem pour l'instruction gratuite des enfants pauvres	"	102000 ""
Rétributions scolaires des enfants solvables	"	75710 ""
Traitements des instituteurs	"	307778 ""
Matériel	"	57265 ""
Ensemble	fr.	572440 ""

Ces dépenses ont été couvertes de la manière suivante :

Allocations des bureaux de bienfaisance	fr.	4053 —
Idem communales	"	177357 07
Rétributions scolaires	"	75710 —
Bonis de l'exercice 1865	"	17537 93
Subside de la province	"	29985 —
Subside de l'État	"	267797 —
Ensemble	fr.	572440 —

En dehors des fr. 177357.07 les communes supportent encore certaines dépenses qui tombent exclusivement à leur charge, savoir : pour loyer des bâtiments d'école, fr. 1286, pour indemnités et logements aux instituteurs fr. 13056, et pour frais de distribution de prix fr. 10395.

§ 11 *et* 12. — *Caisse provinciale de prévoyance.*

I. Le nombre des participants à la caisse, pendant l'année 1867, s'est élevé à 224. Ils ont versé fr. 10,154-80, savoir : fr. 8,975-30 comme rétributions ordinaires et 1,179-50 francs à titre de retenues extraordinaires.

II. La caisse a eu à servir en 1867, 59 pensions. Dans le courant de l'année 4 pensionnaires sont décédés et 3 orphelins ont atteint l'âge de 16 ans. Ces extinctions de pensions diminuent les charges de la caisse de fr. 1,493-48. Par contre, 16 nouvelles pensions s'élevant ensemble à fr. 4,138-91 ont été accordées en 1867.

III. Les recettes de la caisse se sont élevées, en 1867, y compris les subsides de l'Etat et de la province, pour 1866, à fr. 23,102-24. Les dépenses s'élèvent à fr. 16,324-74.

IV. Au 31 décembre 1866, l'avoir de la caisse s'élevait à fr. 168,322-15. Au 31 décembre 1867, il s'élevait à 175,099 francs 65 centimes ; soit une augmentation de fr. 6,777-50.

A la clôture du compte, il restait encore à payer les trimestres de diverses pensions s'élevant à fr. 662-75.

§ 13 — *Concours.*

Le concours a eu lieu en 1867 dans trois ressorts d'inspection, savoir : dans le 1er ressort entre les écoles des communes rurales des cantons d'Anvers, Contich et Wilryck ; dans le 3e ressort entre les écoles des communes rurales des cantons de Malines et Puers et dans le 4e ressort entre les écoles des cantons de Turnhout et Arendonck.

Les résultats des concours ont été très-satisfaisants.

La distribution des prix s'est faite avec beaucoup de solemnité à Contich, à Willebroeck et à Turnhout.

§ 14. — *Récompenses aux instituteurs.*

Par arrêté du 11 Août 1867, M. le Ministre de l'Intérieur a décerné des récompenses à trente-huit instituteurs primaires de la province d'Anvers. Onze instituteurs ont obtenu chacun une gratification de 150 fr. Onze ont obtenu un livre à titre d'encouragement et dix-sept ont obtenu une mention honorable.

§ 15. — *Bâtiments d'Ecole.*

Afin de mettre le Conseil provincial à même de juger des nombreuses écoles et demeures d'instituteur qui ont été construites, reconstruites, agrandies ou améliorées au moyen des crédits ordinaires et extraordinaires inscrits aux budgets des exercices 1866 et 1867, on a jugé utile de faire suivre la répartition générale et détaillée de ces fonds.

On a rencontré parfois des difficultés sérieuses auprès des communes pour obtenir leur approbation aux projets dont les trop grandes proportions étaient contestées ; on est parvenu à lever ces difficultés et à concilier les avis contradictoires qui les avaient fait naître. Des obstacles existent cependant encore à la réalisation de quelques projets très utiles ; on ne négligera rien pour les aplanir.

Répartition des crédits portés au budget de 1866.

La somme inscrite à l'art. 30 B, s'élève à 6,133 fr., déduction faite de la moitié du traitement des architectes, ci fr. 6,133.

Elle est répartie comme suit :

A la ville de Malines, mobilier de l'école des filles	fr.	1,568 64
A la commune de Schooten pour construction d'une école des filles (à compte) . .	"	1,600 —
A la commune de Liezele, constrnction d'écoles et agrandissement de la demeure de l'instituteur	"	1,738 —
A la commune de Bevel, construction d'école et logement de l'instituteur (solde) . .	"	1,104 98
A la commune de Desschel, construction d'un ocal d'école (à compte)	"	121 38
Total égal	fr.	6,133 00

Le subside extraordinaire de fr. 125,000 inscrit à l'art 31 du budget du même exercice a été réparti comme suit :

La ville d'Anvers, construction de l'école de la rue des Capucines . . .	fr.	14,410 —
La commune de Berchem, acquisition d'une demeure d'instituteur et construction d'une école	"	14,534 —
La commune d'Aerselaer, construction d'une école (solde).	"	3,004 —
Idem de Schooten, école de filles avec demeure (solde).	"	3,722 —
à reporter	fr.	35,700 —

Report	fr.	35,700 —
la commune de Wuestwezel, école avec demeure à Gooreind	„	3,960 —
Idem de Wuestwezel, école avec demeure à Achterbroeck	„	3,775 —
Idem de Schelle, école de filles avec demeure	„	4,038 —
Idem d'Eeckeren, école avec demeure à Hoogboom	„	3,600 —
Idem de Santhoven, école de filles avec demeure	„	3,600 —
Idem de Brecht, agrandissement de l'école et construction d'une demeure (à compte)	„	2,930.90
Idem de Wilryek, construction d'une école avec demeure (id)	„	4,800 —
Idem de Viersel, construction d'une école avec demeure (id).	„	2,266 —
Idem Westmalle, construction d'une habitation d'instituteur	„	2,234 —
Idem Stabroeck, confection et fourniture du mobilier	„	800 —
Idem de Bonheyden, construction d'école (solde)	„	1,098 —
Idem de Lierre, confection et fourniture du mobilier	„	420 —
Idem de Bonheyden, école de filles (solde)	„	426.68
Idem de Rymenam, amélioration l'école et à la demeure	„	1,054 —
Idem de Hiugene, construetion d'uue école avec demeure	„	3,306 —
Idem de Hingene, construction d'une école avec demeure à Wintham . . .	„	2,700 —
Idem de Heffen, amélioration du local d'école	„	280 —
à raporter	fr.	76988.58

Report fr.		76,988.58
La commune de Heffen, construction d'une habitation d'instituteur	″	750 —
Idem Puers, agrandissement de l'école et de la demeure à Calfort.	″	3,600 —
Idem Puers, construction d'une école de filles avec demeure à Calfort . . .	″	4,800 —
Idem Heyst-op-den-Berg, école avec demeure à Bernum et Bruggenneynde . .	″	3,600 —
Idem Waelhem, école de filles avec demeure (à compte)	″	53 —
Idem Koningshoyckt, amélioration à l'école et à la demeure	″	800 —
Idem Wavre Sainte Catherine, école et demeure à Elsestraet	″	3,900 —
Idem Willebroeck, école et demeure à Petit Willebroeck. , ...	″	4,800 —
Idem Oppuers, école avec demeure. .	″	3,200 —
Idem Weert, acquisition d'un terrain pour l'école et d'une habitation pour l'instituteur	″	750 —
Idem Meerle, construction d'une école et demeure à Meersel	″	2,850 —
Idem Turnhout, construction d'un logement d'instituteur à Severdonck . .	″	1,800 —
Idem Casterlé, améliorations aux écoles communales	″	667 —
Idem Vorst, construction de latrines à l'école de Merlaer	″	96 80
Idem Raevels, agrandissement de l'école .	″	800 —
A reporter fr.		109,937.38

Report fr.	109,937,38
la commune de Desschel, construction d'une école de filles avec demeure . .	« 3,824 62
Idem Hulshout, construction d'une demeure d'instituteur	« 1,866 —
Idem Westmeerbeeck, construction d'une demeure d'instituteur . . .	« 1,866 —
Idem Meir, construction d'une école de filles et demeure.	« 3,320 —
Idem Rethy, construction d'une demeure d'instituteur	« 1,866 —
Idem Arendonck, construction d'une demeure d'instituteur.	« 2,000 —
Idem Herenthals, confection du mobilier.	« 320 —
Total égal fr.	125,000 00

Répartition des crédits inscrits au budget de 1867.

La somme qui figure à l'art. 28 B. du budget de 1867, s'élève, déduction faite de la moitié du traitement des architectes, à fr. 6,143.

Elle a été répartie comme suit :

A la commune d'Olmen pour construction de deux écoles avec demeures.	fr. 5,652 —
Idem Casterlé pour ameublement de l'école . . .	« 491 —
Total égal	« 6,143 —

Le subside extraordinaire inscrit à l'art. 28 du budget de cet exercice s'élève à fr. 125,000 —

En voici la répartition :

La ville d'Anvers, construction d'une école de filles à St-Willebrord. . .	fr.	30,840	—
Idem de Malines, agrandissement de l'école du Sud	"	2,277	—
Idem de Turnhout, agrandissement de l'école des garçons	"	5,000	—
La commune de Berchem, confection du mobilier de la nouvelle école . .	"	1,973	—
Idem Eeckeren, construction d'une école avec demeure à Hoogboom (solde). .	"	950	—
Idem Santhoven, construction d'une école de filles avec demeure (solde) . .	"	1,280	—
Idem Austruweel, amélioration à la demeure de l'instituteur	"	129	—
Idem Calmpthout, école avec demeure à Nieuwmoer	"	4,346	—
Idem Wilryck, école avec demeure (solde)	"	2,073	—
Idem Brecht agrandissement de l'école et construction d'une demeure . .	"	10,84	10
Idem Stabroeck, confection du mobilier scolaire (solde)	"	124	—
Idem Cappellen, construction d'une demeure d'institutrice	"	1,600	—
Idem Niel, construction d'une école et achat d'une habitation d'instituteur. .	"	5,333	33
Idem Pulle, construction d'une école avec demeure	"	3,700	—
Idem Hoevenen, construction d'une galerie à l'école et fourniture du mobilier .	"	286	67
Idem Heyst-op-den-Berg, école avec demeure (solde)	"	1,350	—
A reporter	fr.	63,046	10

	Report fr.	63,046.10
Idem Waelhem, construction d'une école de filles avec demeure (solde) . .	"	3,683 40
Idem Kouiugshoyckt, amélioration de l'école et fourniture du mobilier . . .	"	160 —
Idem Wavre Ste. Catherine, construction d'une école avec demeure à Elsestraet (solde) .	"	524 —
Idem Hingene, construction de lieux d'aisance à l'école du centre	"	100 —
Idem Hiugeue, construction de lieux d'aisance à l'école de Wintham , . . .	"	69 50
Idem Oppuers, construction d'une école avec demeure (solde)	"	248 —
Idem Nylen, construction d'uu mur au préau	"	480 —
Idem Koningshoyckt, acquisition et appropriation d'une école de filles et demeure	"	4,960 —
Idem Willebroeck, coustruction d'uue école avec demeure à Petit Willebroeck .	"	3,630 —
Idem Putte, construction d'une école avec demeure à Grasheyde	"	4,747 50
Idem Putte, construction d'une école de filles avec demcure au ceutre. . . .	"	3,200 —
Idem Weert, construction d'une habitatiou pour l'instituteur	"	1,650 —
Idem Itegem, construction de deux écoles avec demeure	"	2,538 12
Idem Berlaer, construction d'une école avec demeure à Heykaut.	"	3,600 —
Idem Duffel, construction d'une école avec demcure à Mylstraet	"	4,200 —
	A reporter fr.	96,836.62

	Report fr.	96,836. 62
Idem Desschel, construction d'une école de filles avec demeure (solde) . .	"	121 38
Idem Hulshout, construction d'une demeure d'instituteur (solde) . . .	"	374 —
Idem Westmeerbeeck, construction d'nne demenre d'instituteur (solde) . .	"	310 —
Idem Herenthals, confection du mobilier d'école (solde)	"	51 —
Idem Moll, amélioration de la demeure à Milleghem	"	178 —
Idem Moll, constrnction d'une école à Milleghem	"	1,620 —
Idem Oolen, agrandissement de l'école .	"	1,173 —
Idem Olmen, construction de deux écoles avec habitations.	"	3,678 —
Idem Moll, construction d'une habitation à Sluis.	"	2,610 —
Idem Rethy, construction d'une habitation d'institutenr	"	752 —
Idem Vosselaer, construction d'une habitation d'institutenr	"	1,600 —
Idem Oolen, construction d'une habitation d'instituteur.		1,529 —
Idem Eynthout, construction d'une école avec demeure	"	3,000 —
Idem Ryckevorsel, construction d'une école de garçons	"	2,007 —
Idem Zoerleparwys, construction d'une école avec demenre	"	3,200 —
Idem Baelen, amélioration du local d'école	"	960 —
	A reporter fr.	120,000.00

Report fr.	120,000 00
Idem Tongerloo, construction d'une école avec demeure au hameau Oosterwyck . «	3,000 —
Subside aux écoles gardiennes . . «	2,000 —
Total égal fr.	125,000 00

Les relevés qui précèdent constatent que, pendant les exercice 1866 et 1867, la province a dépensé une somme totale de fr. 260,276. — Le département de l'intérieur, de son côté, reconnaissant la nécessité des dépenses qui ont été faites, y a contribué pour un chiffre global dépassant les crédits réunis de la province d'une somme de fr. 126.175.

Cette double et généreuse intervention a encouragé les communes à s'imposer également des sacrifices égaux, en général, au tiers, parfois au quart des dépenses.

En exécution d'un vote du Conseil provincial, des propositions ont été soumises à M. le Ministre de l'intérieur pour que, de concert avec la province, il consente à couvrir, dans la proportion respective de deux et de trois cinquièmes, la moitié des dépenses faites à Anvers, Malines, Lierre et Turnhout.

Ces propositions ont toujours été accueillies.

Section II. — Enseignement moyen.

§ 1. — *Athénée royal d'Anvers.*

Au 10 Novembre 1867, les cours de cet établissement étaient suivis par 348 élèves dont 197 fréquentaient la section professionnelle, 61 la section des humanités et 90 les classes préparatoires. Au 10 Novembre 1866, il y avait 326 élèves.

30 élèves, y compris les fils de professeurs, ont été admis gratuitement par le bureau administratif.

Diverses mutations sont survenues dans le personnel enseignant.

Quatre classes ont été appelées à prendre part au concours général de 1867 ; deux de la section latine : la 4e et la Rhétorique, et deux de la section professionnelle : la 3e et la 1e.

L'Athénée d'Anvers a obtenu neuf nominations. Il est classé au 3e rang des établissements d'enseignement moyen du 1er degré, qui ont pris part au dernier concours général.

L'Athénée	de Gand	occupe le 1er rang	avec 15	nominations;
idem	de Bruxelles	le 2e	avec 14	idem;
idem	d'Anvers	le 3e	avec 9	idem;
idem	de Liége	le 4e	avec 8	idem;
idem	de Tournai	le 5e	avec 7	idem;

§ 2. — *Colléges communaux et particuliers.*

Le collége communal de Malines a été fréquenté, pendant l'année scolaire 1867-1868, par 55 élèves dont 32 suivent les cours des humanités et 23 ceux de la section professionnelle. Onze élèves ont été admis gratuitement.

Plusieurs mutations sont survenues dans le personnel enseignant.

Cet établissement a eu sept nominations lors du concours général de l'enseignement moyen en 1867.

Diverses acquisitions ont été faites pour le cabinet de physique et pour la bibliothèque du collége.

Collége patronné de Gheel. — Le collége de Gheel est patronné et subventionné par la commune. Sa Grandeur l'Archevêque de Malines en a la direction.

Ce collége compte sept professeurs ecclésiastiques.

L'enseignement embrasse toutes les matières d'un cours complet d'humanités. Le nombre total des élèves est de 114.

Collége patronné d'Herenthals. — Ce collége est patronné et subventionné par la commune. Sa grandeur l'Archevêque de Malines en a la direction.

Cet établissement compte 94 élèves. L'enseignement confié à cinq professeurs ecclésiastiques, embrasse toutes les matières d'un cours complet d'humanités.

Aucune mutation n'est survenue dans le personnel enseignant.

Etablissements privés. — Nous n'avons pas de renseignements sur ces établissements.

§ 3. — *Ecoles moyennes.*

Anvers. — L'école moyenne d'Anvers continue d'être, sous le rapport du nombre, à la tête des 50 établissements du même genre, placés sous la direction du Gouvernement.

Elle comptait :

	DANS LA SECTION MOYENNE :	DANS LA SECTION PRIMAIRE :	TOTAL.
	—	—	—
1866	127	435	562 élèves.
1867	117	437	554 id.

En 1867 aucune mutation n'est survenue dans le personnel enseignant, qui est actuellement au complet.

Au dernier concours général entre les établissements d'instruction moyenne du 2d degré, l'école moyenne d'Anvers a obtenu trois nominations.

Malines. — Le total des inscriptions de l'année scolaire 1867-1868 s'élève à 259.

L'école moyenne compte 110 élèves ; la section préparatoire 149. Sur ce nombre 36 élèves ont été admis à fréquenter gratuitement les cours et 35 à prix réduit.

L'école moyenne a, au concours général de l'enseignement moyen, obtenu 5 nominations.

Le pensionnat annexé au collége communal et à l'école moyenne compte actuellement 33 pensionnaires, et un demi-pensionnaire ; 17 d'entre eux fréquentent le collége et 17 suivent les cours de l'école moyenne.

Turnhout. — L'école moyenne de Turnhout continue à se maintenir dans une situation prospère.

Au 1er Janvier 1868, l'établissement comptait 225 élèves répartis de la manière suivante : Ecole moyenne 57 élèves; section préparatoire 168. Au concours général entre les élèves des écoles moyennes, cet établissement a obtenu cinq nominations.

Une seule mutation est survenue dans le personnel enseignant.

Ecole moyenne de Lierre. — La population de cette école était au 31 Décembre de 215 élèves.

Diverses mutations sont survenues dans le personnel enseignant.

Cet établissement a obtenu une nomination lors du concours général de l'enseignement moyen.

Boom. — L'école moyenne de Boom se trouve dans un état satisfaisant.

Le nombre des élèves est de 161, dont 75 internes et 86 externes.

Les mutations dans le personnel enseignant ont été assez fréquentes pendant l'exercice écoulé.

Section III. — Institut supérieur de commerce.

M. J. Fuchs, membre de la commission administrative depuis la fondation de l'établissement, ayant renoncé à son mandat, a été remplacé, comme délégué du Gouvernement, par arrêté ministériel du 17 Avril 1867, par M. Jean Vander Linden, vice-président de la Chambre de commerce.

Pendant l'année 1867, il a été procédé à la nomination d'un professeur de langue anglaise et des mesures provisoires ont été prises pour pourvoir au remplacement de M. G. de Molinari qui, attaché à l'Institut depuis 1854, a, au mois de septembre dernier, donné sa démission de professeur d'histoire du commerce et de géographie commerciale.

M. de Molinari donnait ses cours d'une manière distinguée. L'institut fait en sa personne une perte qu'il sera difficile de réparer.

La discipline, sauf quelques légères infractions sans importance, n'a rien laissé à désirer. Aucune plainte sur la conduite des élèves tant au dehors qu'à l'intérieur de l'établissement n'est parvenue à la commission administrative.

La marche générale de l'enseignement a été satisfaisante. Les études du bureau seules ont laissé quelque peu à désirer, ce qui ne doit être attribué qu'à l'absence depuis trois ans d'un chef de bureau, imprimant l'unité à tous les travaux. Il a été pourvu à cette vacature et des propositions ont été faites au Gouvernement pour imprimer au bureau commercial une marche régulière.

École préparatoire. — Le cours préparatoire a été ouvert, en 1867, le 2 mai et suivi par 18 élèves.

Ce cours sera désormais d'une année.

Les inscriptions aux cours généraux pour l'année scolaire 1867-1868 se sont élevées à 75.

Sur les 75 élèves inscrits, 35 ont pris une inscription générale après examen ou après avoir fourni la preuve qu'ils avaient terminé leurs études moyennes.

Les autres ont pris des inscriptions à des cours spéciaux comme élèves libres.

Sous le rapport de leur nationalité les élèves se classent pour 1867-1868, comme suit :

Anvers et la province	25
Province de Liége	5
" de Hainaut	3
" de Limbourg	3
" Namur, Brabant et Flandre occidentale, chacune 1	3
Prusse	11
Suisse	5
Danemark	2
Grèce	2
Mexique	2
Valachie	2
Pologne	2
Pays-Bas	3
Hambourg, Autriche, Brésil, Luxembourg, Angleterre, France et Italie, chacun 1	7
	75

12 personnes de la ville se sont en outre fait inscrire pour fréquenter le cours de construction et d'armements maritimes.

24 élèves se sont présentés à l'examen d'entrée, 6 ont été admis sur certificats, 15 après examen, 2 ont été ajournés et 1 s'est retiré.

19 élèves se sont fait inscrire pour l'examen de passage, 11 ont été admis comme élèves de 2e année, 4 ont été ajournés et 4 ne se sont pas présentés.

5 élèves se sont fait inscrire pour l'examen de sortie, 1 s'est retiré, 1 a été ajourné et 3 ont obtenu le diplôme de capacité, savoir : 2 d'une manière satisfaisante, 1 avec distinction.

Deux bourses de voyage de fr. 250 chacune avaient été mises à la disposition du jury par la commission administrative en faveur des deux élèves les plus méritants pour leur permettre de visiter l'exposition universelle de Paris. Le jury n'en a accordé qu'une et a jugé qu'il n'y avait pas lieu d'accorder l'autre.

La bibliothèque s'est accrue de quelques bons ouvrages. Le catalogue est imprimé ; il contient 155 numéros formant 1317 volumes.

Bon nombre de produits intéressants sont venus augmenter le musée d'échantillons de l'établissement.

On apporte à l'enseignement les améliorations dont l'expérience démontre l'utilité.

Le cours de sténographie, institué l'année dernière, continue à être assidûment fréquenté; 58 personnes étrangères à l'Institut se sont fait inscrire pour le suivre.

Un nouveau règlement a été adopté par la commission administrative et approuvé par le conseil communal. M. le Ministre de l'Intérieur a fait sur le travail de la commission quelques observations qui demandent un nouvel examen de la part du conseil communal. Cette question recevra sous peu une solution complète.

D'après les articles 44 et 45 le droit d'inscription au rôle qui était de fr. 25 par élève, a été réduit à fr. 5 par cours et les inscriptions spéciales dont la rétribution était fixée à fr. 40 par cours sont réduites à fr. 30.

Ces rédnctions assez importantes ont été faites en vue de faciliter le plus possible l'accès des cours de l'institut aux jennes gens employés dans des maisons de commerce qui doivent se borner à prendre quelques inscriptions à des conrs déterminés.

On attend nn bon résultat de cette mesure.

Section VI. — Écoles spéciales.

§ 1. *École militaire.* — § 2. *École du génie civil.* — § 3. *École des usines et des arts et des manufactures.* — § 4. *École vétérinaire et de culture.*

(Mémoire).

§ 6. — *Ecole de navigation de l'Etat à Anvers.*

D'après le registre des inscriptions 52 élèves ont été admis à l'école : 22 pendant le premier semestre et 30 durant le second.

25 ont reçu des leçons d'arithmétique;
4 " " de géométrie ou trigonométrie ;
23 " " de navigation hauturière.

Au 30 Juin, comme au 31 Décembre, il restait sur les bancs 15 élèves, qui, à cette dernière époque, s'appliquaient à ces trois branches dans la proportion de 9, 2 et 4.

Tous les élèves ont régulièrement assisté aux cours de commerce maritime et de langue anglaise.

18 élèves ont pris la mer :

1 s'est rendu en Australie ;
1 " aux États-Unis d'Amérique ;
1 " an Canada ;
2 " à Rio-Janeiro ;

2 s'est rendu à Buenos-Ayres ;
2 " à Valparaiso ;
2 " dans la Mer-Noire ;
1 " à Akyab ;
1 " à la Havane ;
1 " à New-York ;
4 n'ont pas fait connaître où ils allaient.

Deux sont entrés dans l'administration du pilotage et deux ont déclaré renoncer à la carrière de marin.

Sur ces 18 élèves :

1 est monté à bord avec le grade de capitaine au long cours;
6 se sont embarqués en qualité de 1er lieutenant au long cours;
3 " " 2e lieutenant "
4 " comme matelot ou novice ;
4 se sont engagés sans avoir fourni des renseignements à ce sujet.

Pendant l'annés scolaire 1867, 13 élèves ont étudié au moyen d'une bourse; ils en ont joui pendant une période collective de quatre-vingt-sept mois.

9 boursiers sont nés dans la province d'Anvers ; 1 dans le Brabant et 3 dans les Flandres.

Cinq sont passés officiers dans la marine marchande ; un est entré au pilotage ; trois se trouvaient sur les bancs de l'école, au 31 Décembre 1867.

Un élève n'a pas obtenu le renouvellement de sa bourse et deux élèves ont été privés de la leur ; deux parce qu'ils ne faisaient aucun progrès et le troisième par la raison qu'il fréquentait irrégulièrement les cours.

Deux autres élèves avaient sollicité une bourse, mais, appelés à passer l'examen requis, ils ont été reconnus d'une incapacité complète.

L'un des deux a postérieurement vu sa demande accueillie ; l'autre ne s'est pas représenté.

Le jury a, dans sa séance extraordinaire du 17 Avril 1867, proclamé capitaines au long cours, les sieurs Neyt, G., de Gand et Kuiper, J.-B., d'Anvers, qui avaient obtenu une côte finale, le premier de 17 points et le second de 15.88, emportant respectivement la mention très-satisfaisante et satisfaisante.

Le même corps a délivré, dans ses réunions ordinaires de Septembre et de Décembre, le brevet de capacité de capitaine au long cours :

au sieur Van Elsen, J.-C., né à Anvers;
" Herfütth, F.-C.-J., né à Cologne, (Prusse);
" Nielsen, P.-C., né à Odensé, (Danemarck);

de 1r lieutenant au long cours :

au sieur Adriaenssen, J.-F. né à Borgerhout-lez-Anvers;
" Bauning, A.-J., né à Anvers;
" Schoonhoven, H.-J., "
" Govaerts, H., "
" De Smet, L. J., né à Ostende, (Flandre occidentale.)

Ce dernier avait reçu le diplôme de 2e lieutenant au long cours aux examens de Septembre; dans l'une comme dans l'autre épreuve, il a répondu *très-bien* aux questions posées par le jury ; les sept autres candidats les ont *bien* résolues et les déclarations de cette assemblée ont été confirmées.

Un récipiendaire a échoué, à deux reprises, dans l'examen qu'il avait été admis à subir pour le grade de 1er lieutenant au long cours.

En récapitulant, l'école a donc fourni, en 1867, dix officiers ; en 1866, ce nombre ne s'est élevé qu'à sept.

Toutes les matières du programme ont été enseignées et, en dehors de celles-ci, les professeurs Hertoghe et Langlois ont, d'après les prescriptions de l'inspecteur des écoles, donné hebdomadairement, pendant une heure, un cours d'hydrographie de la côte de Flandre ainsi qu'un cours de mécanique élémentaire. En outre, depuis l'introduction du code commercial des signaux, les élèves ont été, de temps en temps, exercés à la transmission de dépêches au moyen de petits pavillons. Cette étude n'offre, du reste, aucune difficulté et quelques séances ont suffi pour leur en inculquer l'usage et leur en faire comprendre l'utilité.

Les rapports du corps professoral constatent que la conduite et les progrès des élèves ont en général, été satisfaisants. Une simple admonition en assemblée du bureau, a été donnée à un élève et le renvoi pour huit jours a été prononcé à charge d'un autre élève, du chef de fréquentation irrégulière des cours et pour avoir manqué de respect envers son professeur.

MM. Hertoghe, Langlois, Stappers et Crabeels continuent à donner le cours dont ils sont respectivement chargés, à la satisfaction de M. l'inspecteur Stessels et maintiennent sévèrement l'ordre et la discipline.

§ 6. — *École provinciale des Mines.*

(Aucune.)

§ 7. — *Écoles et ateliers des apprentis.*

(Mémoire.)

§ 8. — *Ecole adoptée dite* NIJVERHEIDSSCHOOL D'ANVERS.

Le personnel enseignant dont la nomination était à l'étude lors de la publication du dernier exposé, a été définitivement nommé et admis par le Gouvernement au mois d'Août 1867. Les nominations ont été notifiées aux titulaires le 1 Octobre, et ceux-ci installés dans leurs fonctions par le collége échevinal le 8 suivant.

C'est à cette date que l'ancienne école industrielle libre a cessé d'exister, de même que son programme.

L'art. 2 du réglement organique donne pour nouveau programme des cours : le dessin, l'arithmétique, la géométrie, la physique, la mécanique, la chimie, dans leur application à l'industrie, l'architecture, l'économie politique et la législation en matière industrielle.

Ce programme n'est pas encore complètement introduit, parsuite des difficultés qu'offre la transition de l'ancien système au nouveau. Son introduction progressive fait l'objet de tous les efforts de la commission directrice, qui s'occupe activement de toutes les dispositions encore à prendre, pour assurer le plein succès du nouvel établissement. Des deux professeurs de dessin, l'un enseigne le dessin scientifique, l'autre le dessin artistique, comprenant le modelage en terre ou d'ornements pour meubles, menuiserie, serrurerie, etc.

Le personnel se compose de :

M. H. Altenrath, directeur nommé pour un an et professeur de mécanique ;

MM. F. Willems, professeur de mathématiques ;
J. B. Naveau, « physique ;
J. F. Scheepers, « géométrie ;
H. F. Van Heurck, « chimie ;

MM. J. F. Philippart, professeur d'architecture ;
P. J. Backx, » économie politique et législation ;
G. P. Altenrath, 1r professeur de dessin ;
E. M. Morcels, 2d » »
Th. Verbaet, professeur surveillant ;
M. Van Elsen, portier surveillant.

Le budget pour 1868, élaboré par la commission administrative le 16 Septembre 1867, a été approuvé par le conseil communal, la députation permanente et M. le Ministre de l'Intérieur les 16, 25 Octobre et 4 Novembre suivants.

Il porte en recette : Subside de la ville	6,300
» de l'Etat	5,200
» de la province	3,200
Total.	14,700

En dépense. Traitements du personnel	10,100
Entretien du matériel et des collections	2,500
Chauffage et éclairage	1,500
Imprévus.	600
Total égal.	14,700

Section V. — Fondations de bourses d'étude.

Il est survenu, en 1867, plusieurs changements dans le personnel de la commission provinciale des fondations de bourses d'étude : en remplacement de M. Ch. Blondel, démissionnaire, nous avons nommé M. le notaire Deckers, d'Anvers. La mort de M. Van Hove a produit un second vide. La place vacante a été conférée à M. le baron de T'Serclaes, conseiller provincial à Norderwyck, qui ne l'a pas acceptée. Jusqu'à présent, nous n'avons pas encore fixé notre choix sur un autre candidat.

Conformément à l'article 19 de la loi du 19 Décembre 1864, les mandats de MM. le baron de Gilman et Broers, respectivement membres sortants pour 1866 et 1867, ont été confirmés pour un nouveau terme de sept ans.

La retraite de M. Blondel a mis la commission dans la nécessité de réorganiser son bureau. Elle l'a fait en appelant M. Broers à la présidence et en confiant la vice-présidence à M. Deckers.

Le projet de règlement d'ordre intérieur adopté par ce collége et soumis avec notre avis au gouvernement, n'a pas encore été approuvé par ce dernier.

Aucune mutation n'a eu lieu parmi les collateurs-parents.

La collation des bourses de la fondation de Jeanne-Marie Van Santvoort avait été effectuée, jusqu'à la mise en vigueur de la nouvelle loi, par le bureau de bienfaisance d'Anvers, bien que la fondatrice ait stipulé que ce droit serait exercé par deux ou trois membres de sa famille. En vue d'exécuter cette partie des volontés de la testatrice, la commission provinciale a eu recours aux formalités prescrites par l'arrêté royal du 7 Mars 1865. Trois parents ont répondu à l'appel et, d'accord avec ce collége, nous avons proposé au ministre de la justice leur nomination aux fonctions de collateurs des bourses de la dite fondation.

Jusqu'ici, ce haut fonctionnaire n'a pas fait connaître sa détermination à ce sujet.

Le 19 Juillet 1867, il est intervenu un arrêté royal réglant la publication et la collation des bourses d'étude et, le 25 Décembre suivant, a paru une décision souveraine qui ordonne que les notifications des collations de bourses et des décisions rendues, sur le pourvoi des intéressés, par la Députation permanente ou par le Roi, aient lieu par la voie administrative, conformément aux prescriptions de l'art. 76, 3°, alinéa 2 de la loi communale.

Nous avons eu à statuer sur des réclamations présentées par les sieurs Ruytinckx, Dalebroux, Loicq, Van de Venne et De Bondt, humanistes, qui s'étaient vu retirer la bourse dont ils jouissaient sur la fondation de Rudger Van Marsselaer. Interprétant erronément l'acte constitutif de cette institution, MM. les collateurs avaient motivé cette mesure sur ce que les bourses en question n'étaient pas applicables à l'étude des humanités et remplacé les titulaires par les sieurs Mathieu, De Schutter, Servais, De Pooter et Venesoen, élèves des cours universitaires. Les délibérations prises à ce sujet, les 12 et 14 Septembre 1866, par les collateurs-parents, ont été annulées, et les étudiants Ruytinckx et C^ts reintégrés dans les droits et bénéfices dont ils avaient été indûment privés.

Le sieur Mathieu ayant exercé son recours au Roi contre cette décision, son pourvoi a été rejeté.

Nous avons signalé dans le dernier *Exposé* les administrateurs spéciaux des fondations Dens, Van Heuxethoven, Van Santvoort, Becqué et De Beefve comme refusant d'opérer la remise des titres et documents appartenant aux institutions dont la gestion leur était antérieurement confiée. La loi a reçu son exécution quant aux trois premières fondations, et nous avons autorisé la commission provinciale à poursuivre en justice, aux mêmes fins, l'ancienne administration des deux autres.

Par arrêté royal du 4 Janvier 1867, l'art. 36 de l'arrêté royal du 7 Mars 1865 a été rendu applicable aux ex-proviseurs de fondations de bourses d'étude, en ce qui concerne la remise au secrétariat des commissions provinciales des titres et documents qu'ils possédaient relativement aux dites fondations. Tous se sont conformés à cette disposition.

Des arrêtés royaux du 4 Octobre 1867 et du 25 Février suivant ont respectivement attribué à la commission provinciale l'administration des fondations Chédeville (Malines) et Van den Sande, Cornélie (Hoogstraeten).

La prise de possession n'a souffert aucune difficulté.

Quant à certaines fondations annexées aux colléges de l'ancienne université de Louvain et à quelques autres créées dans le séminaire de Malines, dont la commission a également réclamé la gestion, aucune détermination n'a été prise à leur égard par le gouvernement, bien qu'à la demande de ce collége, des instances réitérées aient été faites dans ce but auprès de qui de droit.

La fondation Deus est grevée d'une distribution d'argent, à raison de deux *escalins* par personne, à 15 pauvres ayant assisté à l'anniversaire célébré à la mémoire du père du fondateur. Depuis un temps très-éloigné, l'exonération de cette charge n'avait plus lieu; nous avons décidé qu'à l'avenir, elle devait être régulièrement acquittée.

La fondation Van Bloer s'est trouvée partie intéressée dans une action intentée par les descendants du comte de Saint-Génois contre les représentants des crédirentiers dans une levée faite en 1792 par leur parent. Elle a eu à supporter de ce chef une part de frais s'élevant à fr. 273. L'autorisation de liquider cette dépense a été sollicitée et accordée.

L'ex-comptable de la fondation Van Goirle, prétendant que le reliquat de sa gestion, fr. 66-63, avait été dépensé sans avoir été porté en compte, a refusé d'en opérer la remise. On lui a demandé la preuve de ses allégations. Bien que celle-ci n'ait pu être produite, eu égard aux explications satisfaisantes qui nous ont été données, nous avons autorisé la commission provinciale à passer ce reliquat en non-valeur.

Deux remboursements de rente ont été autorisés par nous, l'un au profit de la fondation Heyns, moyennant un capital de frs. 1500 et l'autre à la fondation Dens, à raison de fr. 1481.48.

Le remploi de ces sommes a eu lieu en fonds nationaux.

Il a été acheté, en 1867, pour compte de fondations de bourses d'étude : 1° en fonds belges 2 $^1/_2$ $^0/_0$, un capital nominal de frs. 230,600 ; 2° des actions de la *Société du crédit communal*, à concurrence d'une somme de fr. 69,990, représentant un capital nominal de fr. 78,800. Ces placements ont été effectués, pour la plus forte partie, au moyen de remboursements, notamment de dette liquidée d'Anvers, et, pour le reste, de capitaux retirés de la caisse d'épargne et d'économies.

La commission provinciale a demandé l'autorisation de faire ouvrir, au nom de son receveur, un compte courant et d'intérêt à la *Société générale pour favoriser l'industrie nationale* et d'y verser la partie des fonds disponibles des fondations qui n'est pas indispensable au service journalier. Nous avons accueilli cette demande, et, dans le budget des frais généraux d'administration que nous avons approuvé pour 1867-1868, l'intérêt du fonds roulant est prévu pour une somme de fr. 500.

Depuis la mise en vigueur de la loi du 19 Décembre 1864, la tenue de la comptabilité des fondations de bourses a lieu par année scolaire commençant au 1r Octobre. Les comptes de l'exercice 1865-1866, dont nous donnons ci-après les résultats, ne concernent que les neuf premiers mois de l'année 1866, conformément au nouvel ordre de choses. Il s'en suit que, cette fois encore, il sera impossible de se faire une idée exacte de la situation financière des établissements qui font l'objet de cet article.

En attendant une décision du gouvernement relativement au caractère qu'il faut lui attribuer, la position de l'institut Terninck reste toujours la même. MM. les proviseurs ont affecté à l'achat d'obligations belges 2 $^1/_2$ $^0/_0$, à concurrence d'un capital nominal de fr. 36000, le montant des valeurs que la fondation possédait en dette liquidée d'Anvers. Une vente de bois faite au nom de la dite fondation, a rapporté fr. 1432.

Nous terminerons en mentionnant ici l'acte de libéralité posé par feu le Sr Ragheno, industriel à Malines. Aux termes de son testament, daté du 31 Août dernier, il a légué à la dite ville une somme de 100,000 fr. à charge d'en employer le produit en faveur d'enfants d'ouvriers, âgés de 10 à 15 ans, fréquentant les écoles communales et l'académie de dessin ou de musique de la localité. Il charge, en outre, la ville de Malines du soin de régler l'application du revenu. La commission provinciale des bourses d'étude a déjà délibéré pour solliciter l'envoi en possession de cette fondation. De leur côté, la ville et le bureau de bienfaisance de Malines élèvent des prétentions à la délivrance du legs en question. Cette importante affaire est en instruction. Nous aurons soin d'indiquer ultérieurement la solution définitive qu'elle aura reçue.

Résultat des comptes des fondations de bourses d'étude pour l'année scolaire 1865-1866.

N° D'ORDRE.	NOMS DES FONDATEURS.	MONTANT des RECETTES	MONTANT des DÉPENSES.	EXCÉDANT	DÉFICIT.
		fr. c.	fr. c.	fr. c.	fr. c.
1	Adriaenssen, A. N.	800.54	631.99	168.55	» »
2	Becqué, J. B.	» »	» »	» »	» »
3	Borgaerts, G.	» »	» 20	» »	» 20
4	Cornelissen de Somerdyck, J.	1113.67	890.53	223.14	» »
5	De Beefve, M. J.	» »	» »	» »	» »
6	De Clerck, H.	471.23	443.17	28.06	» »
7	De Helt, M.	7190.22	6983.42	206.80	» »
8	Del Rio, J.	617.22	542.14	75.08	» »
9	Dens, P.	600.86	247.42	353.44	» »
10	Fredericks G.	201.25	103.88	97.37	» »
11	Ghysels, H.	202.70	4.30	198.40	» »
12	Hazen, S.	282.06	248.67	33.39	» »
13	Heyns, J.	380.57	222.77	157.80	» »
14	Hoyberghs, B.	» »	» 05	» »	».50
15	Iven, J.	430.10	254.83	175.27	» »
16	Joos J. en Delien, M.	1196.56	1562.48	» »	365.92
17	Le Bouvier, dit Mallapert, A.	1168.32	1159.18	9.14	» »
18	Le Merchier, M.-N. et M.-M.	863.38	810.92	52.46	» »
19	Libbrechts G. et Baecx, B.	47.37	» 56	46.81	» »
20	Mangelschots, A. et Boonen, C.	168.58	93.53	75.05	» »
21	Meirmans J.	» »	3.»	» »	3 »
22	Mertens M.	4276.66	4289.10	» »	12.44
23	Michiels G.	49.69	2.73	46.96	» »
24	Nools, A.	» »	» 05	» »	» 05
25	Perez, A.	936.03	756.81	179.22	» »
26	Rockox, N.	14740.31	12626.16	2114.15	» »
27	Roelants, J.	138.04	123.12	14.92	» »
28	Rombouts, E.	122.60	56.28	66.32	» »
29	Sanders, G.	2203.56	2182.35	21.21	» »
30	Tassé, B.	275.94	209.40	66.54	» »
31	Van Bloer, J. H.	1859.63	1553.44	306.19	» »
32	Van den Borre, S.	575.74	451.01	124.73	» »
33	Van den Bossche, M.	270.08	231.58	38.50	» »
34	Van der Aa, J. F.	1210.83	1055.05	155.78	» »
35	Van der Donschot, M.	1112.29	405.76	706.53	» »
36	Van der Linden-Lodewyckx.	226.90	6.19	220.71	» »
37	Van der Meulen, F.	80.45	74.16	6.29	» »
38	Van de Weyer, M.	1859.14	1859.14	» »	» »

39	Van Diepenbeeck, C.	354.98	345.07	9.91	» »
40	Van Diepenbeeck, G.	338.83	420.69	» »	81.84
41	Van Goirle J.	58.50	3.23	55.27	» »
42	Van Henexthoven, J. E.	129.50	211.34	» »	81.84
43	Id. dite de Borsbeeck,	» »	» »	» »	» »
44	Id. dite d'Oostm lle	478.75	327.54	151.21	» »
45	Van Hontshum, L.,	5103.10	4341.47	761.63	» »
46	Van Langendonck, C.	269.74	237.25	32.49	» »
47	Van Lingen, J.	114.23	102.12	12.11	» »
48	Van Marsselaer, R.	3035.75	2894.20	141.55	» »
49	Van Sanvoort, J. M.	1104.11	531.20	572.91	» »
50	Van Tongerloo, J.	80.57	111.22	» »	30 65
51	Verbraecken, Eg.	923.75	728.53	195.22	» »
52	Vermeulen, A.	453.52	461 22	» »	7.70
53	Verreyt, C.	812.99	741.75	71.24	» »
54	Willems, G. et Jacobs, M. Ch.	1974.96	1199.51	775.45	» »
55	Wils, A.	33.81	» 51	33.30	» »
					» »

TITRE VIII.

—

BEAUX-ARTS, SCIENCES ET LETTRES.

—

Section I. — Beaux-Arts.

§ 1. — *Académie royale d'Anvers.*

Extrait du rapport sur la situation et les travaux de l'Académie royale des beaux-arts, à Anvers, pendant l'année académique 1867-1868.

L'Académie d'Anvers s'est maintenue pendant l'exercice 1867-1868, dans la voie prospère signalée dans les rapports précédents.

Le nombre des élèves monte à 1585. Ce chiffre quoiqu'inférieur de 86 au total de l'année dernière, présente encore une majoration de 135 sur la moyenne décennale.

Le tableau suivant renseigne, par divisions de classe, le nombre des élèves inscrits pendant l'année 1867.

Peinture et dessin d'après le modèle vivant et d'après l'antique	73
Principes du dessin de figures	304
Peinture de paysage et animaux	13
Sculpture.	63
Architecture civile	210
Architecture navale	22
Arts appliqués à l'industrie	14
Principes du dessin d'ornements	876
Gravure au burin	10
Total .	1585

La répartition des élèves par pays d'origine donne pour résultat :

Anversois.	1130
Belges autres qu'Anversois.	360
Étrangers.	95
Totaux . .	1585

Le tableau suivant présente le relevé des élèves par classe, et indique s'ils sont nés à Anvers, dans les autres parties du royaume ou à l'étranger.

BRANCHES D'ÉTUDES.	NOMBRE D'ÉLÈVES NÉS à Anvers.	dans d'autres communes du royaume	à l'étranger.	Totaux.
Peinture et dessin d'après le modèle vivant et d'après l'antique . . .	18	19	36	73
Principes du dessin de figures	251	43	10	304
Peinture de paysage et animaux . .	6	7	»	13
Sculpture	23	28	12	63
Architecture civile.	115	78	17	210
Architecture navale	18	1	3	22
Arts appliqués à l'industrie . . .	10	3	1	14
Principes du dessin d'ornements . .	680	180	16	876
Gravure au burin.	9	1	»	10
Totaux.	1130	360	95	1585

La répartition des élèves par lieu de naissance, sans distinction des cours pour lesquels ils ont été inscrits, s'établit comme suit :

La ville d'Anvers.	1130
Autres communes de la province .	254
Brabant	25
Flandre Occidentale . . .	16
Flandre Orientale . . .	33
Hainaut	12
Province de Liège. . . .	10
Limbourg	5
Luxembourg	1
Province de Namur . . .	4
États de l'allemagne . . .	"
États-Unis d'Amérique . . .	4
Angleterre	8
à reporter	1502

	Report 1502
Autriche	4
Bavière	1
Brésil	"
Canada	1
Espagne	"
France	3
Grèce.	2
Hanovre	"
Hollande	62
Indes Anglaises	"
Italie	"
Oldenbourg	"
Pologne	"
Prusse	6
Russie	"
Saxe	2
Suède.	1
Suisse	1
	Total 1585

Enfin, pour diviser les élèves d'après les arts et les métiers ou les professions qu'ils exercent déjà ou auxquels ils se destinent, on a la classification suivante :

Peintres artistes	84
Peintres décorateurs.	100
Sculpteurs statuaires.	52
Sculpteurs ornemanistes	40
Architectes et dessinateurs. . .	40
Graveurs	13
	à reporter 329

	Report 329
Orfèvres et ciseleurs	23
Imprimeurs et relieurs . . .	5
Brodeurs	4
Doreurs	3
Tapissiers	18
Constructeurs de navires et voiliers .	26
Carossiers et peintres de voitures .	26
Charpentiers et menuisiers. . .	243
Ebénistes	57
Tailleurs de pierres et marbriers. .	64
Plafonneurs et maçons . . .	34
Forgerons et mécaniciens . . .	33
Chaudronniers et ferblantiers . .	13
En service militaire	7
Métiers divers	39
Élèves dont la carrière n'est pas encore déterminée	661
Total .	1585

En résumé, ces divers tableaux établissent que, pendant l'année académique qui finit, l'Académie Royale d'Anvers a ouvert gratuitement ses classes à

352 élèves artistes,
572 » artisans,
661 » dont la carrière n'est pas déterminée.

1585 élèves.

Conseil d'Administration.

Par arrêté du 12 juillet 1867, M. le professeur Jacobs a été nommé membre du conseil, en remplacement de M. Durlet, décédé.

Enseignement.

Nous avons à signaler divers changements dans le personnel enseignant.

La mort a ravi un de ses membres les plus distingués. M. Bal, professeur de gravure au burin.

Corneille Joseph Bal naquit à Anvers, le 7 avril 1820 ; il y est mort le 31 juillet 1867, à l'âge de 47 ans.

Le Roi a nommé :

M. Louis Baeckelmans, professeur d'architecture et de dessin appliqué aux arts et métiers, (17 août 1867.)

M. Hippolyte Hertoghe, professeur de géométrie, (14 octobre 1867.)

M. Jean-Baptiste Michiels, professeur de gravure au burin, (3 février 1868.)

Le programme des études n'a pas reçu de changements.

Concours de Rome.

Le concours a été, en 1867, ouvert à la peinture, suivant les dispositions de l'arrêté royal du 25 février 1867.

Vingt concurrents s'étaient fait inscrire. Dix-neuf seulement se présentèrent pour prendre part au concours préparatoire.

L'épreuve définitive, à la quelle, conformément à l'arrêté royal, n'ont été admis que les six premiers qui l'ont emporté au concours préparatoire, a été ouverte le 2 mai. Le sujet choisi par la commission était : *Socrate devant ses juges.*

Le jury, convoqué par M. le Ministre de l'Intérieur et composé de onze membres, s'est réuni le 17 août, Le résultat du jugement a été :

1r Prix. M. Ernest Van den Kerckhove, de Bruxelles,

Mention honorable. { M. Louis Lebrun, de Gand.
» Xavier Mellery, de Laeken.

M. Van den Kerckhove est élève de l'Académie de Bruxelles et de l'école de M. Portaels, M. Lebrun a fait ses études à l'Académie de Gand et M. Mellery à l'Académie de Bruxelles.

Un changement de détail, mais qui n'est pas sans importance, a été introduit dans la législation. Depuis l'institution des grands concours, il y a toujours eu une exposition publique des concours définitifs, mais il n'en était pas de même pour les épreuves préparatoires, qui n'avaient jamais été exposées ni avant, ni après le jugement. A l'avenir, les deux concours seront mis sur la même ligne, et une publicité égale sera donnée aux ouvrages qui y seront produits et à l'appréciation qui en sera faite par le jury. L'arrêté royal du 20 Avril 1867 a décidé qu'à l'avenir, les concours préparatoires dans toutes les branches, seront, pendant trois jours, exposés publiquement, mais seulement après le jugement.

Ce sont les concurrents qui les premiers ont demandé l'exposition des épreuves préparatoires, et la publicité de l'appréciation et de la classification faites par le jury. Le jury à son tour s'y est montré favorable. Le Gouvernement a voulu accorder ce que les uns et les autres semblaient considérer comme une garantie réciproque.

M. Vanden Kerckhove a commencé son voyage après avoir, au mois de Décembre dernier, passé un examen de capacité scientifique et littéraire.

MM. Copman, (gravure 1861) de la Censerie, (architecture 1862) et Vanden Bussche (peintre 1863) sont rentrés en Belgique. Les autres lauréats, à savoir : MM. Deckers, (sculpture 1864) Hennebicq (peinture 1865) et Naert (architecture

1866) continuent leurs études à l'étranger. M. Vander Ouderaa, 2e prix au grand concours en peinture de 1865 et pensionnaire du gouvernement, de la province et de la ville d'Anvers, dans les conditions particulières que nous avons fait connaître en 1866, continue également son voyage et ses études.

Les derniers envois que nous ont faits les lauréats témoignent de la sérieuse application de leurs auteurs. Depuis notre dernier rapport nous avons reçu et exposé :

1° Le premier ouvrage de M. Deckers, qui comprend deux groupes en plâtre représentant :

a. *Le triomphe d'Achille sur Hector.*
b. *L'amour en chasse.*

2° L'ouvrage fait par M. dela Censerie à titre d'envoi, dit copie destinée à devenir la propriété du gouvernement, et consistant dans un *projet de restauration du Parthénon d'Athènes* développé en onze dessins lavés et terminés avec le plus grand soin.

3° Un dessin reproduisant le célèbre tableau de Raphaël du Musée du Vatican, connu sous le titre de *Madona di Foligno* ou encore *Vierge au donataire.* Ce dessin a été présenté par M. Copman également à titre d'envoi copie.

4° L'ouvrage produit volontairement par M. Vander Ouderaa, dont la position est toute autre que celle des lauréats et qui n'est pas tenu de faire comme ces derniers soit un premier, soit un second envoi de Rome. Son envoi comprend trois peintures représentant :

a. *Lazare au festin du riche.*
b. *Femme Romaine ; tête d'étude.*
c. *Dito.*

Concours annuels.

Les ouvrages faits pour les concours, dont l'exposition vient d'avoir lieu, ont présenté des résultats généralement satisfaisants. Nous devons ajouter que les concours de l'exercice qui finit aujourd'hui, ont, comme ceux de l'exercice précédent, témoigné d'un progrès important dans plusieurs branches.

Subsides et encouragements.

Trente trois médailles ont été distribuées aux lauréats des concours, à titre d'encouragement et de récompense. Sur ce nombre, vingt-deux ont été données par le gouvernement et onze par l'Académie.

L'Académie a reçu, pour la première fois, de l'administation communale, un subside de six cents francs destiné aux élèves de l'enseignement moyen et élémentaire. Ce subside, qui deviendra sans doute une libéralité ordinaire pour les années prochaines, vient s'ajouter à une somme de la même importance que le département de l'intérieur a régulièrement fourni pour la même destination depuis l'année 1849. Les faveurs pécuniaires habituelles que l'Académie a obtenues pour ses élèves, les années précédentes, sont d'ailleurs restées les mêmes. Le gouvernement a accordé, pour 1867, à l'enseignement supérieur dix bourses d'étude de 250 francs et dix demi-bourses de 125 francs. Les élèves de l'enseignement moyen et élémentaire ont reçu de l'État le subside collectif habituel de six cents francs dont nous venons de parler ci-dessus; enfin un subside de deux cents francs, accordé par la députation permanente, a été comme d'ordinaire, divisé entre les élèves de la classe de gravure en taille douce.

Bibliothèque et collections.

Certaines ressources extraordinaires nous ont permis de faire des acquisitions en plus grand nombre et plus importantes que les années précédentes. Nous signalerons spécialement :

Frans Kugler. *Handbuch der Geschichte der Molerei seit Constantin dem grossen.* — 3 volumes.

Cassagne. *Traité pratique de perspective.* — 1 vol.

Carl Ritter. *Geschichte der Erdkunde und der Entdeckingen.* — 1 vol.

Charles Levêque. *La science du beau.* — 1 vol.

Plutarque. *Les vies des hommes illustres,* — traduites en français, par E. Talbot. — 4 vol.

T. B. Emeric David. *Recherches sur l'art statuaire.* — 1 vol.

Anthony Riech. *Dictionnaire des antiquités romaines et grecques.* — 1 vol.

L'abbé Martigny. *Dictionnaire des antiquités chrétiennes.* — 1 vol.

L. Batissier. *Histoire de l'art monumental dans l'antiquité et au moyen-âge.* — 1 vol.

J. Overbeck. *Geschichte der griechichen Plastik.* — 2 vol.

V. De Hancraw. *Manuel biblique* — 1 vol.

Herman Wiess. *Kostumkunde.* — 3 vol.

Albert Kretchmer. *Die trachten der Völken.* — 1 vol. texte et 100 planches.

Dr. Wilhelm Lübke. *Grundriss der Kunstgeschichte.* — 1 vol.

Dr. Carl. Fr. von Lutzow und professor Dr. Wilhelm Lübke *Denkmäler der Kunst.* — 2 vol. texte et 158 planches.

H. Taine. *De l'idéal dans l'art.* — 1 vol.

V. de Laprade. *Questions d'art et de morale.* — 1 vol.

V. Cousin. *Du vrai, du beau et du bien.* — 1 vol.

Th. Jouffroy. *Cours d'esthétique.* — 1 vol.

Poujoulat. *Histoire de Jérusalem.* — 2 vol.
G. Groote. *Histoire de la Grèce,* traduit de l'anglais. — 19 vol.
Th. Benard. *Dictionnaire classique universel.* — 1 vol.

Nous avons en outre continué ou complété plusieurs ouvrages en cours de publication et le Gouvernement nous a, comme par le passé, gratifié de plusieurs envois intéressants. Parmi ces derniers nous mentionnerons :

Alfred Michiels. *Histoire de la peinture flamande depuis ses débuts jusqu'en* 1864. — Deuxième édition.

A. Reichenspenger. *L'art gothique au dix-neuvième siècle,* traduit de l'allemand par M. Camille Nothomb.

J. Moreau. *Leçons de perspective linéaire.*

P. Letarouilly. *Édifices de Rome moderne,* tome IIIe et dernier, 82 planches gravées, grand in-folio. — Douze médailles en bronze gravées par Jouvenel, Stordeur, Leclerq, J. Wiener et L. Wiener.

Huit ornements ou objets d'art industriel en plâtre, exécutés par Van Emelen, sculpteur à Louvain, sous la direction de la Société pour le moulage et la reproduction d'objets d'art religieux.

Enfin plusieurs particuliers ont généreusement offert divers ouvrages à l'Académie.

Ces ouvrages sont :

N.-M. Mandelgren. *Monuments scandinaves du moyen-âge avec les peintures* et autres ornements qui les décorent, 40 planches grand in-folio, gravées sur pierre ou chromolithographiées. — Don de l'auteur.

Friedrich Wagner, (de Munich). *La descente de croix de P.-P. Rubens, à la cathédrale d'Anvers* ; gravure au burin. — Don de l'auteur.

Dito. *Portraits de Rubens et d'Elisabeth Brants*, tableau de Rubens à la pinacothèque de Munich. Gravure au burin. — Don de l'auteur.

Jos. Bal. *La monténégrine et son enfant*. Gravure au burin d'après le tableau de Jaroslaw Cermak. — Don de la *Société royale pour l'encouragement des Beaux-Arts*, à Anvers.

Arcisse de Caumont. Un exemplaire de tous ses ouvrages et opuscules. — Don de l'auteur.

§ 2. — *Ecole de gravure.*

(Mémoire).

§ 3 — *Ecoles de dessin.*

a. Malines.

Académie des beaux-arts.— Il n'y a pas eu de mutations parmi les membres de la commission administrative.

Le personnel enseignant n'a pas subi de changement; il est au complet et se compose du Directeur, professeur de la classe de dessin d'après nature, d'un professeur d'architecture, d'un professeur de modelage, d'un professeur de dessin d'après plâtre, d'un professeur de principes, et de quatre professeurs adjoints dont trois de la classe des principes et un de la classe d'architecture.

Le relevé des inscriptions a donné le résultat suivant :

Classe de dessin d'après nature. . .	12	élèves.
id. id. plâtre . . .	21	"
id. principes, dessin ambré .	50	"
id. id. au trait . .	306	"
Classe d'architecture	97	"
id. de modelage	35	"
Total des élèves .	521	"

Les collections artistiques de l'académie ont été augmentées de plusieurs plâtres, lithographies et gravures, destinés à servir de modèles.

La bibliothèque s'est enrichie de quelques ouvrages concernant les beaux arts; les élèves de l'académie la fréquentent assidument tous les soirs une heure avant l'ouverture des classes, et le Dimanche matin de 9 heures à midi. Pendant les mêmes heures elle est accessible aux habitants de la ville qui peuvent venir consulter les nombreux ouvrages qu'elle renferme.

Institut de Beaux-Arts. — La situation de l'institut s'est plutôt améliorée qu'amoindrie.

La classe élementaire de dessin sous la direction de M. Stermus, qui ne se composait l'an dernier que de 14 élèves en compte 28 maintenant; six de ces jeunes gens s'occupent déjà de compositions artistiques et industrielles, les autres forment deux sections dont l'une dessine la tête et l'autre l'ornement qui peut s'adapter à l'industrie; les trois divisions sont sensiblement en progrès.

Sept jeunes artistes fréquentent assidument le cours d'après nature et d'après l'antique. MM. Wauters et Lenoir viennent fort souvent examiner ou corriger leurs œuvres qui aussitôt terminées restent exposées à l'institut.

Le nombre des membres effectifs est de 95, celui des membres honoraires et correspondants de 82.

b. Turnhout.

L'école de dessin de Turnhout, continue à progresser.

Elle a été fréquentée pendant l'année scolaire 1867-1868

par 110 élèves, répartis ainsi qu'il suit dans les diverses classes :

33 élèves ont suivi les cours d'architecture ;
8 » » » de la coupe de pierre ;
9 » » » de modelage ;
5 » » » de figures ombrées.
10 » » » de figures au trait ;
10 » » » de têtes au trait ;
5 » » » d'ornements ombrés ;
5 » » » au trait de 1 classe ;
8 » » » » 2e classe ;
20 » » » de premiers principes ;
15 » » » de dessin de paysage ;
10 » » » » d'animaux.

Ces deux derniers cours forment des classes mixtes composées d'élèves appartenant à d'autres branches.

La collection des modèles est pour ainsi dire complète.

Le subside de fr. 300, que la province a accordé, y a été intégralement employé.

Le Gouvernement a jusqu'à présent favorisé l'école d'un don de médailles.

Le conseil communal a nommé en 1867, un second professeur à l'école au traitement de fr. 350.

c. Lierre.

L'enseignement à l'école de dessin de Lierre, n'a subi aucun changement pendant l'année scolaire 1867-1868.

Pendant l'été de 1867, les classes ont été fréquentées par 153 élèves ; le cours d'architecture par 30 élèves ; total 183 ;

78 élèves appartiennent à 20 communes rurales de la province.

Les cours d'hiver 1867-1868 ont été suivis par 338 élèves dont 43 pour la classe d'architecture; 63 élèves appartiennent à 18 communes rurales de la province.

Le personnel administratif et le personnel enseignant n'ont pas subi de mutation.

La collection des modèles a été sensiblement augmentée. Les subsides que le Gouvernement et la Province accordent, y sont intégralement employés.

Les concours de 1867 ont été jugés par le directeur et les professeurs de l'académie Royale des beaux-arts d'Anvers, et, sur la proposition de ce corps enseignant, le Gouvernement a accordé 4 médailles d'argent.

§ 4. — *Musées.*

a. Musée d'Anvers. — Corps académique.

La mort a enlevé plusieurs de ses membres au corps académique d'Anvers, à savoir :

MM. E. Baily, membre agrégé, décédé à Londres, le 22 Mai 1867, et J. Bal, membre agrégé, décédé à Anvers, le 31 Juillet 1867.

La réunion annuelle ordinaire a eu lieu le 20 Août. Plusieurs nominations y ont été faites. Ces nominations sont :

Membres effectifs : MM. Cabanel, Alexandre, peintre d'histoire à Paris, en remplacement de M. Ingres, décédé, et

Bendemann, Edouard-Jules-Frédéric, peintre d'histoire à Dusseldorf, en remplacement de M. V. Cornelius, décédé.

Membres agrégés : MM. Payen, Auguste Jean-Joseph, architecte à Bruxelles, en remplacement de M. Durlet, décédé ;

Mlle. Bonheur, Marie-Rosalie dite Rosa, peintre d'animaux et paysages à By, (commune de Thomay, Seine et Marne), en remplacement de M. Brascassat, décédé ;

MM. Violet-le-duc, Eugène-Emmanuel, architecte à Paris, en remplacement de M. Hittorf, décédé,

et Bläser, Gustave-Hermann, statuaire à Berlin, en remplacement de M. Drake, devenu membre effectif.

Membres honoraires : MM. Berthoud, Samuel-Henri, homme de lettres, à Paris ;

De Caumont, Arcise, archéologue à Caen ;

De Jonge van Ellemeet, Willem-Cornelis-Maris, à Oostkapelle, lez-Middelbourg ;

Baron vanden Boetzelaer van Dubbeldam, Christiaan-Willem-Johan, à Utrecht ;

Van Put, Joseph-Corneille, bourgmestre d'Anvers,

et Van Soust de Borkenfeldt, Adolphe-Ferdinand-Joseph, inspecteur des Beaux-Arts au ministère de l'intérieur, à Bruxelles.

Les nominations de MM. Cabanel et Bendemann, membres effectifs succédant à MM. Ingres et V. Cornelius, ont été, conformément aux statuts, soumises à l'approbation de Sa Majesté le Roi, qui les a confirmées par arrêté en date du 20 Décembre 1867.

Après les décès et les nominations dont nous venons de rendre compte, il reste vacante une place de membre effectif belge et quatre places parmi les agrégés, dont une pour la Belgique. Les membres à remplacer sont :

MM. Bourla, membre effectif belge, décédé;
Bal, membre agrégé belge, décédé;
Baily, „ „ étranger, „
Bendemann, membre agrégé } étrangers, devenus mem-
Cabanel, „ „ } bres effectifs.

Le *Musée des Anciens* a été augmenté de trois tableaux et de deux bustes :

1° Bonaventure Peeters. *Vue de la ville de Middelbourg.* Marine.

2° Alexandre Adriaenssen. Nature morte. *Fruits, oiseaux morts, et poissons, épiés par un chat.*

Ces deux tableaux ont été offerts à la ville par la société qui s'est formée, il y a deux ans, sous le nom de *Artibus Patriæ*, et qui s'est donné pour mission de compléter le Musée en s'attachant de préférence aux maîtres anciens, nés à Anvers, qui jusqu'ici n'y sont pas représentés. La même société avait déjà enrichi le musée de deux autres tableaux que nous avons signalés dans notre rapport précédent.

3° Henri De Caisne. *Mater dolorosa.*

Offert généreusement au musée par le frère de l'auteur, M. P. De Caisne, médecin principal de la garnison à Anvers.

Ce tableau est incontestablement de la meilleure qualité du maître.

4° *Buste ancien de Rubens.* Ouvrage en terre cuite portant la date de 1634, légué à l'Académie par feu M. Jean Abraham Nottebohm, de Rotterdam, y décédé le 27 juin 1866, et envoyé au Musée par les soins de M. le baron Nottebohm, d'Anvers, frère du testateur.

5° Henri Picquery. Buste en plâtre de Wenceslas Coberger, offert à la ville par M. Bertier van Ghistelles.

Le Gouvernement a bien voulu inscrire, au budget du ministère de l'intérieur, pour l'année 1868, un septième crédit de 25,000 francs pour interventiou de l'Etat dans les travaux d'agrandissement et d'amélioration à faire à l'Académie.

b. Musée de Malines.

Malines s'est enrichi en 1867 :

1° D'un tableau de Waswiens, de Louvain, représentant l'intérieur de la cathédrale de Burgos, (Espagne) et qui avait été désigné à l'exposition de 1865 de la société de Malines pour l'encouragement des beaux-arts, pour être lithographié. Le Gouvernement auquel ce tableau était échu par le tirage au sort, a bien voulu l'abandonner au profit de la ville, à la demande de la commission organisatrice de l'exposition.

2° D'un tableau représentant une distributiou de pains par J. Hunin de Malines.

3° D'une planche en cuivre, représentant la tour de Saint Rombaut, gravée par M. A. Hunin de Malines.

4° D'un portrait de M. A. Hunin, donné à la ville, par M. L. Cassiers.

5° De quelques esquises et statuettes par feu M. Grootaers de Malines, statuaire à Nantes. (Don de Me Ve Grootaers et fils.)

§ 5. — *Expositions.*

L'exposition nationale ouverte par la société royale de beaux-arts à Anvers, en 1867, a compté 1147 numéros, soit 12 de plus qu'en 1864, savoir : 918 tableaux, 82 sculptures, 53 gravures et dessins, 46 aquarelles ou gouaches, 21 dessins d'architecture, 4 lithographies, 3 peintures sur velin, 2 ciselures, 1 planche heliolithographique et 17 projets pour les divers concours.

Indépendamment des concurrents, nécessairement anonymes, il y avait 642 exposants, dont 359 habitent la Belgique ; 113, la France ; 88, la Hollande ; 67, l'Allemagne ; 8, l'Angleterre ; 4, l'Italie et 3, la Suisse.

Les lacunes laissées par quelques maîtres aimés du public, sont dues à la grande exposition de Paris. Elle ont été, en partie, comblées par des artistes plus jeunes, débutant avec éclat, ou par d'autres, déjà connus, mais faisant preuve cette année, d'un talent, voire même d'un génie, dont ils n'avaient pas encore donné de manifestation aussi complète. Dans l'ensemble le salon n'était guère inférieur à ceux qui l'ont précédé.

Le chiffre des souscripteurs, qui était de deux mille cinq cent quatre-vingt-deux il y a trois ans, a été de deux mille six cent vingt-cinq ; en outre les souscriptions ont été plus généreuses, puis qu'il y avait sur leur montant total une augmentation d'environ deux mille francs.

Sa Majesté s'est intéressée à la tombola pour le même chiffre qu'à la dernière exposition de Bruxelles.

Pour le même motif qu'il y a trois ans, le Gouvernement a borné son intervention au subside habituel pour la gravure, et à la prise de quatre cents lots pour compte de l'Etat. Il n'a fait aucune acquisition, et n'a accordé aucune distinction honorifique aux exposants.

La province et la ville ont continué leur fidèle et généreux concours, à la société.

Comme toujours les dépenses, autres que les frais généraux, se rapportaient à la gravure, aux concours ou aux achats pour la tombola.

En premier lieu l'achat et l'impression d'une planche au burin dont les frais ne varient guère, *La Monténégrine*, d'après J. Cermak, restera non seulement une belle estampe, mais un bon souvenir de J. Bal, si prématurément enlevé au moment même où il mettait la dernière main à cette œuvre, pleine d'élégance et de distinction.

Pour les concours également la dépense est à peu près toujours la même. Celui de sculpture a dépassé l'attente de tous ; aussi le jury ne s'est il pas borné à décerner avec éloge le prix à M. Joseph Willems, d'Anvers ; il a encore demandé un accessit pour M. Jean Henri Cuypers, de Louvain, dont la statue se soutient si bien à côté de celle du lauréat Pour l'architecture classique, le prix a été remporté par M. Edmond Serrure, natif d'Anvers, architecte de la ville de St-Nicolas. Dans le concours de décoration architecturale, c'est M. A. E. Schoy, de Bruxelles, qui a remporté la palme.

La société avait ouvert encore, selon l'usage, un concours d'architecture ogivale et elle avait introduit celui de décoration sculpturale. Mais, pour le premier, le jury n'a trouvé aucun projet digne d'être couronné ; et, pour le second, il ne s'est pas présenté de concurrent.

Viennent enfin les achats pour la loterie auxquels on n'a pu consacrer que quarante huit mille francs. Grâce aux réductions de prix consenties par les artistes, on a réussi cependant à réunir : quarante neuf tableaux, deux marbres, une sculpture en bois, une aquarelle et, de plus, une quarantaine d'épreuves de gravures.

Même après la clôture du salon, on a pu vendre encore différents objets, de sorte, qu'indépendamment des achats faits pour la tombola, les artistes ont placé, par l'intermédiaire de la société, quatre vingt-trois œuvres d'art. Ce chiffre n'avait pas été atteint à aucune des expositions précédentes.

§ 6. — *Monuments.*

A l'occasion d'une demande de subsides spéciaux pour la restauration de la chapelle de St. Antoine, dans l'église de Notre-Dame à Anvers, la remarque a été faite que les engagements des diverses parties intervenantes dans les travaux de restauration de cet édifice, expiraient en 1867.

D'après des calculs établis par l'architecte provincial Gife, il resterait à dépenser fr. 1355654.59 pour assurer le complet achèvement de ces travaux. Le conseil communal a voté fr. 100,000, à imputer sur vingt exercices à la condition que la fabrique, la Province et l'Etat interviennent respectivement dans cette dépense pour 100,000, 40,000 et 300,000 francs.

Cette répartition devant encore laisser, en 1866, un déficit à couvrir, de fr. 815654.59, M. Gife a été chargé de déterminer le chiffre de la somme indispensable, à répartir sur un nombre d'exercices en rapport avec le degré d'urgence des travaux. En attendant ce travail, M. le Ministre de la Justice a ajourné toute décision.

Les travaux de restauration de la petite tour de l'église Notre-Dame s'exécutent régulièrement. Les dépenses se sont élevées, pour l'exercice 1867, à fr. 13797,50, couvertes par les subsides de la fabrique, la ville, la Province et l'Etat, par l'excédant laissé disponible sur 1866, et le produit de la vente de matériaux de démolition. Des circonstances extraordinaires ont permis à M. le Ministre de la Justice de mettre à la disposition du conseil de fabrique, dès le mois de Janvier; le subside de fr. 7500 qui lui avait été alloné pour 1868.

Le conseil communal d'Anvers a voté, au mois de Mars de l'année courante, un subside complémentaire de fr. 23,500, représentant le tiers des travaux encore à faire pour achever complètement la façade et les deux tours de l'église de St.George. La part d'intervention de la province ayant été fixée au quart de la dépense, lors de la dernière session du conseil, il restait à couvrir un solde de fr. 29,339.54, que le Département de la justice a été prié de prendre à sa charge. M. le ministre n'a pas cru devoir changer les proportions de $^3/_5$ contre $^2/_5$ qui déjà ont été admises précédemment comme constituant une faveur spéciale.

En conséquence, il a pris l'engagement de donner fr. 26,419.77, en 4 ans, si le conseil de fabrique se charge de pourvoir au déficit final de fr. 2.919.77. Celui-ci n'a pas encore fait connaître ses intentions.

Les travaux effectués, pendant l'année 1867, au vaisseau de l'église métropolitaine de St. Rombaut, comprennent spécialement la restauration du bras du transcept-sud, la confection des menaux et broderies de la grande fenêtre du même côté, et la taille des pierres nécessaires au chevet. Les paiements faits s'élèvent à fr. 17257,33, couverts au moyen des ressources ordinaires.

Lors d'une visite faite, pendant le courant de l'année 1867, par une députation de la commission royale des monuments, il a été convenu que les abords de la métropole seraient dégagés des ateliers y adossés et que ceux-ci seraient établis sur la place nord de l'édifice.

La restauration de la tour de St. Rombaut se poursuit activement. Les engagements de l'Etat pour aider à couvrir la dépense, sont expirés depuis 1867 et il reste à dépenser, pour achever les travaux, une somme de fr. 1,346,515.50. L'administration communale de Malines a été invitée à soumettre un devis détaillé des travaux qui restent à faire.

L'architecte communal de la ville de Lierre a soumis un second travail à la commission royale des monuments, pour la restauration des fenêtres de la partie octogonale de la tour de St. Gommaire. La commission, en approuvant ces nouveaux dessins, a signalé le mauvais état des fenêtres de l'étage inférieur. L'administration communale a été invitée à faire étudier, sans retard, le projet de restauration de ces fenêtres.

Les travaux de la partie octogonale de la tour ont été adjugés au sieur Van Ockeleyn, moyennant fr. 3300, soit un rabais de fr. 910 sur l'évaluation.

Les divers travaux imprévus qu'il a été reconnu indispensable d'exécuter à la tour de l'église de Hoogstraeten, après avoir entamé les travaux adjugés, ont donné lieu à un différend entre l'administration communale, le conseil de fabrique et l'entrepreneur. Cette circonstance a causé dans l'exécution des travaux un retard considérable. Aujourd'hui le conflit est heureusement terminé et l'architecte provincial a été invité à ne rien négliger pour faire reprendre la restauration, dès l'ouverture de la saison favorable.

Le crédit pour restauration d'anciennes œuvres d'art, inscrit au budget de 1867, a été employé comme suit :

Fr. 370. — 4e annuité pour la restauration des vitraux de l'église de St. Léonard.

297.— Solde pour la restauration des vitraux de l'église de St. Gommaire à Lierre.

80.— Complément pour le rétablissement du retable gothique de l'église de Hulshout.

200.— Subside pour la restauration des volets peints de l'autel de Ste. Marguerite à Thielen.

200.— Subside pour la reconstitution de la partie sculptée du retable de la chapelle d'Overbroeck sous Brecht.

353.— A compte pour la restauration du vitrail : *la Ste Cène*, dans la chapelle du St. Sacrement à l'église N.-Dame d'Anvers.

Fr. 1500.

Les engagements pris pour 1868 sont les suivants :

Fr. 370.— Avant dernière annuité pour la restauration des vitraux de l'église de St. Léonard.

187.50 Reconstitution de la partie sculptée du retable de Thielen.

370.38 (Solde) Restauration du vitrail la *Ste Cène* à Anvers.

276.28 Complément pour le rétablissement des vitraux de Loenhout.

Fr. 1204.16

Ces dépenses sont généralement couvertes par quarts répartis entre l'Etat, la Province, la commune et l'église intéressée. Un projet de restauration est à l'étude pour un tableau appartenant aux hospices d'Herenthals et représentant un fait historique concernant l'hôpital Ste Elisabeth. Il en sera rendu compte au prochain *Exposé*.

Le *comité des membres correspondants de la commission royale des monuments* s'est occupé, pendant l'année 1867-68, de l'examen d'un grand nombre de questions concernant l'Eglise N.-D., l'Eglise St.-Charles-Borromée, l'Hôtel de ville, les hospices civils, à Anvers ; les presbytères de Rumpst, Schooten, Westmalle, Ranst, St.-Léonard, Brasschaet, Schelle ; l'Eglise de Hoevenen, celle de Brecht ; les édifices civils de Malines ; l'Eglise St.-Gommaire à Lierre, les Eglises de Nylen, Waelhem, Blacsvelt, Lichtaert, Meir, Thielen, Vorsselaer, etc. ; la restauration des retables de Hulshout, de Thielen et de Loenhout, etc.

Le 31 Mars dernier, la commission royale des monuments a été convoquée en séance générale à Bruxelles.

Le musée d'antiquités d'Anvers fondé par le comité, facilite considérablement les études des artistes.

Par arrêté royal du 4 octobre 1867, il a été pourvu au remplacement de feu M. Durlet. M. Louis Baeckelmans, professeur d'architecture à l'académie royale des beaux-arts d'Anvers, a été désigné pour remplir dans le sein du comité, la place occupée autrefois par l'auteur des stalles de l'Eglise Notre-Dame d'Anvers et de celles de la cathédrale de Liége.

SOUSCRIPTION NATIONALE POUR L'ÉRECTION D'UN MONUMENT A LA MÉMOIRE DE S. M. LÉOPOLD Ier.

Dans le but de répondre au vœu qui se manifestait partout dans le pays de voir ériger un monument à la mémoire de

S. M. le Roi Léopold Ier au moyen d'une souscription nationale, M. le Gouverneur composa, le 13 Mars 1866, à l'instar de ce qui avait eu lieu dans toutes les autres provinces, un comité provincial ayant pour mission de prendre les dispositions nécessaires pour donner aux manifestations individuelles un caractère d'unité et pour permettre à chaque citoyen de contribuer par son offrande à l'érection du monument.

Voici la liste alphabétique des membres de ce comité :

Président : M^r le chevalier Ed. Pycke, Gouverneur.

Membres : MM. J. B. Beeckmans, curé-doyen à Anvers.
- " G. Bergmann, bourgmestre de Lierre.
- " Ch. Blondel, président du conseil provincial.
- " B. Caers, membre de la Députation permanente.
- " Ed. de Cuyper, greffier de la province.
- " Du Vivier (le baron), président du tribunal de Malines.
- " Em. Geelhand, membre de la Députation permanente.
- " F^rs Grégoire, colonel commandant la garde-civique d'Anvers.
- " N. L. Hermans, président du tribunal d'Anvers.
- " Nottebohm, (le baron), président de la chambre de commerce.
- " H. Van Berchem, membre de la Députation permanente.
- " Van Genechten, président du tribunal de Turnhout.
- " J. Van Hal, échevin f. f. de bourgmestre à Turnhout.

Membres MM. J. C. Van Put, conseiller f. f. de bourgmestre d'Anvers.
" P. A. Verhaghen, bourgmestre de Malines.

Dans sa séance d'installation du 17 Mars 1866, le comité élut dans son sein un vice-président, un trésorier et un secrétaire.

MM. le baron Nottebohm, Emile Geelhand et Edouard de Cuyper furent respectivement appelés à ces fonctions.

Il émit le vœu que lorsqu'il s'agirait de déterminer la nature du monument à ériger, la préférence fût donnée, s'il y avait lieu, à un monument de bienfaisance.

Ce vœu fut transmis aux autres comités provinciaux et au Gouvernement. Il fut également décidé que des comités locaux seraient organisés dans les villes et communes de la province.

Le montant de la souscription fut limité à 10 centimes par tête, sauf aux personnes qui après avoir signé la liste désiraient contribuer pour une somme plus forte, à verser leur offrande entre les mains du comité local ou provincial.

Le comité résolut en outre de publier les noms des communes qui souscriraient avec l'indication du montant des sommes recueillies dans chacune d'elle.

Grâce au concours prêté par MM. les commissaires d'arrondissement et les bourgmestres, des comités locaux de souscription ont été créés dans presque toutes les villes et communes et la souscription a produit une somme totale de frs. 14450.54 dont voici la répartition :

Ville d'Anvers	fr.	1590-40
« de Malines	«	1179-09
« de Lierre	«	547 50
« de Turnhout	«	302-63
	Total fr	3,619-62

COMMUNES DE L'ARRONDISSEMENT D'ANVERS.

Aertselaer	fr	45-98
Austruweel	«	11-40
Beirendrecht	«	105 —
Berchem	«	907-97
Boom	«	265-80
Borgerhout	«	316-20
Borsbeeck	«	8 —
Bouchout	«	85-10
Brasschaet	«	45-60
Brecht	«	181-30
Broechem	«	64 —
Calmpthout	«	159-80
Cappellen	«	37-10
Contich	«	274-96
Edegem	«	15-81
Eeckeren	«	125-20
Emblehem	«	56 —
Esschen	«	124-20
Halle	«	12-40
Hemixem	«	131-60
Hoboken	«	92-89
Hoevenen	«	58-20
Hove	«	69-40
Lillo	«	57-55
Loenhout	«	129-65
Merxem	«	78-54
Mortsel	«	47-80
Niel	«	97-80
Oeleghem	«	26-40
Oorderen	«	28-30
Oostmalle	«	74 —
Pulderbosch	«	45-11

Pulle	fr.	25-59
Ranst	«	75 —
id. (don particulier)	«	3-80
Reeth	«	87-80
Rumpst	«	46-50
Santhoven	«	73-13
Schelle	«	62-30
Schilde	«	40-35
Schooten	«	192-58
s'Gravenwezel (don particulier)	«	10 —
St. Job-in-'t-Goor	«	32-10
St-Léonard	«	82-90
Stabroeck	«	84-70
Viersel	«	42-70
Vremde	«	75 —
Waerloos	«	35-60
Westmalle	«	55 —
Wilmarsdonck	«	50-90
Wilryck	«	123 75
Wommelghem	«	55 —
Wuestwezel	«	104-86
Wyneghem	«	25-75
Zoersel	«	37-10
	Total fr.	5199-47

COMMUNES DE L'ARRONDISSEMENT DE MALINES.

Beersel	fr.	65-80
Berlaer	«	63 —
Bevel	«	11-90
Blaesvelt	«	54-61
Boisschot	«	35-70
Bonheyden	«	62-05
Bornhem	«	216-26

Bornhem (don particulier)	fr.	20 —
Breendonck	«	34-90
Duffel	«	327-30
Gestel	«	9-10
Heffen	«	59-90
Heyndonck	«	39-20
Heyst-op-den Berg	«	197 —
Hingene	«	74-70
Hombeeck	«	102-37
Itegem	«	11-80
Kessel	«	76-90
Koningshoyckt (don particulier)	«	20 —
id	«	46-70
Leest	«	55-30
Liezele	«	67-10
Lippeloo	«	79-48
Mariekerke	«	13 —
Nylen	«	65-20
Oppuers	«	40-90
Puers		68-90
Putte	«	105 52
Ruysbroeck	«	36-90
Rymenam	«	60 —
St Amand	«	136 —
Schrieck	«	102-30
Thisselt	«	96 70
Waelhem	«	27 40
Wavre-Notre-Dame	«	141-35
Wavre Ste. Catherine	«	131 88
Weert	«	34 19
Wiekevorst	«	58-10
Willebroeck	«	317 —
	Total fr.	3166 41

COMMUNES DE L'ARRONDISSEMENT DE TURNHOUT.

Arendonck	fr.	54-40
Baelen	«	120-10
Barleduc	«	21 90
Beersse	«	27-40
Bouwel	«	22-80
Casterlé	«	124-80
Desschel	«	5-80
Eynthout	«	37 80
Gheel	«	177-10
Gierle	«	60 05
Grobbendonck	«	27 60
Herenthals	«	182 50
Herenthout	«	42-50
Herselt	«	66 70
Hoogstraeten	«	28-40
Houtvenne	«	20-30
Hulshout	«	31-10
Lichtaert	«	48-90
Lille	«	19-80
Meerhout	«	74-80
Meerle	«	10-10
Meir	«	32-80
Merxplas	«	53 30
Moll	«	42-30
Minderhout	«	25-80
Morckhoven	«	25 —
Norderwyck	«	42-50
Oevel	«	20 —
Olmen	«	45-40
Oolen	«	45-90
Poederlé	«	30-50
Poppel	«	8-52

Raevels	fr.	20-06
Ramsel	«	57-30
Rethy	«	120-60
Ryckevorsel	«	37-10
Thielen	«	46-90
Tongerloo	«	56-30
Vaerendonck	«	10-10
Veerle	«	22-80
Vieux-Turnhout	«	83-80
Vlimmeren	«	20 —
Vorsselaer	«	24-30
Vorst	«	59-35
Vosselaer		23-90
Wechelderzande	«	13-50
Weelde		50 —
Westerloo	«	148-15
Westmeerbeeck	«	11-10
Wortel	«	24-40
Zoerleparwys	«	39-41
	Total fr.	2465-04
	Total général fr.	14,450-54

Les fonds que la souscription a produits, ont été successivement déposés à la caisse générale d'épargne et de retraite qui les fait fructifier en attendant qu'ils puissent recevoir leur destination.

Les livrets y relatifs qui font monter la souscription, en y comprenant les intérêts de 1866 et 1867, à un chiffre total de 14990.28, ont été envoyés, le 2 Mars 1868, à M. le Ministre de l'Intérieur qui les avait réclamés par dépêche du 6 Février dernier, afin de les réunir en un seul livret à ouvrir en son nom, et de centraliser ainsi les fonds.

Mr le Ministre de l'Intérieur avait réuni le 25 Août 1866, à Bruxelles, les délégués des comités provinciaux, à l'effet de discuter l'affectation à donner aux fonds de la souscription.

Dans cette réunion où la province d'Anvers fut représentée par M. Emile Geelband, cinq provinces se prononcèrent pour l'érection d'une institution de bienfaisance, mais eu égard à l'insuffisance du produit de la souscription, elles reconnurent à regret l'impossibilité de réaliser cette idée, qui n'obtint pas l'approbation du Gouvernement. M. le Ministre de l'Intérieur présenta un projet de parc national annexé au parc de Laeken et impliquant l'érection près du mont Tonnerre d'un monument au Roi Léopold Ier.

Ce projet ne rencontra pas non plus les sympathies de l'assemblée. Elle pensa que le monument au Roi devait être si non l'unique objet, du moins le principal, qu'un parc est trop éloigné du centre de Bruxelles, que les habitants des provinces auraient rarement le temps d'y aller saluer le souvenir du fondateur de la dynastie.

M. le Ministre ne se rendit pas à ces objections. Prenant en considération que l'État apporte le plus fort contingent, qui se compose : 1° d'un crédit de 1,000,000 fr. voté par les chambres (loi du 29 Mai 1866) ; 2° de dons considérables faits par le Roi et le comte de Flandre, il maintint son projet et annonça l'intention de le soumettre à S. M. et de convoquer les délégués provinciaux ultérieurement.

Le moniteur du 18 Mars 1868 contient un arrêté royal du 15 du même mois approuvant le plan et les délibérations du conseil communal de Laeken concernant l'établissement d'un parc à l'emplacement du monument à ériger.

Section II. — Musique.

§ 1. — *Ecoles de musique.*

Anvers. Cet établissement vient d'être complètement réorganisé.

En séance du 3 juin 1867, le conseil communal en a confié la direction au compositeur Pierre Benoit, que d'importants succès ont signalé dès le début de sa carrière.

Il a en même temps porté à 15,000 frs., la dotation de l'école sur la caisse de la ville ; le Gouvernement en alloue une de 4000 frs., et la province de 2000 frs.

La commission de surveillance se compose de MM. D'Hane-Steenhuize, échevin, Selb-Deconinck, Vanhissenhoven, Dumercy-Heirman et Van Lerius, conseillers communaux. Elle s'occupe activement des mesures à prendre pour assurer la prospérité de l'école.

Le 28 Octobre, le conseil communal a completé le personnel professoral, composé aujourd'hui comme suit :

Solfège, M. F. Schermers.

Lecture musicale et chant, jeunes gens, MM. Kiven.

—	demoiselles,	Moreels.
Déclamation lyrique (2 sexes)		Jorez.
Piano, 1re classe		Hennen.
» 2e classe		Bossaers.

Violon 4 class. MM. J. Bacot, F. Houben, A. Bacot et Mertens.

Alto,	Mertens.
Violoncelle,	J. Bessems.
Contrebasse,	Bernier.
Flute,	Odufré.
Hautbois,	De Groodt.
Clarinette,	Van der Aa.
Basson,	Wambach.

Cor, MM. Godding.
Trompette, Selens.
Trombonne, Van Laerebeke.
Cours collectif d'instruments à cordes, MM. Dumont.
Musique de chambre, Possoz.
Orgue, Callaert.
Déclamation flamande, Van Beers.
Harmonie, basse chifrée, composition, esthétique, M. Bénoit.

L'ouverture solennelle des cours a eu lieu le 11 Novembre 1867, par la commission de surveillance, en présence des professeurs et des élèves.

M. le directeur Benoit a développé éloquemment le but de l'institution et les tendances qu'il s'efforcera de donner aux études.

Les examens d'admission ont eu lieu du 12 au 16 Novembre et les classes se sont ouvertes dès le 18.

Depuis cette date, elles n'ont cessé d'être assidûment fréquentées.

De 119 élèves que comptait l'ancienne école de musique, le chiffre est monté à 473.

L'enseignement est particulièrement organisé et dirigé en vue de la langue flamande et du cachet qu'elle est appelée à imprimer à l'art musical dans les provinces flamandes du pays.

Malines. Le personnel enseignant de cette section était composé jusqu'ici de la manière suivante : un professeur de solfège; un professeur de piano ; un professeur de clarinette ; un professeur de violon et de violoncelle; et un professeur adjoint de violon. — La nécessité d'avoir un Directeur à la tête de la section de musique a été généralement reconnue ; la commission administrative en a proposé la nomination, lors de la présentation du budget pour l'année 1868 ; il a été donné connaissance au public de la création de cette place et la nomination pourra se faire sous peu de temps.

Le nombre des élèves de la classe de violon et violoncelle s'étant beaucoup accrû depuis quelques années, il n'était plus possible au professeur actuel d'enseigner avec fruit les deux instruments, d'autant plus que les heures de leçons par semaine devaient être nécessairement doublées afin de pouvoir s'occuper de chaque élève. L'enseignement de cette classe a été partagé ; le professeur actuel continue à donner les leçons de violon aux élèves qui en ont appris les premiers principes dans la classe du professeur adjoint; l'enseignement du violoncelle a été confié au sieur J. B. Rochez, lauréat du conservatoire de Bruxelles.

Les traitements du personnel enseignant des deux sections ont tous été augmentés.

Le nombre des élèves qui ont fréquenté les classes de la section de musique s'est élevé à 215.

Les listes d'inscription présentent les chiffres suivants :

Classe de solfège	130	élèves
id. violon	41	id.
id. piano	24	id.
id. clarinette	16	id.
id. violoncelle	4	id.

§ 2. — *Sociétés musicales.*

Dix sociétés de musique vocale ou instrumentale existent actuellement à Anvers. Ce sont :

1. *Vrijheidsvrienden*, harmonie en fanfaren, Schippershuis, Schipstraat, onder de bescherming van Z. K. H. den graaf van Vlaanderen.

2. *Meyerbeer*, zang, in 't Guliek, Mooriaanstraat ;

3. *Société royale d'Harmonie*, fondée en 1814, rue d'Aremberg ;

4. *Muziekmaatschappij*, Arembergstraat, in het lokaal van den Cercle Artistique ;

5. *St-Willebrords*, harmonie, in den Pelekaan, Statieplaats ;

6. *Ste-Cecilia*, muziek, café Ortelius, Kammenstraat ;

7 *De Gildebarden*, zangafdeeling van de gilde der antwerpsche ambachtslieden, St-Jansstraat, bijzonder lokaal ;

8. *De Lucasgilde*, zang, Konijnenpijp, Kleinmarkt ;

9. *Bloemenkring*, harmonie, Beeldekensstraat, 135 ;

10. *Burgersbond*, zang, Wetstraat, 8 .

Les sociétés musicales de l'arrondissement d'Anvers sont au nombre de quarante-une et se répartissent comme suit :

7 *Harmonies.*	1 à Berchem, 2 à Boom, 2 à Borgerhout, 1 à Contich, 1 à Schooten.
18 *Fanfares.*	1 à Berchem, 1 à Boom, 1 à Bouchout, 2 à Cappellen, 1 à Edegem, 1 à Eeckeren, 1 à Hemixem, 1 à Hoboken, 1 à Mortsel, 1 à Merxem, 2 à Niel, 1 à Rumpst, 1 à Santhoven, 1 à Schelle, 1 à Wilryck, 1 à Wyneghem.
16 *Sociétés chorales.*	2 à Berchem, 2 à Boom, 3 à Borgerhout, 1 à Calmpthout, 2 à Contich, 1 à Deurne, 1 à Eeckeren, 1 à Hoboken (*avec symphonie,*) 1 à Merxem, 1 à Wilryck, 1 à Wyneghem.

Elles se composent généralement de membres exécutants et de membres effectifs, honoraires ou protecteurs.

Bon nombre d'entr'elles ont pris part à des concours et remporté des succès. Leurs ressources sont peu considérables.

Leurs dépenses consistent en traitement du chef d'orchestre ou maître de musique, en achat de partitions ou d'instruments et en frais de répétition.

Les sociétés musicales de Malines sont les suivantes :

La société d'harmonie de Ste-Cécile,	Fanfares.
La Persévérance,	
L'Union fraternelle,	
La Réunion lyrique,	Chœurs.
L'Echo de la Dyle,	
La Mélodie,	Harmonie.

Depuis l'année dernière, aucun changement notable n'est survenu dans les sociétés musicales et chorales de l'arrondissement de Malines.

Il n'y a pas de changements à signaler quant aux sociétés de musique de la ville de Turnhout. Elles continuent à coopérer aux solennités publiques et à assister l'infortune par le produit de concerts de bienfaisance.

Elles se distinguent toujours par le zèle qu'elles apportent à l'étude de la musique, et pour les encourager dans cette voie, le conseil communal a encore alloué dans le budget de la ville de l'année courante, pour subsidier l'harmonie et les sociétés les plus méritantes, un crédit de 700 francs.

Les sociétés musicales de l'arrondissement de Turnhout sont au nombre de 17, savoir :

8 harmonies : 1 à Gheel, 2 à Herenthals, 1 à Hoogstraeten, 1 à Meerhout, 1 à Veerle, 2 à Vorst.

4 fanfares : 1 à Gheel, 1 à Westerloo, 1 à Grobbendonck, 1 à Moll.

5 sociétés chorales : 1 à Arendonck, 1 à Casterlé, 1 à Gierle, 1 à Moll, 1 à Olmen.

Le nombre de leurs membres exécutants varie de 15 à 50.

Il existe par continuation deux sociétés d'Harmonie et deux sociétés chorales, à Lierre.

Section III. — Sciences et lettres.

§ 1. — *Sociétés littéraires et scientifiques.*

Le congrès international archéologique, qui avait été ajourné en 1866, à cause de l'épidémie régnante, s'est ouvert au mois d'Août 1867, sous la présidence de M. le gouverneur de la province d'Anvers. Organisé par l'*Académie d'archéologie de Belgique*, avec le concours de M. de Carmont, directeur de la *grande société française*, dont les travaux ont le même but, cette société scientifique s'est fait remarquer et par le concours de savants venus de tous les pays de l'Europe, et par les questions intéressantes qui ont été discutées dans les sections.

L'Académie d'archéologie continue ses travaux ordinaires avec succès. Dans ses *Annales* de 1867, on distingue, entre autre, les mémoires, notices et études sur divers sujets, par MM. J. Schuermans, de Liége, L. Torfs, d'Anvers, A. Wagener, de Gand, L. Galesloot et P. Henrard, de Bruxelles.

Les autres associations scientifiques et littéraires d'Anvers ont également continué leurs travaux et leurs publications. Nous citerons particulièrement la *Commission provinciale des Inscriptions* ; les *Sociétés de Médecine* et *de Pharmacie*, dont les *Annales* s'enrichissent chaque année de la biographie de quelque illustration médicale ancienne ou moderne.

Outre ces publications périodiques de nos sociétés savantes il y en a d'autres qui sont l'objet d'entreprises particulières. Celles-ci se distinguent des premières qui sont en français, en ce qu'elles sont toutes en flamand. On remarque parmi ces dernières la *Vlaamsche School*, journal semi-mensuel illustré, qui a accompli sa 12me année et qui jouit d'un subside sur les fonds provinciaux.

En dehors de ces diverses publications, aucun ouvrage bien important n'a paru à Anvers, dans le courant de l'année 1867, à l'exception du *Traité de médecine pratique* de maître Jehan Ypreman, publié par les soins de M. le docteur C. Broeckx, cet explorateur infatigable des vieilles annales de la science médicale, auquel on devait déjà la mise au jour du *Traité de Chirurgie* du même médecin Yprois. Ces deux ouvrages sont en flamand et donnent une idée exacte du degré de développement où était parvenue la médecine belge au XIVe siècle.

Indépendamment des dix sociétés scientifiques, dont nous avons donné la nomenclature dans le précédent *Exposé*, la ville d'Anvers possède aussi un certain nombre de sociétés littéraires et dramatiques flamandes.

Voici les principales :

1. *Olijftak*, (rederijkamer), Nieuwen hof, Beddenstraat.
2. *De Veilkrans*, taal- en letterkunde, Koningsken, Wolstraat.
3. *Jonge Vlamingen* (tooneel), Schippershof, Schipstraat 18.
4. *Rivierbroeders*, " " "
5. *Dageraad*, in de Vos, Grootemarkt 23, (tooneelmaatschappij.)
6. *De Scheldegalm*, (tooneel en letterkunde), Paardenwei, Lombaardevest.
7. *Vrije Kunst* (tooneel), Staticplaats 18.
8. *Vrije Woord*, taal en letterkunde, Hofken-Meir, Eikenstraat.
9. *Hoop en Liefde*, tooneel, Konijnenpijp, Kleinmarkt.
10. *De Fonteinisten*, " " "
11. *De Lauwertak*, " St-Bastiaan, Yzerenwaag, 22.
12. *De Moedertaal*, " " "
13. *De Van Peene's vrienden*, tooneel, Beeldekensstraat 123.

Les sociétés littéraires, dramatiques et scientifiques qui existent à Malines sont :

a. *L'espérance*, société dramatique.

b. *De Taalzucht*, société littéraire et dramatique.

c. *De Peoene*, société littéraire.

Il n'existe ni société littéraire et scientifique, ni bibliothèque publique et populaire dans l'arrondissement de Malines.

Le nombre des sociétés dramatiques, à Lierre, s'élève à trois savoir : *Moed en Eendracht*, de *Vlaamsche Taalminnaren* en *Vooruit voor Kunst*.

Ces sociétés donnent des représentations publiques en hiver.

La société de littérature, *de Dageraad*, érigée à Turnhout en 1842, s'occupe de l'étude et des intérêts de la langue flamande. Elle offre annuellement des prix aux élèves de l'école moyenne qui obtiennent une distinction dans le concours spécial pour la langue flamande entre les différents établissements d'enseignement moyen du pays.

Le *Dageraad* reste, sous tous les rapports, digne de la bienveillance du Gouvernement, qui lui fait parvenir de temps à autre des ouvrages pour sa belle bibliothèque.

Il existe une société littéraire et scientifique à Meerhout, *de Hoop*, composée de 77 membres parmi lesquels plusieurs simples artisans. Elle possède une petite bibliothèque et quelques instruments de physique. Tous les mois on procède à des démonstrations ou à des expériences scientifiques.

Il existe une société dramatique et musicale à Hoogstraeten qui compte 28 membres effectifs et 35 membres honoraires. La section dramatique donne huit représentations publiques par an.

La section musicale entretient une école de musique où 12 enfants, de 10 à 15 ans, reçoivent des leçons gratuites, deux fois par semaine.

Commission chargée de la publication des inscriptions funéraires et monumentales.

Pendant l'année écoulée, la commission a publié les inscriptions des ci-devant couvents des carmes-déchaussés, des carmelites espagnoles, des carmelites anglaises, du Béguinage et des Chartreux à Anvers, ainsi que la notice historique sur l'ancienne et importante abbaye de St. Michel à la même ville.

Une livraison concernant l'arrondissement de Malines est à la veille de paraître.

Le recueil est orné d'un grand nombre de gravures.

Parmi les familles dont on a publié les inscriptions, se trouvent celles de : Clarisse, Hellemans, Eversdyck, Houtappel, Hoff, Fernandez, Carillo, Van der Goes, de Romrée, Van den Brande, Grassis, Laverne, de Groote, Cortewille, Delcampo, Dacuna, Nunez Devora, Pallavicino, De Miranda, Van Susteren, De Bournonville, De Melun, d'Aremberg, etc.

§ 2. — *Comités de lecture.*

Le comité provincial de lecture réorganisé en vertu de l'arrêté de M. le Ministre de l'Intérieur, daté du 29 Janvier 1867, a été maintenu dans l'exercice de ses fonctions ; pendant l'année écoulée, il a admis plusieurs œuvres dramatiques flamandes et une pièce française au bénéfice des primes instituées par le Gouvernement.

A l'occasion de la fête communale, le comité a organisé au théâtre royal d'Anvers, des représentations auxquelles un public nombreux assistait.

Trente-neuf représentations ont été données au théâtre national d'Anvers, et 130 au théâtre royal de la même ville.

Conformément aux instructions émanées du Gouvernement,

le comité a assisté à la représentation de toutes les pièces nationales primées, tant au théâtre national qu'à ceux des différentes sociétés dramatiques de la ville.

La bibliothèque créée par les soins du comité s'est accrue d'un grand nombre de productions littéraires néerlandaises et françaises ainsi que de traductions des classiques grecs, latins et anglais.

§ 3. — *Bibliothèques communales.*

La bibliothèque communale d'Anvers comptait, suivant le dernier rapport sur les affaires administratives de la ville, 12,302 ouvrages, formant un total de 23,662 volumes.

Pendant l'année finissant au 31 Décembre 1867, la bibliothèque a été visitée par 1258 lecteurs, qui ont eu en communication 1607 ouvrages, composés de 3560 volumes; 1329 demandes ont été faites pour des communications à domicile.

La ville d'Anvers a fait une perte sensible dans la personne de son bibliothécaire F. H. Mertens; le conseil communal a fait placer à la bibliothèque publique d'Anvers le buste en marbre de cet homme de mérite.

Les envois faits, en 1867, par le Gouvernement pour la bibliothèque communale de Malines ont été assez importants.

On a fait aussi quelques nouvelles acquisitions d'ouvrages qui concernent l'histoire et les antiquités de la ville.

On n'a pas de bibliothèques publiques à Turnhout, et la situation de ses finances n'a pas permis jusqu'à ce jour à la ville d'organiser une bibliothèque populaire.

§ 4. — *Bibliothèques populaires.*

La bibliothèque d'Anvers se compose de 1571 ouvrages, savoir:

1,096 ouvrages flamands,
475 " français.

Le nombre des lecteurs monte à 1480 ; celui des demandes d'ouvrages à domicile, depuis l'ouverture de la bibliothèque (1r Octobre 1866) à 25, 494.

Le catalogue de la bibliothèque populaire sera publié sous peu.

La commission administrative de la bibliothèque populaire communale de Malines continue ses opérations avec le plus grand succès. L'institution jouit de la faveur et de la confiance publiques.

Le nombre de volumes que possède la bibliothèque, et qui n'était que de 1042 le jour de l'inauguration, est actuellement de 2094, dont 780 provenant de la bibliothèque communale, 1005 acquis par la commission et 309 donnés en cadeau par différentes personnes.

Le local est ouvert au public les Dimanche, Lundi, Jeudi et jours fériés de 9 heures du matin à midi et de 2 à 4 heures de relevée.

Le nombre de volumes donnés en lecture augmente considérablement.

Le tableau suivant donne, mois par mois, le nombre de volumes délivrés pendant l'année 1867.

Janvier	1502
Février	1443
Mars	1607
Avril	1446
Mai	1270
Juin	267
Juillet	644
Août	1211

Septembre	1739
Octobre	1531
Novembre	1821
Décembre	2289
Total	16,770 volumes

L'administration communale de Lierre a établi une bibliothèque populaire, il y a quelques années. Cette bibliothèque est très-fréquentée et possède déjà 3459 volumes. Du 1er Septembre 1866 jusqu'au 1r Juin 1867, le nombre des livres donnés en lecture s'est élevé à 8503.

L'administration communale de Berchem s'occupe activement de l'organisation d'une bibliothèque publique et populaire. Il existe à Borgerhout une bibliothèque créée par la société *De Taalvrienden*, dont les membres ont la faculté de prendre en lecture les ouvrages qui la composent. Les membres effectifs et les membres honoraires soutiennent cette institution par leur concours pécuniaire.

§ 5. — *Musées et Cabinets d'antiquités.*

Anvers. — La commission directrice a perdu un de ses membres, M. l'architecte F. Durlet, qui a été remplacé par M. l'architecte Baeckelmans. Plusieurs dons ont été faits au musée pendant l'année écoulée. Le catalogue des collections est sous presse.

Turnhout. — Les cabinets d'antiquités de MM. Van Genechten, président du tribunal civil de Turnhout, et Jean Van Hal, rentier, sont très-remarquables et peuvent être cités parmi les plus importants de la province pour ce qui concerne les porcelaines et les dentelles. On y trouve aussi de très-beaux meubles, et autres objets de différentes époques, très-appréciés par les antiquaires et les artistes.

M. Ignace Loyens s'occupe par continuation à recueillir de vieux meubles de l'époque de Louis XIII, 1630 à 1642 ; dessins de Vredeman-Devries et de Crispin De Pas ; son cabinet promet de devenir important.

§ 6. — *Publications littéraires.*

VILLE D'ANVERS.

Publications flamandes.

De Familiekring, 12 livraisons.

Bibliotheek van oorspronkelijke tooneelstukken, 12 pièces.

Deckers, L. *De martelaars van Gorcum*, naar Estius waarachtige historie afgeschetst. J.-B. Van Roey, in-12.

Caris. *Het groot Lot*, novelle. J. W. Marchand en Cie in-8.

Van der Voort, M. *Het droombeeld eener wereldtaal.* J. W. Marchand en Cie, in-8.

Hiel, E. *Lucifer*, oratorio. J. W. Marchand en C^e^, 3e édition in-8.

Redevoeringen uitgesproken bij de plechtige begrafenis van den heer Frans Hendrik Mertens, in leven bibliothecaris der stad Antwerpen. J W. Marchand en C^e^, in-8.

Van Calcar, E. *De zoon van den Klepperman*, door mevrouw E. Van Calcar, J. W. Marchand, en C^e^, in-8.

Van Langendonck, J. J. M. *Nederlandsche bloemlezing.* J. W. Marchand en C^e^, in-8.

Willems, J. *Driestemmige liederen*, voor schooljeugd naar Webph. J. W. Marchand en C^e^, in-8.

De Liereman, almanak voor 1868. Ibidem, in-16.

Antwerpsche Zakalmanak, voor 1868. Delamontagne, in-23.

Almanak voor 1868. Van der Wielen.

Graf- en Gedendschriften, der provintie Antwerpen. J. E. Buschmann, in-4.

Historisch Album der stad Antwerpen, afbeeldingen door J. Linnig, tekst door F. H. Mertens, in-4.

De Toekomst, tijdschrift voor onderwijzers. J. De Cort, in-8.

Goedkoope Romanbibliotheek. J. W. Marchand, en C^e, n° 1.

De plannen van Peer Jan, door Sleeckx, in 8.

Gemeentebulletijn der stad Antwerpen, in-8.

Archievenblad der stad Antwerpen, in-8.

Allemansgerief, almanach voor 1868, uitgegeven door het genootschap van den H. Vincentius a Paula, in-16.

Leesbibliotheek voor christelijke huisgezinnen. H. Sermon.

Nederlandsch-fransch en fransch nederlandsch woordenboek, door Heremans, professor aan de hoogeschool te Gent. Van Dieren en C^e.

De vlaamsche school, tijdschrift voor schoone kunsten. Buschmann, in-8.

Noord en Zuid, letterkundig tijdschrift. H. Sermon, in 8.

De Biekorf, letterkundig tijdschrift. J. W. Marchandt en C^e in-8.

De Vlinder, weekblad. J. B. Marchand en C^e, in-4.

Het Vrije Woord, weekblad. L. De Ferm, in-4.

Het Handelsblad, dagblad.

De Koophandel, dagblad.

De Huisvriend, weekblad. Van Dieren en C^e.

De Volksstem, bij Van Roey, weekblad.

Publications françaises.

Album historique de la ville d'Anvers, gravures par J. Linnig, texte par F. H. Mertens, in-4.

Cordier, A. *Coup d'œil sur le système pénitentiaire de l'armée et les réformes qui lui sont applicables.* Ed. Van Rooyen, in-8.

Van Ertborn, O. *Souvenirs et impressions de voyage en Orient,* 1er et 2e volumes. Van Mol-Van Loy, in-8.

Mertens, C. *Huit jours à Londres.* J. Baggerman, in-8.

Mertens, C. *Londres commercial,* topographique et moral ; ses rapports avec la Belgique. Henry Sermon in-16.

Wauters, C. *Le droit commercial belge.* J. B. Van Roey, tome 1er, in-8.

Tackels, C. J. *Les armes à feu portatives se chargeant par la culasse.* F. Baggerman, in-8.

Phénomènes, (les) magnétiques humains et l'homme après sa mort, par un ami de la lumière, in-8.

Annales de la société de médecine d'Anvers.

Bulletin de la société de pharmacie d'Anvers.

Jurisprudence du port d'Anvers, par J. Conard et J. de Kinder, in-8.

Bulletin communal de la ville d'Anvers.

Deleau, A. *La tenue des livres en partie double réduite à sa plus simple expression.* L. Legros et J. De Deken, in-8.

Durant, L. *L'épidémie cholérique de* 1866 *et l'intervention du Gouvernement.* J. E. Buschmann, in-8.

Matthyssens, F. J. *Manuel de matière commerciale ou traité des marchandises,* in-8.

Schildenvriend (Domus Jos.) *Marie de Bourgogne,* drame en dix tableaux arrangé pour la scène. L. Gerrits, in-18.

Annales de l'académie d'archéologie de Belgique, 2me série tome IIIe, année 1867. J. E. Buschmann in-8.

Journaux. — Journal d'Anvers, Précurseur, Escaut, Opinion, Courrier de la semaine.

VILLE DE MALINES.

Publications flamandes.

Paeps. *Levensschets van den H. Franciscus-Xaverius.* E. et J. Van Moer, in-16.

Carion, A. *Leven van den roemrijken aartsvader den heiligen Joseph,* naar het spaansch. Ryckmans-Van Deuren, in-8.

Bausart, Aug. *De vijanden van God afgeschilderd aan het volk.* E. et J. Van Moer, in-24.

Olinger, abt. *Nieuw nederlandsch fransch woordenboek.* H. Dessain, 2e afl. in-12.

De Vrede des harten of middelen om dien te bekomen en te bewaren. E. et J. Van Moer, in-12.

Claessens, P. *Geschiedenis der martelaren van Gorcum.* Ryckmans-Van Deuren, in-12.

Pietersz, J. *Eerste leesboek* voor de hoogste klasse eener lagere school. H. Dessain, in-12.

Pietersz. *Tweede leesboek,* id , in-12.

Pietersz. *Tweede leesboek* voor de middelste klasse. Id., in-12.

De negentien roemrijke martelaars van Gorcum, houtsnede en gebed. M. Corthoudt.

De heilige martelaars van Gorcum. E. J. Van Velsen, in-32.

De martelaren van Gorcum. E. et J. Van Moer, in-24.

Mertens, J.-B. *Christelijke onderwijzingen en uitleggingen van den Mechelschen catechismus.* E. et J. Van Moer, 3e in-8.

Publications françaises.

Annales de la société de médecine de Willebroeck. (suite).

Bulletin communal.

Mgr Jean B. Van Hemel, vicaire général de S. Em. le cardinal archevêque de Malines, sa vie et ses travaux. E. F. Van Velsen, in-8.

Mgr. Jean B. Van Hemel, id. Portrait lithographié. Ph. Ham, éditeur E. F. Van Velsen.

Bulo. *Le catholique guidé dans la prière et la méditation*, H. Dessain, in-18.

Un mot sur la question d'Orient à propos de l'insurrection crétoise. Ryckmans-Van Deuren, in-8.

Nouveau petit dictionnaire des mots les plus usités. Le même en flamand, H. Dessain, in-12.

Mgr. Dupanloup. *Discours* prononcé par Mgr Dupanloup, à la séance de l'assemblée générale des catholiques, *sur la lutte chrétienne*. Ryckmans-Van Deuren, in-8.

Barlet, C. H. *Traité complet des opérations commerciales et de la tenue des livres*. E. F. Van Velsen, in-8.

Les douleurs de Jésus et de Marie. H. Dessain, in-12.

Loret. Fr. *Quelques mots sur la facture d'orgues*. H. Dierickx-Beke, in-8.

Barlet. C. H. *Manuel d'économie domestique*. E. F. Van Velsen, in-12.

Roncourt, T. J. E. *Le guide du jeune poète ou préceptes de poésie*. Ryckmans-Van Deuren, in-8.

Van Doren. P. J. *Inventaire des archives de la ville de Malines*. E. F. Van Velsen, in-8.

Publications latines.

Verbum Dei ad sacerdotes seu collectio electorum sacræ Scripturæ textuum. E. et F. Van Moer, in-32.

Egregiæ virtutes duorum parochorum martyrum, Leonardi Vechelii et Nicolai Poppelii. E. F. Van Velsen, in-12.

Lamy. T. J. *Introductio in sacram Scripturam*. H. Dessain, in-8.

Les ouvrages suivants ont été déposés conformément aux prescriptions de la loi de 1817 :

Livres de piété et de lithurgie	6
Ouvrages classiques	7
Lithographies	1
Ouvrages divers	3
	17

Six journaux paraissent hebdomadairement à Malines ce sont :

1. *Mechelsch bericht.*
2. *Mechelsch nieuws- en aankondigingsblad.*
3. *Mechelsch courant.*
4. *De burgerij.*
5. *De ware volksvriend.*
6. *L'ami des familles.*

VILLE DE LIERRE.

Publications flamandes.

Feytens, H. *Verhalen uit de vaderlandsche geschiedenis.* J. Van In en C^e^, in-12.

Praktisch onderricht in de moedertaal, door G. A. Torfs, 1^e^ en 2^e^ deel, 1^e^ druk. J. Van In en C^e^.

Oefeningen in het lezen en schrijven, door P. Troch.

1e deel, vierde druk.
2e deel, negende "
3e deel, zevende "
4e deel, zevende "

Leesboek voor volksscholen, door P. Troch.

1e deel, 1e afdeeling, 1e en 2e druk.
2e " 1e " 1e en 2e "
2e " 1e "

Nederlandsche spraakkunst, voor eerstbeginnenden, door S..., 11e druk.

Aanvankelijke leerlessen, door K. L. Ternest, 4e boekje.

Kern der geschiedenis van België, door K. L. Ternest, 14e uitgave.

Kleine geschiedenis van Belgie, door K. L. Ternest, 2e uitgave.

Aardrijkskunde van België, door K. L. Ternest, 2e uitgave.

Kleine aardrijkskunde van België, door K. L. Ternest, 2e uitgave.

Kleine Atlas van België, door K. L. Ternest.

De Belgen te Waterloo en aan de vier armen, (quatre bras) door Feytens.

Daags na de vakantie, tooneelstukjes, door Feytens.
De kleine herder, " "
Laster en onschuld, " "
De kleine scheerslijper, " "
Beloonde vlijt, " "

Liersche almanach voor 1868, door Van der Aa.

Publications françaises.

Van Thielen. J. L. *Méthode de lecture*, guide du maitre. J. Van In et Ce, in-12.

Van Thielen. J. L. *Méthode de lecture*. E. J. Van Mol, in-18. 1e, 2e et 3e partie.

Recueil de Mélodies, par Mathilde Ledoux.

Il existe à Lierre deux journaux et une feuille d'annonces, paraissant le dimanche.

Section IV. – Commission provinciale de statistique.

La commission de statistique s'est occupée de la publication du futur exposé décennal de la situation du Royaume pour la période de 1861 à 1870.

TITRE IX.

HYGIÈNE PUBLIQUE.

Section I. — Art de guérir.

§ 1. — *Personnel.*

Le personnel de la commission médicale provinciale s'est vu compléter par la nomination de M[r]. F. A. Mast, pharmacien, en remplacement de feu M. Rigouts-Verbert.

M. le docteur Theyskens a été nommé membre de la commission médicale locale de Lierre.

Les commissions locales des villes d'Anvers et Malines n'ont pas subi de modifications.

Au 1[r] Janvier 1868, la liste générale des personnes autorisées à exercer l'une des branches de l'art de guérir dans notre province, porte:

Arrondissement	d'Anv.	de Malin.	de Turnh.	Total.
Docteurs en méd. ch. et acc.	89	39	33	161
Chirurgiens de ville	5	0	0	5
" campagne	4	0	4	8
Accoucheurs de campagne	2	0	0	2
Pharmaciens de ville	63	20	9	92
" de campagne	0	0	2	2
Droguistes	18	6	1	35
Sages-femmes de ville	29	22	1	52
" de campagne	11	11	11	33
Dentistes	10	5	0	15
Officiers de santé	0	0	1	1

La liste des maréchaux vétérinaires porte, pour la province entière :

Médecins vétérinaires du gouvernement	15
Médecins vétérinaires	6
Maréchaux vétérinaires	15

§ 2. — *Ecole de sages-femmes à Malines.*

Cet établissement continue à se trouver dans une situation satisfaisante.

Une somme de fr. 800 a été répartie, en 1867, entre 22 sages-femmes établies dans les communes rurales. La Députation a pu allouer fr. 1.66 par cas. On sait que ces sages-femmes sont en outre rétribuées par les bureaux de bienfaisance, en général, à raison de fr. 3 par accouchement.

§ .3 — *Officines.*

La commission médicale est satisfaite de l'état général des officines de toutes catégories. Elle a formulé quelques réprimandes, et dressé procès-verbal contre un médecin vétérinaire du Gouvernement dont l'officine laissait beaucoup à désirer sous tous les rapports. Ce praticien fut condamné par le tribunal de Malines à cent trente francs d'amende.

§ 4. — *Vaccinations.*

Le chiffre de vaccinations gratuites déclarées monte à 6389. La commission médicale provinciale pense que le règlement adopté en 1867 par le conseil provincial, donnera de l'impulsion au service de la vaccine, et que dorénavant elle n'aura plus à constater un chiffre de vaccinations si peu en rapport avec le nombre des naissances.

§ 5. — *Etat sanitaire.*

L'état sanitaire de la province fut très-satisfaisant. Nous comptons 10531 décès pour toute la province, dont 1469, ou environ la 7me partie, sur les enfants de moins d'un an à cinq ans.

La moyenne pour toute la province, est de 1 décès par 45,6 habitants.

Pour la ville d'Anvers de	1 décès	sur	39.5.
" Malines	"	"	44.2.
" Lierre	"	"	39.2.
" Turnhout	"	"	39.1.

Pour les communes rurales et par arrondissement :

Pour l'arrondissement d'Anvers	1 décès	sur	48.3.
" Malines	"	"	49.8.
" Turnhout	"	"	66.3.

Le choléra fit encore quelques ravages dans la Province.

L'arrondissement d'Anvers fournit 309 victimes, dont 237 pour la ville d'Anvers ; 6 pour l'arrondissement de Malines et 8 pour l'arrondissement de Turnhout, soit 323 pour la province.

La variole n'offrit qu'un seul cas mortel.

L'angine couenneuse entre dans la statistique générale pour un chiffre de 151 décès, dont 13 à Brasschaet, 20 à Anvers, 16 à Arendonck, 18 à Desschel.

Le croup fit 339 victimes ; la coqueluche 81, la scarlatine 52, le typhus 304 et la phthisie tuberculeuse 6.85.

§ 6. — *Objets divers.*

La commission médicale provinciale fut appelée à donner son avis sur une raffinerie de sucre, sur un établissement de peaux fraîches, sur une fabrique d'acide sulfurique.

Elle fit divers rapports d'hygiène entr'autres sur la situation de l'école d'Itegem, sur certains cimetières ; elle signala des causes d'insalubrité dans plusieurs de nos communes rurales.

Plusieurs condamnations furent prononcées pour exercice illégal de l'art de guérir.

Section XI. — Quarantaine.

Résumé statistique des navires qui ont subi la visite sanitaire ou la mise en quarantaine au Doel.

			Observations.
1^{r} Trimestre	170 Visites.	7 Quarantaines.	Une infraction aux lois sur la quarantaine a été constatée et suivie de condamnation.
2me "	217 "	12 "	
3me "	290 "	46 "	
4me "	259 "	13 "	
Total	936 visites.	78 quarantaines.	

L'étude d'un projet de lazaret n'a pas abouti. Le gouvernement n'admet pas que le port d'Anvers soit, quant à la nécessité de pareil établissement, dans la même position que certains ports importants qui ont des relations suivies avec les contrées suspectes. La dépense considérable de la construction, de l'ameublement, de l'entretien et de la surveillance d'un lazaret ne lui semble en conséquence aucunement justifiée. Le régime sanitaire institué par la loi ne s'applique d'ailleurs qu'aux arrivages et non aux sorties ; il a pour but de donner aux villes maritimes les moyens de se défendre contre les dangers résultant de l'importation de maladies du dehors et non contre ceux à naître de maladies épidémiques qui se sont déclarées dans leurs propres murs. Le gouvernement n'a pas à pourvoir aux exigences de la salubrité locale, à laquelle la loi fait aux communes le devoir de veiller par elles mêmes et par conséquent l'érection d'un lazaret au point de vue du service d'isolement éventuel des émigrants, que la commission sanitaire de l'Escaut avait cru devoir alléguer comme un puissant argument, ne saurait être admise par le gouvernement.

A la suite d'instructions combinées entre les départements de l'intérieur et des affaires étrangères, sur la demande du gouvernement Ottoman, la commission sanitaire de l'Escaut délivre aux navires qui partent d'Anvers, des patentes de santé qui seront seules désormais reconnues comme régulières et authentiques. Cette mesure reçoit son application depuis le 1er Février 1868.

TITRE X.

JUSTICE ET PRISONS.

Section I. — Police.

§ 1. — *Situation générale.*

a. Sinistres et accidents.

Les incendies qui ont éclaté cette année ont été plus nombreux mais en général ils n'ont pas été si importants qu'en 1866.

La majeure partie des immeubles incendiés étaient assurés. Très peu de sinistres doivent être attribués à la malveillance ; le plus grand nombre ont pour cause la négligence et l'imprudence.

Aucun accident d'une nature grave ne nous a été signalé.

Douze autorisations de faire des collectes à domicile dans un ou plusieurs arrondissements ont été accordées par la Députation permanente.

b. Actes de dévouement.

Par arrêté royal du 21 juillet 1867, il a été créé une décoration destinée à récompenser les services rendus au pays à la suite d'une longue carrière dans les fonctions provinciales, communales, électives ou gratuites, ainsi que les actes éclatants de courage, de dévouement ou d'humanité.

Cette décoration porte le titre de décoration civique et comprend deux degrés : la croix et la médaille et se divise en cinq classes, deux pour la croix et trois pour la médaille.

Ces récompenses honorifiques ont été décernées aux personnes qui se sont distinguées pendant l'épidémie cholérique et la peste bovine.

§ 2. — *Règlements provinciaux de police.*

Noms de la province.	Matière traitée par les règlements provinciaux.	Date de l'adoption.	Date de l'approbation.
Anvers	Règlement sur les attelages de chiens.	16 Juillet 1867.	23 Août 1867.
»	Règlement sur la vaccination.	11 » »	22 » »

§ 3. — *Règlements communaux.*

Noms de la commune.	Matière traitée par les règlements communaux.	Date de l'adoption par le Conseil communal.	Date de l'approbation ou de la prise pour notification par la Déput.
Wortel	Modification à son règlement sur les changements de domicile.	17 Janvier 1867	15 Février 1867
Rymenam	Idem.	15 Mars »	22 Mars »
Hoogstraeten ..	Règlement de police pour la vente de la viande et du poisson.	18 » »	11 Avril »
Anvers	Modification au règlement du 28 Juin 1862, pour la répression de l'ivrognerie.	22 Juin »	31 Juillet »
Waelhem	Règlement pour le service des inhumations.	23 Nov. »	24 Janvier 1868
Mariekerke	Modification au règlement de police sur les changements de domicile.	2 Décem. »	13 Décem. 1867

§ 4. — *Commissaires de police.*

Pendant l'année 1867, aucun changement n'est survenu dans le personnel, ni dans les attributions des commissaires de police de la province.

§ 5. — *Gardes-champêtres.*

Situation du personnel.

Une nouvelle place de garde-champêtre a été créée dans la commune de Calmpthout. Le nombre des employés de cette catégorie, actuellement en fonctions dans la province, s'élève à 161.

Le sieur Van Mogh, garde-champêtre à Herenthout, a obtenu la médaille en argent, pour s'être distingué dans l'exercice de ses fonctions.

Le compte du fonds spécial des pensions des gardes-champêtres, pour l'exercice 1867, s'élevait :

en recettes	à frs.	8732.18
en dépenses	"	8917.14
Déficit	à frs.	184.96

Et celui du fonds commun d'habillement

en recettes	à frs.	16626.32
en dépenses	"	13754.25
Excédant	frs.	2872.07

Recettes.

Noms des villes et communes rurales qui ont versé leur part afférente.	Montant des sommes reçues.
Solde de l'exercice 1866	1304 84
Communes rurales de l'arrondissement d'Anvers.	5484 48
Communes rurales de l'arrondissement de Malines	3971 32
Communes rurales de l'arrondissement de Turnhout	5484 48
Ville de Malines.	384 »

Dépenses.

Nature des dépenses.	Montant des sommes payées
Aux héritiers Veders pour livraison de 163 équipements	
Un pantalon de drap . . . . à Fr.18. —	
Un pantalon de coutil . . . . » 6.50	
Un képi. 5.25	
Un col 1.25	
Total Fr. 31. —	5053 —
59 capotes par-dessus (arrondissement de Turnhout) . . . . . . à Fr. 44.85	2646 15
6 paires de galons en or, pour brigadiers . . . . » 5.50	33 —
2 chevrons d'honneur en or . . . » 2.75	5 50
16 garnitures de képi en or . . . » 4.70	75 20
A la veuve Veders pour livraison de . . .	
44 capotes . . . . » 44.85	4664 40
10 paires galons en or, pour brig. » 5.50	55 —
4 chevrons d'honneur en or . . » 2.75	11 —
Supplément de traitements des brigadiers de l'arrondissement d'Anvers . à Fr. 416. —	
Idem. de Malines . . . . » 336. —	
Idem. de Turnhout. . . . . . . » 416. —	1168 —
A l'employé chargé des écritures des deux fonds des gardes-champêtres.	35 —
Supplément de traitement au brigadier F. Van de Wauwer, à Ramsel	
	13754 25
Excédant	2872 07

Compte du fonds spécial de pensions des brigadiers et gardes-champêtres, exercice 1867.

RECETTES, dotation du fonds.

Noms des villes et communes rurales qui ont versé leur part afférente.	Nature des versements.	Montant des sommes reçues.
	Solde de l'exercice 1866.	1784 64
	Six mois d'intérêts des inscriptions au grand livre de la dette publique. Echéance du 1r mars 1867.	256 50
Communes rurales de l'arrondissement d'Anvers.	Part contributive de ces communes, après déduction de la remise de 1 1/2 p. c.	2304 78
Communes rurales de l'arrondissement de Turnhout.	Idem idem	2271 14
Communes rurales de l'arrondissement de Malines.	Idem idem	1583 63
Ville de Malines	Idem idem	242 76
	Remboursement de 2 mois pension à J.B. De Schryver, d'Oppuers.	28 74
	Six mois intérêt des inscriptions au grand livre de la dette publique belge. Echéance au 1r Novembre 1867.	256 50
Arrondissement de Turnhout.	Retenue infligée au garde Blereau de Rethy. (3 jours).	3 49
	Solde.	184 96
	Total frs	8917 14

DÉPENSES.

Noms et prénoms des brigadiers, des gardes-champêtres, de leurs veuves et de leurs enfants, auxquels la pension a été payée.		Semestre.	Montant des sommes payées.
De Schryver, (héritiers)	à Oppuers pour 2 mois, janvier et février.	Premier.	28.75
Bosquet, Nicolas,	» Marchienne-au-Pont.		61 —
Van Kaem, J.	» Beirendrecht.		103 95
Meyer, H. H.,	» Eeckeren.		126 25
Van den Eynde, J. L., (héritiers)	» Merxem.(Avril 1867).		60 25
Tiest, J.,	» Santvliet.		106 25
Jespers, veuve De Bruyn,	» Schilde.		50 —
Mennes, J., veuve Illegems,	» Stabroeck.		50 —
De Greef, J. B.	» Anvers.		112 50
De Schutter, F.,	» »		123 70
Preseau, J.H J.,	» »		125 —
Pauwels, veuve Maes,	» Malines.		50 —
Dorens, veuve Dausi,	» Gheel.		50 —
Van den Bergh,J.,	» Houtvenne.		17 70
Van den Eynde, P. M.,	» Lichtaert.		112 50
Thys, J.,	» Lille.		126 25
Thisquin, J.,	» Moll.		159 50
Rombouts, P.,	» Morckhoven.		72 81
Verachtert, A. J.,	» Oevel.		87 50
Planchenault, J.,	» Oolen.		118 75
Wouters, F., (héritiers).	» Thielen.(4 mois 25 j.)		82 73
De Wolf, Sophie, veuve Raymaeker,	» Boisschot.		50 —
Stockmans, J. B.,	» Duffel.		125 38
De Gryse, J.,	» »		109 38
Van Asbroeck, Cath., veuve Zegers,	» Heffen.		50 —
Haulov, P. L.,	» Heyst op-den Berg.		132 50
Muyshondt, Sophie, veuve De Meuter,	» Hingene.		50 —
Schilders, C. A.,(orphelin)	» Mariekerke.		10 67
Van Campenhoudt, veuve Geessels	» Thisselt.		50 —
Hendrickx, P. J.,	» Wavre N.-D.		106 25
Dryepondt, P., A.,	» Wavre S. Catherine.		103 75
Haulo, P. L., 3e trim. 1867.	» Heyst-op-den-Berg.		66 25
De Schryver, J. B., 2 mois,	» Oppuers.		28 74
Cleemput, C., (2 mois),	» Lippeloo,		31 24
Bynen, P. (un mois),	» Wiekevorst.		16 70
De Reyt, J. F.,	» Norderwyck.		106 25
Lambrechts, P.,	» Weelde.		112 50
Bosquet, N.,	» Marchiennes-au-Pont		61 —
Pauwels, Anne Cath., veuve C. Maes.	» Malines.		5 —

			fr.	c.
De Greef, S.,	à Anvers.	Premier.	112	50
De Schutter, Th.,	» »		123	70
Preseau, J. J.,	» »		125	—
Van Kaem, J.,	» Beirendrecht.		103	95
Meyer, H. H.,	» Eeckeren,		126	25
Tiest, Z.,	» Santvliet		106	25
Jespers, Anne Cath., veuve De Bruyn,	» Schilde.		50	—
Meennes, J., veuve Hegems.,	» Stabroeck.		50	—
A 30 oblig. emprunt de la province d'Anvers 1867 à 4 °/. de fr. 100 avec jouissance du 20 Mars de fr. 3000 com. 1/8 fr. 3.75			2996	25
Dorens, veuve Dausi,	» Gheel.	Deuxième	50	—
Van den Bergh J.,	» Houtvenne.		17	70
Van den Eynde, F. F.,	» Lichtaert.		112	50
Thys, J.,	» Lille,		126	25
Thisquin, J.,	» Moll.		159	50
Rombouts, P.,	» Morckhoven.		72	81
De Reyt, J. F.,	» Norderwyck,		105	25
Verachtert, A. F.,	» Oevel,		87	50
Planchenault, J. F.,	» Oolen.		118	75
Embrechts, F.,	» Weelde,		112	50
De Wolf, Sophie, veuve Raemaeker,	» Boisschot.		50	—
Gené, Josse,	» Blaesvelt.		83	30
Stockmans, J. B.,	» Duffel.		125	38
De Gryse, Jacq.,	» »		109	38
Van Asbroeck, Cath., veuve Zegers,	» Heffen.		50	—
Hauloy, P. L., (4 °/. m. 1867.)	» Heyst-op-den-Berg.		66	25
Muyshondt, Sophie, veuve De Meuter,	» Hingene.		50	—
Cleemput, P.,	» Lippeloo.		93	75
Schilders C. A., (orphelin).	» Mariekerke.		16	67
Hendrickx, P. J.,	» Wavre-N.-D.		106	25
Dreyepondt, P. A.,	» Wavre-S.-Catherine.		103	75
Van Campenhoudt, veuve Geessels,	» Thisselt.		50	—
Bynen, P.,	» Wiekevorst,		100	25
Foqué, M., A., N., (5 mois),	» Heyndonck.		62	50
	Total.		8917	14

Caisse de pensions des veuves et orphelins des gardes-champêtres.

Au moyen des fr. 3333.80 de recettes de l'année 1867, la députation permanente a acheté, pour compte de la caisse, 33 obligations de la province d'Anvers. Les anciennes obligations que la caisse possédait ont été converties en obligations du nouvel emprunt provincial.

Le bilan de la caisse a été arrêté par la députation permanente, en séance du 6 Mars dernier, de la manière suivante :

Valeurs en portefeuille	obligations belges . . fr.	11500.—
	58 oblig. prov. d'Anvers	5800.—
En espèces : solde de l'exercice 1867		33.80
	Total fr.	17333.80

§ 6. — *Patrouilles de nuit.*

Le service des patrouilles de nuit s'est fait généralement, d'une manière satisfaisante, et la tranquillité publique n'a été troublée nulle part.

§ 7. — *a. Passeports à l'extérieur.*

Il a été délivré, pendant l'année 1867, 84 passeports à l'extérieur. Les sommes reçues de ce chef se sont élevées à fr. 672.

DESTINATION	NOMBRE DE PASSEPORTS DÉLIVRÉS EN	
	1866	1867.
France	9	7
Allemagne	2	2
Hollande	3	
Italie	31	17
Espagne	1	4
Russie	1	10
Suisse	6	1
Amérique	4	3
Autriche	9	23
Buenos-Ayres	1	2
Turquie	1	2
Mexique	2	
Etats-Pontificaux	10	11
Brésil	2	
Indes Néerlandaises	1	
Odessa		1
Pologne		1
Total	83	84

b. Passeports à l'intérieur ou certificats d'identité.

Le nombre de certificats d'identité délivrés par les administrations des villes et des communes de la province, pendant l'exercice 1867, s'élève à 599.

§ 8. — *Livrets d'ouvriers.*

Nombre des livrets d'ouvriers délivrés pendant les années 1866 et 1867.

	PENDANT L'ANNÉE	
	1866	1867
	—	—
Ville d'Anvers . . .	316	220
" de Malines. . .	362	288
" de Turnhout . .	30	29
" de Lierre . . .	78	72
Arrondissement d'Anvers .	906	641
" de Malines .	259	207
" de Turnhout.	330	188
	——	——
Totaux	2281	1645

L'arrêté royal du 10 Novembre 1845, relatif aux livrets d'ouvriers a été observé régulièrement dans toute la province, et aucune contravention n'a été constatée.

Quelques contestations se sont élevées à Lierre, 9 ont été arrangées à l'amiable à l'exception d'un différend entre deux patrons qui a été porté devant le tribunal de commerce de Malines.

§ 9. — *Secours contre incendie.*

Tout ce qui intéresse la sécurité des habitants, la conservation et la préservation des propriétés, des récoltes, du bétail etc. doit exciter au plus haut point la sollicitude des administrations communales. — De bons appareils contre incendie sont indispensables pour atteindre ce but.

Les communes qui n'auraient pas les moyens de se procurer des pompes à incendie feraient bien de s'entendre avec les localités voisines pour s'en pourvoir à frais commun.

Il va sans dire que les appareils contre incendie ne peuvent servir efficacement que pour autant qu'on ait des hommes dressés, qui sont en état de les faire manœuvrer et que les machines et tout le matériel soient bien entretenus.

§ 10. — *Éclairage public.*

(Mémoire).

Section II. — Justice répressive.

§ 1. — *Contraventions.*

Nombre de contraventions constatées par les tribunaux de simple police de :

	en 1866.	en 1867.
1. Anvers,	2348	2534
2. Brecht,	50	18
3. Contich,	99	93
4. Eeckeren,	69	99
5. Santhoven,	39	31
6. Wilryck,	45	49
Total pour l'arrond. d'Anvers	2650	2824
1. Malines,	350	402
2. Lierre,	56	56
3. Duffel,	54	50
4. Heyst-op-den-Berg,	58	61
5. Puers,	81	57
Total pour l'arrond. de Malines	599	626

1. Turnhout,	111	81
2. Arendonck,	22	27
3. Herenthals,	107	102
4. Hoogstraeten,	142	76
5. Moll,	139	98
6. Westerloo,	91	61
Total pour l'arrond. de Turnhout	612	445

RÉCAPITULATION.

Arrondissement d'Anvers,	2650	2824
" de Malines,	599	626
" de Turnhout,	612	445
Total.	3861	3895

§ 2. — *Délits.*

Nombre de délits jugés par les tribunaux correctionnels :

	en 1866.	en 1867.
1. Anvers,	743	877
2. Malines,	340	296
3. Turnhout,	410	355
Total.	1493	1528

Crimes correctionnalisés.

Nombre des crimes correctionnalisés par les tribunaux correctionnels :

	en 1866.	en 1867.
1. Anvers,	174	98
2. Malines,	54	25
3. Turnhout,	25	21
Total.	253	144

§ 3. — *Crimes.*

Le nombre des crimes jugés par la cour d'assises d'Anvers, était de 19, en 1866, et a été de 22, en 1867.

§ 4. — *Listes des jurés.*

Les listes des personnes, possédant les qualités exigées par la loi pour exercer, dans la province d'Anvers, les fonctions de juré à la cour d'assises, contiennent 1639 noms pour l'année judiciaire 1867-1868, soit une diminution de 29 comparativement à l'année précédente. Des 1639 jurés, 1083 appartiennent à l'arrondissement d'Anvers; 382 à celui de Malines et 174 à celui de Turnhout.

Section III. — Prisons.

§ 1. — *Maisons de passage.*

Le service d'entretien des détenus dans les maisons de passage de la province d'Anvers, pendant l'année 1867, a été adjugé au sieur P. F. Faes, d'Hoogstraeten, à raison de 77 centimes par tête et par jour.

Le même entrepreneur avait géré ce service en 1866, pour 75 8/10 centimes.

§. 2. — *Maison de sûreté et d'arrêt.*

MAISON DE SURETÉ CIVILE ET MILITAIRE D'ANVERS.

« La population de cette prison, qui, au 31 Décembre 1866, était de 312 détenus, en comptait 339, au 31 Décembre 1867.

« Dans le courant de l'année de 1867, il y a eu 3033 individus écroués ; 3005 prisonniers sont sortis de l'établissement, non compris un prévenu décédé.

« Le tableau ci-après présente le mouvement de la popula- par catégorie de détenus.

CATÉGORIES.	Présents au 31 Décembre 1866.	Entrés pendant l'année.	Sortis pendant l'année — Par mises en liberté, Acquittement.	Expiration de peine.	Autres motifs.	Par transfèrement.	Par décès.	Présents au 31 décembre 1867.
Passagers.	»	70	»	6	64	23	»	1
Prévenus civils	23	721	32	»	157	10	1	24
Accusés	»	8	4	»	»	»	»	1
Condamnés correctionnels	93	400	»	513	12	212	»	88
» criminels	1	»	»	»	»	24	»	»
Détenus pour frais de justice	11	327	»	316	4	»	»	21
» dettes	»	11	»	»	10	»	»	1
» correction paternelle	1	23	»	19	1	»	»	2
Autres détenus	17	527	3	158	235	307	»	197
Militaires	166	946	12	460	112	311	»	4
Totaux.	312	3033	51	1472	595	887	1	339

« Il résulte de ces données que le total des militaires qui ont séjourné au cellulaire, pendant 1867, a été de 1112, ou 385 en plus que l'année précédente.

« Cette augmentation a produit souvent un encombrement auquel on a dû remédier par la translation dans d'autres prisons du royaume, d'un grand nombre de condamnés à moins d'un an.

« Il est à craindre que cet encombrement ne se produise ultérieurement d'une manière permanente, le nombre de détenus augmentant d'année en année. Delà la nécessité d'agrandir le cellulaire actuel, ou de construire une prison militaire spéciale en cette ville.

« A ce sujet, des projets sont à l'étude pour l'exécution desquels un second crédit est porté au budget du département de la justice de 1868.

« Le relevé suivant renseigne entr'autres le nombre de journées de présence de tous les individus écroués à la dite maison de sûreté, ainsi que celui de journées de traitement des malades qui y ont été admis à l'infirmerie ou traités en cellule pendant 1867.

« Nombre de détenus effectivement écroués		3033
»	journées de présence	123881
»	détenus admis à l'infirmerie	84
»	journées de malades	1016
»	détenus atteints d'affections légères traités en cellule de travail	48
»	journées de traitement	1036

« De ce qui précède, il conste qu'en général l'état sanitaire de l'établissement a été très-satisfaisant.

« Le nombre de malades comparativement à la population, a été de $4\,^{556}/_{1011}$ %. Il n'y a eu qu'un seul décès, par suite d'une maladie de cœur. Parmi les indispositions les plus graves, les fièvres muqueuses, les fièvres typhoïdes et les affections de poitrine ont été les plus fréquentes.

« 45 détenus ont été admis à la pistole.

« 115 détenus ont été mis au cachot ou en cellule de punition.

« Un prévenu, âgé de 36 ans, s'est suicidé par strangulation. On suppose que l'appréhension d'une condamnation à perpétuité lui a fait prendre la résolution d'attenter à ses jours.

« Un seul cas d'aliénation mentale a été constaté : le malade, soldat déserteur, écroué pour la deuxième fois, avait encore antérieurement été colloqué à l'établissement d'aliénés à Bruges. Dès les premiers jours de son emprisonnement il a manifesté des symptômes non douteux de démonomanie. Le rapport médical mentionne que les hallucinations diminuaient en intensité quand l'aliéné était mis en société avec d'autres détenus et s'aggravaient aussitôt qu'on l'exposait à l'isolement dans sa cellule. L'état mental de ce détenu s'est amélioré depuis lors à tel point qu'on peut le considérer comme guéri.

« Le puits artésien dont le forage a été terminé en 1866, continue à suffire largement aux besoins du cellulaire.

« Le personnel de la commission administrative a subi quelques modifications.

« M. Charles de Bosschaert qui, depuis le 16 novembre 1848, faisait partie de ce collége, comme membre de droit, en qualité de bourgmestre d'Hemixem, où se trouvait établie l'ancienne maison de correction St. Bernard, s'est retiré de la commission, sa mission se trouvant terminée par suite de la suppression de la dite prison centrale.

« M. Ern. Bocquet, nommé procureur du roi, en remplacement de M. Van de Velde, y est entré comme membre de droit.

« Le sieur Verraes, D., secrétaire, nommé directeur-adjoint à la maison centrale pénitentiaire à Gand, a été remplacé par le sieur E. Delescluze, secrétaire du parquet à Anvers. »

MAISON D'ARRET DE MALINES.

Mouvement de la population.

Présents au 31 Décembre 1866.	Entrés en 1867.	Sortis en 1867. Par mise en liberté. Acquittements.	Expiration de peine.	Autres motifs.	Par transfèrement.	Par décès.	Présents au 31 décembre 1867.
48	597	11	463	6	109	»	56

Le personnel de la commission administrative n'a pas subi de modification.

Le service sanitaire de la maison d'arrêt, qui était dans les attributions de M. le médecin de garnison à Malines, a été confié, par décision ministérielle, à un médecin civil, en 1867. Un arrêté de M. le Ministre de la Justice, en date du 10 septembre de la dite année, a nommé aux fonctions de médecin de la prison le sieur Henri Joseph Peeters, docteur en médecine et en accouchements en cette ville.

Le sieur De Meutter a été nommé commis-surnuméraire par arrêté ministériel du 2 Octobre 1867.

Une lettre de M. le Ministre de la Justice, du 20 décembre,

porte qu'un instituteur sera attaché à la maison d'arrêt de Malines.

Il y a eu quelques mutations parmi les gardiens.

Les employés se sont bien acquittés de leurs devoirs ; le taux de leurs traitements a été généralement augmenté par arrêté royal du 6 Mai 1867.

La conduite des détenus a été relativement bonne.

13 d'entre eux ont été punis disciplinairement.

9 ont été admis à la pistole.

Un détenu malade a été traité à l'hôpital militaire et un autre à l'hôpital civil ; la commission a été informée par M. le Ministre de la Guerre et l'administration des hospices que les détenus ne seront plus admis aux hôpitaux, à l'avenir.

81 prisonniers atteints d'affections légères ont été soignés à l'intérieur de la maison d'arrêt, où le nombre des journées d'entretien s'est élevé à 883.

Un détenu a été colloqué à l'établissement St. Dominique, à Bruges, pour cause d'aliénation mentale.

Trois hommes, condamnés à plus de six mois de prison, ont été autorisés à subir leur peine à Malines pour y être employés aux différents services domestiques dans la maison d'arrêt.

Les réclamations réitérées de la commission administrative, quant à la nécessité de construire une nouvelle prison à Malines, pour permettre la séparation des diverses catégories de détenus, semblent devoir aboutir bientôt à une solution favorable. Déférant à la demande de M. le Ministre de la Justice, l'administration communale a consenti, avec l'autorisation de la Députation permanente du Conseil provincial, à la cession gratuite en faveur de l'Etat, d'une propriété de la ville, située hors la porte des vaches, pour y établir une maison d'arrêt cellulaire ; des négociations ont été également entamées par le Gouvernement, à l'effet d'obtenir les terrains aboutissants, dont l'un appartient au bureau de bienfaisance et l'autre est une propriété privée. La construction d'une nouvelle prison à Malines se trouve mentionnée au budget du Département de la Justice pour 1868 ; on espère qu'il y sera donné suite dans le plus bref délai possible.

MAISON D'ARRÊT A TURNHOUT.

Mouvement de la population.

CATÉGORIES.	Présents au 1er janvier 1866.	Entrés pendant l'année.	Sortis pendant l'année — par mise en liberté — Acquittement	Sortis pendant l'année — par mise en liberté — Expiration de peine.	Sortis pendant l'année — par mise en liberté — Autres motifs.	Sortis pendant l'année — Par transfert.	Sortis pendant l'année — Par décès.	Présents au 31 décembre 1867.
Passagers	7	120	»	»	»	123	»	4
Prévenus correctionnels . . .	2	32	»	»	»	32	»	2
Accusés criminels	»	»	»	»	»	»	»	»
Condamnés correct. — moins de 3 mois.	13	210	»	199	3	»	»	21
Condamnés correct. — 3 à 6 mois .	3	41	»	43	»	»	»	1
Condamnés correct. — 6 mois et plus	12	49	»	46	»	8	»	7
Condamnés criminels	»	»	»	»	»	»	»	»
Détenus pour dettes judiciaires .	»	»	»	»	»	»	»	»
» » » privées . .	»	»	»	»	»	»	»	»
» » correction paternelle.	»	»	»	»	»	»	»	»
Etrangers pour défaut de papiers en règle	»	»	»	»	»	»	»	»
Autres catégories	8	10	»	12	»	»	»	6
Militaires passagers.	14	42	»	32	»	»	»	24
Total. . .	59	504	»	332	3	163	»	65

Nombre de détenus effectivement écroués	504
" journées de présence	16,963
" détenus admis à l'infirmerie	4
" journées de maladies	42
" détenus admis à la pistole	3
" " mis au secret	"
" " mis au cachot ou en cellule de punition	70
Nombre de détenus soumis au régime de réunion	504

Le service est devenu plus difficile par suite :

1° d'envois de détenus de la maison de sûreté civile et militaire d'Anvers à cause de l'encombrement de la population dans cet établissement, et 2° de fréquents dépôts provisoires et passagers de réclus du dépôt de mendicité de Hoogstraeten.

Le personnel a dû être augmenté de deux gardiens.

Aucun cas de maladie épidémique ne s'est présenté et l'état sanitaire des prisonniers, en général, a été très-satisfaisant.

Une évasion a eu lieu ; le condamné évadé a été ramené le même jour à la prison.

Des travaux d'entretien ont été exécutés au bâtiment pour une somme de fr. 3,433.10.

TITRE XI.

—

MILICE.

—

Section I. — Répartition du contingent.

En 1867, 3959 miliciens ont été inscrits pour prendre part au tirage au sort. — Le chiffre des hommes à fournir pour le contingent de la province, étant de 1009, le chiffre imposable par inscrit, a été de 0,25497195.

Il a été tenu compte à chaque commune des fractions favorables ou défavorables de l'année précédente.

Section II. — Décisions des conseils de milice.

Le tableau ci-après indique les exemptions de service, accordées tant aux ajournés des levées précédentes qu'aux miliciens nouveaux inscrits de la levée de 1867.

INDICATION DES MOTIFS D'EXEMPTION.	Exemptions accordées aux	
	Miliciens ajournés.	Miliciens nouveaux inscrits.
EXEMPTIONS DÉFINITIVES:		
Défaut de taille.	81	»
Difformités ou infirmités incurables	32	203
Soldats reformés	2	2
Ministres de cultes.	2	»
Frères de ceux qui ont rempli leur temps de service .	30	124
Id. de ceux dont les remplaçants ont fait leur service	1	10
Id. de ceux décédés au service	3	4
Etrangers	»	1
Total.	151	344
EXEMPTIONS PROVISOIRES:		
Défaut de taille	111	300
Malades ou infirmes.	247	211
Fils uniques, soutien de parents	17	11
Fils uniques célibataires soutien des parents. . . .	5	4
Etudiants en théologie	21	9
Au service militaire.	105	78
Soutiens de veuves	100	77
Soutiens d'orphelins.	3	3
Frères de ceux qui sont au service en personne . . .	254	279
Id. id. qui ont fourni un remplaçant	31	25
Id. id. id. substituant	30	28
Détenus et condamnés	7	10
Frères uniques de ceux qui ont des infirmités incurables		1
Enfants uniques	112	93
Elèves de l'école militaire		2
Marins au long cours.	14	29
Total général.	1217	1504

Section III. — Réclamations contre les décisions des conseils de milice portant désignation pour le service.

92 miliciens se sont pourvus en appel devant la Députation contre leur désignation pour le service.

49 pourvois ont été trouvés fondés et les miliciens réclamants exemptés, soit définitivement, soit provisoirement, du service.

Section IV. — Réclamations contre les décisions accordant des exemptions de service à des tiers.

Le nombre de ces appels augmente d'année en année.

165 pourvois ont été interjetés en 1867 ; 55 seulement de ces réclamations ont été admises par la Députation et les miliciens qui en étaient l'objet, désignés pour le service.

Section V. — Mouvement des hommes renvoyés devant la Députation pour nouvel examen, en vertu de l'art. 161 de la loi du 8 Janvier 1817.

Nombre des hommes renvoyés : 136.

Décisions :

Désignations maintenues	60
Exemptions du service	76
Total	136

Section VI.—Tirage supplémentaire.-Refractaires.

En 1867, on a découvert neuf jeunes gens qui ne s'étaient pas fait inscrire pour la milice nationale. Un seul a obtenu la faveur d'un tirage supplémentaire.

Section VII. — Résultat de la levée de milice de 1867.

Nombre des miliciens portés sur les listes de tirage :		
Ajournés des années précédentes	1302	
Nouveaux inscrits	3959	
Total	5261	
Nombre des exemptions	2721	
Chiffre disponible pour le contingent		2540
Chiffre du contingent		1009
Nombre de miliciens désignés pour le service, mais pas appelés à l'activité		1531
Hommes fournis pour le contingent :		
Remplaçants	11	
Substituants	330	
Miliciens	630	
Retardataires	38	
Chiffre égal au contingent	1009	

TITRE XII.

—

GARDE CIVIQUE.

—

Anvers. — L'effectif de la garde-civique d'Anvers, se monte à 2767 gardes, dont 143 officiers.

L'infanterie compte . . .	2317	hommes.
L'artillerie	251	"
Le corps de chasseurs-éclaireurs .	139	"
Et la cavalerie	60	"
	2767	"

Chacun des trois premiers corps, possède un corps de musique.

Le conseil de recensement a statué sur cent six réclamations ; il a accordé vingt-trois exemptions définitives, trente-sept pour cinq ans, une pour quatre ans, trente-deux pour trois ans, cinq pour deux ans et sept pour un an ; un réclamant a été désigné pour le service.

Le conseil de discipline a tenu quatorze séances.

Par continuation les effets d'armement et d'équipement en magasin, se trouvent dans un parfait état d'entretien ; il en est de même de ceux qui se trouvent entre les mains des gardes et qui ont été inspectés deux fois dans le courant de l'année dernière.

La nouvelle levée a fourni 221 gardes.

Malines. — L'effectif de la légion de Malines était au 31 Décembre 1867, de 596 hommes, formant deux bataillons, et composé de 39 officiers, 1 médecin de légion, deux médecins de bataillon, 2 adjudants sous-officiers, 32 sous-officiers, 11 caporaux et 509 gardes.

Le conseil de discipline n'a pas dû siéger pendant la même année.

Turnhout. — Aucun changement n'est survenu dans la garde civique de cette ville.

TITRE XIII.

CONTRIBUTIONS PUBLIQUES.

Section I. — Contributions directes.

§ 1. — *Contribution foncière.*

Le revenu imposable des propriétés bâties et celui des propriétés non bâties, a été établi comme suit pour les cinq dernières années :

Années.	Propriétés bâties.	Propriétés non bâties.	Total.	Observations.
1863	6928952. «	7464328.28	14393280.28	
1864	6991033. «	7462533.97	14453566.97	
1865	7049666. «	7460140.22	14509806.22	
1866	7238846. «	7458844.07	14697690.07	
1867	7340192. «	7458409.38	14798601.38	

La contenance des propriétés imposables et celle des propriétés non imposables, a été pour les mêmes années :

Années	Propriétés imposables.	Propriétés non imposables	Total.	Observations.
1863	271035.31.02	12140.55.02	283175.86.04	
1864	271005.24.63	12170.33.19	283175.57 82	
1865	270963 91 97	12209 18.40	283173.10.37	
1866	270962 34.89	12210.84.63	283173.19.52	
1867	270963.22.15	12213.63.16	283176.85.31	

Le nombre de propriétaires inscrits dans les matrices, le nombre de parcelles d'après les plans, ainsi que le nombre de propriétés qui ont changé de limites ou qui ont subi des mutations, sont indiqués ci-après :

Années.	Nombre d'articles des matrices.	Nombre de parcelles ou de numéros des plans.	Nombre de parcelles qui ont éprouvé des changements de limites.	Nombre de mutations déclarées par les propriétaires.	Observations.
1863	74640	458692	7987	6491	
1864	75283	461350	7011	6467	
1865	75825	463359	11203	7220	
1866	76651	466466	5225	6828	
1867	77251	468525	5385	6687	

Le tableau ci-après renseigne le montant de la contribution qui a été perçue en principal et en centimes additionnels :

Années.	Montant de la contribution en principal.	Cent. additionnels		Centimes additionnels au profit				Total général.
				de la province.		des communes.		
		au profit de l'État.	pour le fonds de non-valeur.	Centimes ordinaires.	Centimes extraordinaires accordés par des arrêtés spéciaux.	Centimes ordinaires.	Centimes extraordinaires accordés par des arrêtés spéciaux.	
1863	1375106.«	226204.94	27502.12	82506.36	82506.36	96257.42	164004.50	2054087.[illegible]
1864	1375106.«	226204.94	27502.12	82506.36	82506.36	96257.42	165270.98	2055354.[illegible]
1865	1375106.«	226204.94	27502.12	82506.36	82506.36	96257.42	168047.41	2058130.[illegible]
1866	1375106.«	226204.94	27502.12	82506.36	82506.36	96257.42	206010.56	2096093.[illegible]
1867	1375106.«	226204.94	27502.12	82506.36	82506.36	96257.42	338347.84	2228631.[illegible]

La contribution payée se subdivise comme suit entre les villes et les communes :

Années.	Désignation des villes.				Communes rurales.	Total général.
	Anvers.	Malines.	Lierre.	Turnhout.		
1863	575317.98	122796.46	66813.66	34745.66	1254414.24	2054087.77
1864	578003.45	123441.93	67982.21	34671.45	1251255.12	2055354.18
1865	581613.74	123409.99	67495.66	35706.57	1249904.65	2058150.60
1866	634528.71	122822.34	66952.77	35484 42	1236308.52	2096093.76
1867	769909.37	122191.09	66566.35	35393.68	1234570.53	2228631.04

§ 2. — *Contribution personnelle.*

Six bases différentes servent d'assiette à cette contribution. Ces bases présentent les résultats suivants pour les cinq dernières années :

Années.	1e base. — Valeur locative	2e base. — Portes et fenêtres.	3e base. — Foyers.	4e base. — Mobilier.	5e base. — Domestiques.	6e base. — Chevaux
	Montant.	Nombre.	Nombre.	Montant.	Nombre.	Nombre.
1863	9619407.40	360088	70846	23195024. «	9531	2027
1864	9840284. «	366884	71872	23153529. «	9582	2083
1865	10104639. «	374163	73020	23317521. «	9684	2147
1866	10429563. «	381779	74213	23333915. «	9581	2229
1867	10639805. «	388412	75171	23484424. «	9579	2269

La contribution payée s'élève en principal et en centimes additionnels, à :

Années.	Montant de la contribution en principal.	10 centimes additionnels extraordinaires au profit de l'Etat.	Centimes additionnels au profit de la province. ordinaires.	Centimes additionnels au profit de la province. autorisés par des arrêtés spéciaux.	Centimes additionnels au profit de la commune. ordinaires.	Centimes additionnels au profit de la commune. autorisés par des arrêtés spéciaux.	Total général.
1863	1361778,37	136177,78	81706.64	81706.64	95323.59	80512.41	1837205.43
1864	1381100.49	138109,90	82866.07	82866.07	96677. «	83411,99	1865031.52
1865	1405428.76	140542,84	84325.69	84325.70	98379,88	86335,22	1899338.09
1866	1428622,24	142862,02	85717.31	85717.31	100003,55	200402.29	2043324.72
1867	1447217,27	144721,59	86833,03	86833,03	101305,31	513444,71	2380354,94

Cette contribution se répartit pour les villes et les communes rurales :

Années.	Désignation des villes. Anvers. Nombre d'assujettis.	Anvers. Montant de la contribution.	Malines. Nombre d'assujettis.	Malines. Montant de la contribution.	Lierre. Nombre d'assujettis.	Lierre. Montant de la contribution.	Turnhout. Nombre d'assujettis.	Turnhout. Montant de la contribution.	Communes rurales. Nombre d'assujettis.	Communes rurales. Montant de la contribution.
1863	16437	1106366.67	3251	123820.74	1442	48423.16	804	31408.49	28472	527186.3
1864	16836	1125117.58	3295	125768.53	1436	49544.39	823	31829.58	28786	532771.4
1865	17198	1147628,07	3381	128010.14	1460	49639.58	831	33931.48	29032	540128.8
1866	17472	1283235.62	3419	128926.22	1471	50024.61	837	34175.12	29414	546963.1
1867	17720	1612472.86	3521	130794.89	1459	49454.06	844	34735.91	29573	552897.2

§ 3. — *Droit de patente.*

Le montant de cette contribution s'est élevé pendant les cinq dernières années en principal et additionnels, savoir :

Années.	Montant de la contribution en principal.	10 centimes additionnels au profit de l'État.	Centimes additionnels au profit de la province. ordinaires.	Centimes additionnels au profit de la province. extraordinaires.	Centimes additionnels au profit des communes. ordinaires.	Centimes additionnels au profit des communes. extraordinaires.	Total général.
1863	475297.66	47527.02	« . «	14239.21	« . «	7761.95	544825.84
1864	475685.34	4756[illegible].31	« . «	14247.27	« . «	8859.30	546358.22
1865	482308.87	48228 31	« . «	14440.83	« . «	9436.08	554414.09
1866	482844.68	48282.04	« . «	14466.27	« . «	9245.79	554838.78
1867	479619.74	47961.56	« . «	14357.49	« . «	9462.22	551401.01

Le produit se subdivise comme suit pour les villes et les communes rurales :

Années.	Désignation des villes. Anvers. Nombre d'assujettis.	Anvers. Montant de la contribution.	Malines. Nombre d'assujettis.	Malines. Montant de la contribution.	Lierre. Nombre d'assujettis.	Lierre. Montant de la contribution.	Turnhout. Nombre d'assujettis.	Turnhout. Montant de la contribution.	Communes rurales. Nombre d'assujettis.	Communes rurales. Montant de la contribution.
1863	10882	350926.13	2647	33227.39	1216	12918.88	953	11145.03	16472	136608.41
1864	11327	350985.41	2641	32688.14	1203	13394.03	926	113[illegible]7.65	16640	137952.99
1865	11820	356968.18	2731	35172.18	1227	13123.80	939	12499.69	16475	136650.24
1866	12525	362363.72	2739	32736.28	1191	12789.62	1016	12497.11	16068	134452 50
1867	13028	358435.81	2749	32141.19	1193	12618.75	1032	12739.89	16130	135465.37

§ 4. — *Droit de débit en détail de boissons alcooliques.*

Ce droit a produit pendant les cinq dernières années :

Années.	Montant du produit.	Observations.
1863	97266.75	
1864	102002.25	
1865	108469. «	
1866	113070.25	
1867	116657. «	

Ces sommes se répartissent entre les villes et les communes rurales de la manière suivante :

Années.	Désignation des villes.								Communes rurales.	
	Anvers.		Malines.		Lierre.		Turnhout.			
	Nombre d'assujettis.	Fr. C.	Nombre d'assujettis.	Fr. C.	Nombre d'assujettis.	Fr. C.	Nombre d'assujettis.	Fr. C.	Nombre d'assujettis.	Fr. C.
1863	1617	35320. «	443	7020. «	181	2868.75	151	2485. «	3445	49573. «
1864	1673	36500. «	464	7276.25	196	3047.50	169	2636.25	3630	52542.25
1865	1765	37942.50	477	10157.50	214	3263.75	177	2828.75	3764	54276.50
1866	1845	39622.50	506	10250. «	217	3376.25	191	2973.75	3951	56847.75
1867	1872	40890. «	527	10815. «	222	3400. «	197	3082.50	4041	58469.50

§ 5. — *Droit de débit de tabac.*

Ce droit établi par la loi du 20 Décembre 1851, a produit :

Années.	Montant du produit.	Observations.
1863	26155. «	
1864	26891.50	
1865	27526. «	
1866	28240. «	
1867	27997.50	

Ce produit se subdivise entre les villes et les communes rurales de la manière suivante :

Années.	Désignation des villes.								Communes rurales.	
	Anvers.		Malines.		Lierre.		Turnhout.			
	Nombre d'assujettis.	Fr. C.	Nombre d'assujettis.	Fr. C.	Nombre d'assujettis.	Fr. C.	Nombre d'assujettis.	Fr. C.	Nombre d'assujettis.	Fr. C.
1863	563	10024.50	103	1542. «	49	613.50	116	1033.50	2038	12941.50
1864	586	10402.50	103	1488.50	54	721.50	121	1075.50	2086	13203·50
1865	586	10590. «	122	1663. «	51	714. «	109	994.50	2157	13564.50
1866	591	10734. «	126	1886. «	53	705. «	111	945.50	2188	13969.50
1867	557	10089.50	129	1883. «	65	865.50	112	1026.50	2210	14133. «

Section II. — Contributions indirectes.

§ 1. — *Accises.*

Les droits d'accises ont produit pendant les cinq dernières années, les sommes détaillées ci-après:

Nature des produits.	Sommes perçues pendant les années.				
	1863	1864	1865	1866	1867
Sel.	675317.12	638378.90	661952.92	644387.30	733102.51
Eau de mer . .	71190.60	70091.70	73454.80	74108.60	50884.30
Vins étrangers .	479621.54	459204.83	548644.42	753104.07	651408.38
Eau de vie indigène . . .	1947828.31	1670356.36	1843834.23	2080946.30	2407259.17
Liqui. alcooliques distillésà l'étrang	18278.96	10381.07	6224.49	». »	» »
Bières. . . .	1332486.37	1383540.84	1422082.31	1347232.90	1290874.76
Vinaigre . . .	8913.06	8017.85	11293.02	10597.50	10350.18
Sucres étrangers.	1488004.31	2232073.65	3433924.04	1279838.80	1447445.35
Sucres de betterave indigène.	409116.40	173221.37	106971.72	217965.11	368651.04
Glucoses et autres sucres non cristallisables . . .	2332.55	2344.45	2885.60	2606.—	1181.75
Total en.	6433309.2:	6671611.22	8111267.55	6411086.58	6960757.44

§ 2. — *Douanes.*

Les droits de douanes se sont élevés pour chacune des cinq dernières années, savoir :

Nature des produits.	Sommes perçues pendant les années.				
	1863	1864	1865	1866	1867
Entrée. . . .	7094199.19	6879201.69	7006539.57	6857518.45	7647620.05
Sortie	16390.37	47492.45	2043.06	20452.78	6102.54
Tonnage . . .	504859.—	20770. «	27265. «	16805. «	17485.—
Total en . .	7615448.56	6947464.14	7035847	6894776.23	7671207.59

§ 3. — *Administration de l'enregistrement et des domaines.*

DÉSIGNATION DES PRODUITS.	*Montant des recettes en 1865.*	*Montant des recettes en 1866.*	*Montant en plus.*	*Montant en moins*
IMPÔTS.				
Enregistrement (princ. et addition.)	1460513 28	1616101 78	155586 50	» »
Greffe » »	33191 07	34878 90	1687 83	» »
Hypothèques » »	216245 18	304032 60	57787 42	» »
Successions » »	1071266 03	1152686 43	81420 42	» »
Timbre » »	460680 29	503335 04	42834 75	» »
Naturalisations	» »	» »	» »	» »
Amendes en matières d'impôts . .	25399 52	25104 27	» »	295 25
Amendes de condamnation en matières diverses	10134 70	12892 18	2757 48	» »
Totaux. .	3307432 07	3649231 20	341799 13	» »
PÉAGES				
Rivières et canaux.	113990 97	102902 66	» »	11088 31
Routes appartenant à l'Etat . .	87192 34	Supprimé »	» »	87192 34
Totaux. .	201183 31	102902 66	» »	98280 65
CAPITAUX ET REVENUS				
Domaines, valeurs capitales. . . .	508931 52	90311 58	» »	418619 94
Dependances des chemins de fer .	11422 70	11494 22	71 52	» »
Etablissements et services régis par l'Etat.	1587 00	11620 44	10033 44	» »
Produits divers et accidentels . .	13584 99	16084 15	2499 16	» »
Revenu des domaines.	60[illegible]8 92	65325 80	4466 88	» »
Totaux. .	596385 12	194836 19	» »	401548 94
REMBOURSEMENTS.				
Reliquats des comptes arrêtés et non arrêtés par la cour des comptes .	35 11	3 58	» »	31 53
Déficit des comptables.	28 43	179 59	151 16	» »
Recouvrements d'avances faites par les divers départements . . .	24192 95	26030 46	1837 51	» »
Totaux.	24256 49	26213 63	19[illegible]7 14	» »
FONDS SPÉCIAUX.				
Prix de vente de biens domaniaux.	9706 62	19 36	» »	9687 26
Totaux généraux.	4138963 62	3973203 04	» »	165760 58

§ 4. — *Domaines.*

En ce qui concerne les propriétés domaniales, nous n'avons point de changements importants à mentionner.

§ 5. — *Postes.*

Le compte d'Etat pour 1867, monte à fr. 665,313.60.

TITRE XIV.

VOIES DE COMMUNICATION. — RÉGIME DES EAUX.

Section I. — Voirie urbaine.

§ 1. — *Plans généraux et spéciaux d'alignement.*

Diverses demandes faites par les administrations communales d'Anvers, Malines et Turnhout pour obtenir la rectification ou l'élargissement de rues, ont été approuvées par le Roi.

§ 2. — *Constructions le long de la grande voirie.*

Les autorisations de bâtir le long de la grande voirie, accordées par la Députation permanente, ont été très-nombreuses en 1867.

§ 3. — *Pavage. — Écoulement des eaux.*

Les pavés de rebut provenant de l'entretien des routes de la Province sont annuellement mis à la disposition des communes limitrophes, soit pour le pavage de chemins vicinaux, soit pour l'établissement de revers et de rigoles, en vue d'améliorer l'écoulement des eaux.

§ 4. — *Contraventions.*

Le nombre de contraventions constatées par les fonctionnaires des ponts et chaussées en matière de grande voirie, a été minime.

Section II. — Voirie vicinale.

§ 1. — *Commissaires et inspecteurs-voyers.*

Le personnel des inspecteurs des chemins vicinaux est composé comme suit :

ARRONDISSEMENT D'ANVERS.

1 district.	MM. Moretus, à Eeckeren,
2 "	Verbraeken, "
3 "	Della Faille de Leverghem, à Anvers,
4 "	Van Puyfelick, à Brecht,
4*bis* "	Hens, à Wuestwezel,
5 "	Cogels, à Deurne,
6 "	Goris, à Wyneghem,
7 "	Gillès, à 's Gravenwezel,
8 "	baron de Caters, à Anvers,
9 "	De Lenaerts, à Hove,
10 "	Alfred Geelhand, à Anvers,
11 "	Steenaekers, à Schelle,
12 "	Tuyaerts, à Boom,
13 "	Cools, à Lierre,
14 "	Montens, à Massenhoven,
15 "	Bovie, J. à Westmalle.

ARRONDISSEMENT DE MALINES.

1 district. MM. Schepers de Ravestein, à Heyndonck,
1*bis*" Van de Wiele, à Malines,
2 " Van Berchem, à Willebroeck,
3 " Peeters L., à Puers,
4 " Le duc d'Ursel, à Hingene,
5 " Brys, à Bornhem,
6 " De Vooght, à Wavre-Notre-Dame,
7 " De Bie, à Koningshoyckt,
8 " Van der Stegen (comte), à Schrieck,
9 " Dens, fils, à Putte,
10 " Le Grelle, à Berlaer,
11 " le doct. Van de Weyer, à Heyst-op-den-Berg.

ARRONDISSEMENT DE TURNHOUT.

1 district. MM. Truyens, à Turnhout,
2 " De Lobel, à Hoogstraeten,
3 " Schellekens, à Wortel,
4 " Wouters, à Weelde,
5 " Meses, à Casterlé,
6 " Van Mierde, à Baelen,
7 " De Marbaix, à Eynthout,
8 " Vaessens, à Westerloo,
9 " Peeters, "
10 " Boeckmans, "
11 " Le Paige, à Herenthals,
12 " Comte Van de Werve, à Vorsselaer,
13 " Van Reinegom de Buzet, à Herenthout,
14 " baron de 'T Serclaes, à Norderwyck,
15 " Mertens, à Rethy.

§ 2. — *Piqueurs-cantonniers.*

Il n'existe point à proprement parler d'agents de cette espèce. MM. les bourgmestres ou les échevins, spécialement désignés par les colléges communaux, exercent, ainsi que les gardes-champêtres, la surveillance journalière sur les chemins vicinaux.

§ 3. — *Plans d'alignement des chemins vicinaux.*

La révision de l'atlas de Lillo se poursuit.

§ 4. — *Dépenses d'entretien des chemins vicinaux.*

Nous aimons à constater que les communes se pénètrent de plus en plus de l'esprit et du but de la loi du 10 Avril 1841. On montre beaucoup de zèle pour maintenir les voies de communication dans un état d'entretien aussi satisfaisant que possible.

Relevé des travaux exécutés pour l'amélioration des chemins vicinaux, sans le concours de l'État, pendant l'exercice 1867.

ARRONDISSEMENTS	LONGUEUR AMÉLIORÉE		Montant de la dépense.	OBSERVATIONS.
	en pavage.	en empierrement.		
Anvers	38630.—	320.—	16488.33	
Malines	17756.—	945.—	9174.90	
Turnhout	Néant.	Néant.	Néant.	
Totaux	56386.—	1265.—	25663.23	

Renseignements touchant les rôles formés en vertu de l'article 14 de la loi du 10 Avril 1841. Année 1867.

Arrondissements	NOMBRE DES COMMUNES					
	où les rôles d'impositions pour la voirie vicinale ont dû être formés d'office.	où les rôles excèdent le 10e du montant des contributions dir.	où les prestations en nature ont été converties			où la conversion en argent des prestations en nature a été faite d'office.
			en tâches.	en tâches et en argent.	en argent.	
Anvers.....	Néant.	Néant.	6	7	12	Néant.
Malines.....	id.	id.	Néant.	Néant.	Néant.	id.
Turnhout...	id.	id.	5	12	28	id.
Totaux.	Néant.	Néant.	11	19	40	Néant.

Montant des ressources de toute nature qui ont été appliquées, pendant l'exercice 1867, à l'entretien ordinaire et à l'amélioration des chemins vicinaux.

Arrondissements.	Prélèvement sur les ressources ordinaires.	Ressources créées en vertu de l'art. 14 de la loi du 10 Avril 1841.		Contributions sur les propriétés de l'État.	Subventions spéciales payées par des exploitations industrielles.	Mode particulier de contributions dans les communes de Berchem et de Boom.	Produit des péages.	Emprunts.	Crédit alloué au budget provincial de 1867.
		Produit des centimes additionnels aux contributions.	Montant évalué en argent des prestations en nature.						
Anvers..........	15596.62	11421.83	8320.35	»	205	»	31828.32	Néant	Fr. 83.000.—
Malines..........	11896.49	4878.87	3910.—	»	»	»	5196.16	id.	
Turnhout........	5700.10	7593.05	13829.25	»	»	»	3729.42	14376.85	
Totaux...	33193.21	23893.75	26059.60	»	205	»	40753.90	14376.85	

§ 5. — *Allocations sur les revenus divers.*

La somme prélevée sur les ressources communales, pour l'entretien ordinaire des chemins vicinaux, monte à fr. 27399.44 pour les exercices 1865 et 1866.

§ 6. — *Centimes additionnels.*

Les communes, à très peu d'exceptions près, prélèvent annuellement des centimes additionnels pour pourvoir à l'entretien et à l'amélioration de leurs chemins ; le nombre de ces centimes varie de 1 à 3. Ce dernier chiffre est quelquefois dépassé, par exception, en cas d'urgente nécessité.

§ 7. — *Autres ressources diverses.*

Les chemins appartenant aux polders sont entretenus par les administrations poldériennes et sur leurs revenus.

§ 8. — *Prestations.*

Quelques communes demandent annuellement l'autorisation de convertir en argent les prestations en nature. Cette autorisation leur est accordée. Le recouvrement des sommes provenant de cette conversion, est opéré par les receveurs communaux.

§ 9. — *Charges de la voirie vicinale dans les villes.*

Les villes d'Anvers et de Malines affectent une partie de leurs revenus ordinaires à l'entretien de leurs chemins vicinaux. Celles de Lierre et de Turnhout continuent à percevoir des centimes additionnels, à cet effet.

§ 10. — *Prix de la journée de travail, des hommes et du matériel.*

Le prix de la journée de travail pour les hommes continue à varier de fr. 0.80 à fr. 1-50 et celui de chevaux de fr. 4 à 6.

§ 11. — *Conversion en argent des prestations en nature.*

Voir § 8. (Prestations).

§ 12. — *Recouvrement des rôles.*

Le recouvrement des rôles se fait toujours sans difficulté. On ne reçoit jamais de plaintes à ce sujet. Les non-valeurs sont de fort peu d'importance.

§ 13. — *Mode d'entretien des chemins.*

Les rapports des inspecteurs des chemins vicinaux constatent qu'en général les chemins se trouvent en bon état et que les communes y font, en temps opportun, les réparations nécessaires.

§ 14 et 15. — *Amélioration et statistique des chaussées vicinales.*

Le crédit de 83000 francs inscrit au budget de 1867, pour la construction de chaussées vicinales a été employé comme suit :

Route de Broechem à Lierre	11666	66
» de Reeth à Waerloos. Achat des terrains	2528	28
» de Loenhout à Terbeeck. Construction d'un pont	387	52
» de Bouchout à Vremde	5300	—
» de Wuestwezel à Gooreind, par la chaussée de l'Etat	5400	—
» d'Oeleghem au canal et terrains . .	1624	52
» de Reeth à Contich	7066	67
» de Schelle vers Aertselaer, jusqu'à la route provinciale	10066	66
» de Rymenam à Bonheyden	3401	—
» de Weert au sas de M[illegible]ix	11587	92
» d'Olmen à Moll. Construction de 3 aqueducs	250	—
» d'Oolen vers Herenthals.	569	93
» de Casterlé vers Herenthals	447	—
» de Vaerendonck à Westerloo. Pont sur le Veerlebeek.	200	—
	60296	16

La partie non liquidée est engagée comme suit :

Route de Wilmarsdonck à celle d'Anvers à Oorderen.	1100	—
» de St. Job-in-'t-Goor à 's Gravenwezel .	13500	—
Pont sur le Vrouwvliet, route de Malines à Wavre Ste-Catherine.	2733	33
Route de Wavre-Ste-Catherine au chemin de fer de l'Etat et de là à la route provinciale de Malines à Lierre (à compte) . .	5370	51
Total égal.	83000	—

Ce même chiffre constitue la dotation du service des chaussées vicinales au budget de la Province pour l'exercice 1868.

Dès le commencement de l'année, la Députation permanente a décidé en principe qu'il serait réparti par tiers entre les trois arrondissements et que les soldes encore à régulariser pour chacun d'eux, du chef d'acquisition d'emprises incorporées dans les chaussées construites les années antérieures, seraient prélevés avant tout sur le tiers brut du crédit ; ce qui donne pour les nouvelles constructions à entreprendre, avec le concours égal de l'Etat et des communes, la triple situation que voici :

Arrondissement d'Anvers $^1/_3$ de 83000 fr. .	27666 66
Solde dû pour acquisitions de terrains etc.	10344 33
Excédant disponible.	17322 33
Arrondissement de Malines $^1/_3$ de 83000 fr.	27666.66
Solde dû pour acquisitions de terrains . .	1654 88
Excédant disponible	26011 78
Arrondissement de Turnhout $^1/_3$ de 85000 fr	27666 66
Solde dû pour acquisitions de terrains. .	5689 90
Excédant disponible.	21976 76

La Députation permanente a classé dans l'ordre suivant les projets à étudier et élaborer, pour être exécutés jusqu'à concurrence disponible, sur ces excédants, que les apports de l'Etat et des communes viendront porter au triple de leur valeur, selon les antécédents invariablement suivis depuis 1867.

ARRONDISSEMENT D'ANVERS.

1° Route directe d'Eeckeren à Anvers. Voir page 14 de l'*Exposé*.

2° Route de Cappellen à Hoogboom et Brasschaet. Le projet est prêt depuis plusieurs mois. L'administration du chemin de fer d'Anvers à Rotterdam n'a pas encore pris l'engagement d'entretenir, en cas de pavage, le chemin vicinal dont l'entretien lui incombe sur le territoire de Cappellen, à l'état de simple chemin de terre, en vertu d'une convention de 1855. En outre, le Département des travaux publics n'a pas encore alloué le subside qui lui a été demandé sur son budget, pour cette chaussée qui doit venir aboutir à la station du chemin de fer.

3° Route d'Aertselaer vers la route du Rupel jusqu'à la rencontre de la route en construction de Schelle au Bist.

4° Route de Berchem à Deurne. La section de Berchem à la station du chemin de fer de l'Etat est subsidiée à raison de 4000 francs par le Département des Travaux publics. Le projet complet est soumis aux communes intéressées. Borgerhout et Deurne ne se sont pas encore prononcées sur leur concours dans les dépenses de la 2e section. On n'attend que leur conclusion pour prendre une décision définitive.

5° Route de Contich à Edegem. Projet complètement adopté et dont la mise en adjudication publique est très-prochaine.

6° Route de Beirendrecht à Lillo. On s'occupe de dresser ce projet.

ARRONDISSEMENT DE MALINES.

1° Chaussée de Wavre-Ste-Catherine à la station du chemin de fer de l'Etat. Le Département des Travaux publics a alloué un subside spécial de fr. 6000, pour l'exécution de cet utile affluent au railway. L'adjudication des travaux a eu lieu au mois de Mai. L'idée de prolonger cette route jusqu'à Waelhem a dû être abandonnée ; la majeure partie du territoire à parcourir appartient à la commune de Wavre-Ste-Catherine qui devrait s'imposer des sacrifices considérables, sans intérêt direct pour la localité.

2° Continuation de la chaussée vicinale de Wavre-Notre-Dame jusqu'à *Boekweistrooi*, votée spécialement par le Conseil provincial en 1867 et mise en adjudication publique au mois de Mai 1868.

3° Chaussée de Breendonck à Thisselt et à Willebroeck. Le projet est terminé, et a été soumis aux délibérations des conseils communaux.

4° Chaussée d'Hingene à Puers.

On s'occupe de la rédaction du projet.

ARRONDISSEMENT DE TURNHOUT.

1° Chaussée de Westerloo par Tongerloo et Norderwyck à la station du chemin de fer de Morekhoven. Projet adopté par 3 communes et combattu par Tongerloo seul. La Députation permanente a considéré qu'il est de l'intérêt général du canton de Westerloo de décréter ce projet chemin vicinal de grande communication, par application de l'art 24 de la loi du 10 avril 1841. Cette décision a été notifiée aux localités intéressées; la Députation a réservé la question de répartition de la dépense totale évaluée à fr. 133600. En attendant, elle a fait d'instantes démarches auprès de M. le Ministre des travaux publics, afin d'obtenir pour les communes de Tongerloo et Norderwyck un subside spécial sur les fonds de son département.

2° Chaussée d'Eynthout à Veerle. La mise en adjudication publique de ce projet, élaboré à la demande des communes par M. Jacgher, conducteur des ponts et chaussées, est retardée par une difficulté financière résultant du manque de ressources invoqué par la première des deux communes. Une offre généreuse faite par M. Van der Elst, de Bruxelles, a levé en partie les obstacles et la Députation permanente a cru pouvoir, en faveur de la commune d'Eynthout encore complètement isolée aujourd'hui, user de la latitude que le Conseil provincial lui a donnée à diverses reprises, de se départir de la proportion rigoureuse de l'intervention communale. Elle a pris à charge de la Province la moitié de la différence encore à couvrir entre le 1/3 de la dépense soit fr. 23566.66 et les contingents offerts par Veerle et Eynthout, augmentés du don particulier dont il vient d'être parlé. Cette moitié est de fr. 3283.33. La mise en adjudication est subordonnée à l'allocation du même complément sur le budget du Département de l'intérieur. Une proposition motivée a été faite dans ce sens au Gouvernement.

3° Route d'Oolen à Lichtaert; projet terminé et transmis pour adoption aux communes intéressées.

4° Route de Zoerleparwys à Westerloo.

Ce projet est en instruction.

L'enquête ouverte par le Gouvernement sur le double projet d'embranchement de la route d'Herenthals à Wechelderzande, d'une part vers Oostmalle, d'autre part vers Turnhout, porte en même temps sur l'abandon du tracé primitif par Vlimmeren. Le moment est donc proche où l'on pourra, conformément à l'engagement pris par la Province, s'occuper de la construction d'une chaussée de Vlimmeren à la route d'Anvers à Turnhout. Des fonds ont été réservés dans ce but sur le crédit global et extraordinaire mis à la disposition de la Députation permanente en 1866.

La commune d'Hoogstraeten a renoncé à la construction d'une chaussée sur St.-Léonard, par suite du retrait momentané des offres de concours, jadis faites par la commune de Brecht. Elle demande la priorité pour l'étude d'un projet de chaussée sur Loenhout. Les détails donnés au présent chapipitre sur les projets en élaboration demontrent suffisamment qu'il ne saurait être question, quant à présent, de ce projet dont la dépense sera considérable.

Section III. — Routes.

§ 1. — *Routes de l'Etat.*

La route de Rethy à Postel, entièrement achevée depuis le 6 Février 1867, va recevoir une plantation de chênes ; un crédit de 6,000 fr. est alloué, à cette fin, au budget de 1868.

On termine le projet définitif de la route qu'il s'agit de construire entre Gheel et Rethy et qui serait la conséquence de celle de Postel à Rethy.

Les travaux de construction de la première section de la route de Herenthals, à la chaussée d'Anvers à Turnhout, ont été achevés le 2 Septembre 1867.

Les pièces nécessaires à la mise en adjudication publique des travaux de la deuxième section de cette route, ont été adressées au département, le 19 Juin 1867. Cette section s'étendra de Poederlé à l'entrée du village de Wechelderzande ; les travaux sont estimés à 169,560 francs, et les terrains à environ 18,900 francs.

On procède à l'acquisition de ces terrains, et l'opération est très-avancée.

Des avant-projets des deux embranchements de la dite route de Herenthals à Vimmeren, à établir, l'un de Lille vers Turnhout, l'autre de Wechelderzande à Oostmalle, ont été complétés par l'achèvement de nouvelles études ordonnées et dont il a été question dans l'exposé de 1867.

Les plans destinés à soumettre ces avant-projets à l'enquête publique, ont été fournis en Octobre 1867.

Les travaux d'établissement de la première section de la route de Calmpthout à Ertbrand, décrétés le 28 Avril 1866, ont été terminés à l'époque requise du 19 Janvier 1868.

La deuxième et dernière section, d'une longueur de 2861 mètres, a été adjugée le 5 janvier 1868, moyennant une somme de 47,840 francs.

Aussitôt que l'acquisition des terrains le permettra, l'entrepreneur mettra la main à l'œuvre ; un délai de dix mois est assigné à l'achèvement des ouvrages.

L'avant-projet de la route de Tessenderloo à Gheel a été présenté au département, le 31 Mai 1867.

Une première résolution a été prise et nous a été notifiée le 4 Septembre 1867 ; elle a pour but de parvenir à combler la lacune existant dans la route communale entre Meerhout et Tessenderloo. Le Département des travaux publics a consenti à allouer à la commune de Meerhout, un subside de 13883 fr., équivalant au tiers de la dépense nécessaire pour achever, sur le territoire du hameau de Genendyck, le pavage du chemin vicinal de Gheel par Meerhout à Tessenderloo.

M. le Ministre de l'Intérieur a fait savoir également, que son Département interviendrait dans la dépense susdite, jusqu'à concurrence du deuxième tiers, ou d'un subside maximum de 13883 francs.

Un arrêté royal du 24 Août 1867 a décrété la construction, aux frais de l'Etat, avec le concours de la province et des communes intéressées, d'une route de Turnhout à Hoogstraeten, par Merxplas et Wortel.

Cet arrêté décide que le tracé de la chaussée communale de Turnhout à Merxplas, à incorporer dans la route nouvelle, est maintenu, sauf que cette section de route sera élargie de deux mètres.

La longueur de la route nouvelle, entre Merxplas et Hoogstraeten, est de 5667,85. Celle de la section entre Turnhout et Merxplas, de 8944,90.

La reprise de cette section a été faite au nom de l'État, le 18 Novembre 1867.

Déjà, pendant l'automne, on a comblé les lacunes existant dans la plantation de la dite section, en ce sens qu'on a remplacé les arbres manquant dans la rangée de gauche, par des sujets pris dans le côté droit, où doit se faire l'élargissement.

L'élagage de tous les arbres a également été opéré.

L'entretien de la section de route entre Turnhout et Merxplas a, d'ailleurs, été assuré jusqu'au 1er Mai 1869, par l'approbation d'un contrat d'entreprise, au montant de 1090 fr.

Le 14 Novembre 1867 a été adjugée, au prix de 98499 fr., l'entreprise des travaux de construction d'une première section de la route décrétée, comprise entre Merxplas et un point situé à 823m 60 au delà de la limite de cette commune. Cette entreprise comprend l'élargissement de la section existante et l'allongement des ouvrages d'art qui s'y trouvent ; elle comporte aussi la construction d'un pont sur la rivière la Marck.

On procède à l'acquisition des terrains qui, terminée, permettra à l'administration de donner à l'entrepreneur l'ordre de mettre la main à l'œuvre. Un délai d'un an est accordé pour l'achèvement des travaux.

Dès le 21 Février 1868, la direction des ponts et chaussées a soumis au Département, les pièces nécessaires à la mise en adjudication publique d'une nouvelle partie de cette route, comprise entre l'extrémité de la section récemment adjugée et Wortel. La dépense des travaux est estimée à 63538 fr.; celle des terrains à environ 6500 fr.

L'avant-projet de la route de Brecht à Oostmalle, a été présenté au Gouvernement le 1er Juin 1867.

Celui de la route de Brecht à Wuestwezel vient d'être soumis aux formalités de l'enquête publique.

L'administration des ponts et chaussées vient de terminer et de présenter l'avant-projet d'une route à établir entre Eeckeren et Anvers.

Cette route aurait une longueur totale de 4895 mètres, y compris l'embranchement vers le Dam, établi à l'intérieur et au pied des nouvelles fortifications, sur un chemin déjà pavé, et non compris un embranchement de 850 mètres, qui partirait des bassins d'Anvers pour rejoindre la route, à la porte d'Eeckeren.

La dépense de construction en pavés de Quenast ou de Lessines, est estimée à environ 172,000 francs ; les terrains à acquérir, à 32.000 francs.

Cette voie nouvelle rentrerait dans la catégorie des chemins vicinaux de grande communication, et le Gouvernement interviendrait, dans son exécution, par un subside à déterminer.

Les travaux de reconstruction du pont de Waelhem, établi sur la Nèthe inférieure et dépendant de la route de Bruxelles vers Breda, ont atteint un degré d'avancement équivalent à la moitié de leur totalité. La partie métallique de ce pont est en grand train d'exécution, à l'usine de Braine-le-Comte.

Le département des travaux publics a affecté, de nouveau et par continuation, différents crédits pour travaux extraordinaires de pavage, exécutés en vue de l'amélioration de la grande voirie, dans la traverse des villes.

Savoir :

En 1867.

Anvers, chaussée de Malines	13,090 francs.
Turnhout, rue de Herenthals	3,600 »

Pour 1868.

Anvers, rue Carnot.	4,998 »
Lierre, rue de Bois-le-Duc.	5,740 »

Le 17 Décembre 1867, a été adjugée, au prix de 30400 fr., l'entreprise des travaux à exécuter pour l'amélioration et l'assainissement de la traverse du village de Deurne, travaux dont l'achèvement est fixé au 1er Septembre 1868.

Le département des travaux publics intervient par un subside de 15,000 francs.

La route de Turnhout vers Breda a reçu, en 1867, une plantation d'arbres, dont l'entreprise a été adjugée au prix de 3,629 francs.

§ 2. — *Routes provinciales.*

Diverses plantations ont été successivement adjugées et sont, ou effectuées ou en voie d'exécution, pour combler les lacunes, produites dans différentes routes, par les ventes d'arbres faites au profit de la province, en exécution des prévisions portées de ce chef aux divers budgets provinciaux.

La province a adjugé, en Août 1867, au prix de 3636 fr., une entreprise de travaux de pavage, exécutés depuis, et ayant pour objet l'amélioration de la traverse de la commune de Moll, faisant partie de la route de Gheel à Moll.

La commune contribue pour un tiers dans la dépense de ce travail.

Un crédit spécial et supplémentaire a été voté, par le conseil provincial, au budget de 1868, dans l'intérêt de l'amélioration du pavage des routes, dont le bail d'entretien comporte une dépense annuelle de 38,950 francs.

Ce crédit supplémentaire vient d'être réparti et sera appliqué, lors de l'exécution des travaux de la campagne prochaine.

En dehors de ce qui précède et de la restauration, comme de la reconstruction des ouvrages d'art des routes, dont la dépense se paie en sus du prix d'entretien, la province a encore exécuté ou décidé certaines améliorations :

Ainsi, elle a, dans un but de salubrité publique, fait exhausser la route dans la traverse de Grand Willebroeck et construire des revers pavés.

Par la construction d'un ponceau d'un mètre d'ouverture, sous la route de Petit à Grand Willebroeck, près de l'estaminet *Les Champs-Elyssés,* elle a donné satisfaction à la réclamation du collége échevinal de Willebroeck, au sujet de l'état permanent d'humidité dans lequel se trouvait, la plus grande partie de l'année, une certaine étendue de propriétés de cette commune.

Elle a ordonné les mesures nécessaires pour mettre un terme à la stagnation pernicieuse des eaux, dans la traverse du hameau du Kiel, sous Anvers, situation résultant de la disposition des fossés des fortifications.

Elle a décidé la construction des ouvrages destinés à mettre un terme aux plaintes, remontant à plusieurs années et motivées par la fâcheuse situation des localités, par rapport au fossé de la route de Malines à Westerloo, devant la propriété Goupy de quabeck, à Pasbrug.

Elle a décidé l'exhaussement de la route de Wolverthem à Tamise, entre le pont de Klein Mechelen et la limite de Bornhem, afin de la soustraire aux inondations résultant des marées extraordinaires.

Enfin, la province a admis l'exécution du pavage de la rampe établie à l'extrémité de la route de Puers au Rupel.

La dépense de ces divers travaux d'amélioration, peut être estimée à environ 4,800 francs.

§ 3. — *Routes communales.*

Voir section II, §§ 14 et 15.

§ 4. — *Plantations.*

Voir § 2.

§ 5. *Barrières.*

Les barrières des routes provinciales ont été réadjugées pour un nouveau terme d'une année, à compter du 1er Janvier 1868.

L'affermage a produit une somme totale de 47125 francs, supérieure de 385 francs, au bail de 1867.

§ 6. — *Travaux d'assainissement.*

De nombreux travaux d'assainissement ont été exécutés dans les communes rurales de la province, dans le courant de l'exercice 1867. Quelques uns ont donné lieu à des dépenses assez considérables, couvertes, en général, par les ressources locales et des subsides de l'État, dans la proportion d'un tiers de la dépense.

Le tableau suivant donne un aperçu des principaux travaux exécutés dans les trois arrondissements :

ARRONDISSEMENT D'ANVERS.

1° Borgerhout, construction d'égoûts	frs.	14000—
2° Contich, " "	"	3600—
3° Edegem, " "	"	2450—
4° Santvliet, " "	"	1700—
5° Deurne, amélioration de la traverse	"	16421,97

ARRONDISSEMENT DE MALINES.

1° Hingene, comblement d'une mare .	frs.	2233—
2° Itegem, construction d'égoûts et rigoles	"	1500—
3° Liezele, " " "	"	1340—

ARRONDISSEMENT DE TURNHOUT.

1° Eynthout, amélioration de divers cours d'eau.fr.2500.—
2° Rethy, construction d'égoûts et d'une pompe. " 2600.—
3° Veerle, assainissement de divers cours d'eau. " 1000.—
4° Vorst, assainissement et construction d'aqueducs" 1350.—

A Anvers, les travaux d'assainissement du quartier St.-André sont poussés avec activité, et ne tarderont pas à être complétement achevés.

L'administration communale de Malines a dépensé pour travaux d'assainissement dans les rues des Juifs et du Chien bleu, une somme de fr. 10,550.

La construction d'un réseau d'égoûts dans deux quartiers insalubres de la ville de Lierre, a été adjugée au prix de frs. 9000.

Indépendamment des divers travaux énumérés ci-dessus,

on instruit en ce moment plusieurs projets de travaux d'hygiène publique.

Beirendrecht demande à pouvoir exécuter certains travaux dans le but d'alimenter les habitants d'eau potable.

La commune de Wilmarsdonck se propose de faire combler un fossé insalubre et de construire quatre pompes publiques.

Puers présente un projet de pavage de plusieurs rues insalubres. Son exécution entraînera à une dépense approximative de frs. 28,375.

Le conseil communal de Berlaer a demandé un subside pour le voutement d'un fossé qui reçoit les eaux ménagères des habitants du village. La dépense est évaluée à frs. 1500.

La construction d'une pompe publique à Duffel vient d'être adjugée pour frs. 2700. Elle sera établie à l'endroit où se trouve actuellement un puits à ciel ouvert.

La commune de Rymenam a l'intention de construire une rigole en maçonnerie, destinée à faire écouler vers la Dyle les eaux sales et croupissantes d'un cloaque existant au jardin de la cure et qui produit des émanations malsaines. La dépense sera de frs. 750.

Enfin, divers autres projets d'assainissement ont été suggérés par la commission médicale de la province, lors d'une de ses tournées d'inspection, et notamment dans les communes d'Oostmalle et de Berlaer. Des instances sont faites auprès des administrations communales intéressées, afin d'en assurer la réalisation le plus tôt possible.

Section IV. — Rivières, canaux, ports et côtes.

§ 1. — *Voies Navigables.*

Les études de l'avant-projet d'un canal à établir, éventuellement, entre Ryckevorsel et Breda, ont été reprises et se continuent.

Escaut.

Les travaux de construction du nouveau mur de quai le long de l'Escaut, entre le quai du Rhin et le muroir sud de l'écluse maritime du Kattendyck, sont terminés ; on achève en ce moment les remblais de raccordement.

Afin que ce nouveau quai puisse être utilisé par les grands bateaux à vapeur, qu'il est particulièrement appelé à desservir, neuf embarcadères, dont la dépense est estimée à 120,000 fr., seront construits, aussitôt que le département aura obtenu de la législature, le crédit nécessaire.

Un arrêté royal, en date du 23 Novembre 1867, a décrété l'établissement d'un passage d'eau public, sur l'Escaut, entre les communes de Moerzeke (Flandre orientale) et de St-Amand (province d'Anvers.)

La construction des deux embarcadères, la fourniture du matériel de passage, ont fait l'objet d'une entreprise adjugée, le 31 Décembre 1867, au prix 17150 francs.

Les travaux commenceront au 1er Avril 1868 et devront être terminés le 1er Septembre suivant.

2e Section du canal de jonction de la Meuse à l'Escaut.

Des crédits extraordinaires assez importants, ont été alloués, dans l'intérêt de cette section de canal.

C'est, d'abord, une somme de 33,960 francs, qui a été

affectée à la consolidation des talus, travail adjugé le 15 Mai 1867 et terminé fin de Septembre suivant.

Puis une allocation de 59,359 francs, pour la construction de onze nouvelles maisons éclusières destinées à remplacer celles qu'il faudra abandonner, par suite de leur éloignement des écluses, résultant de la transformation exécutée de 1860 à 1862, et qui a consisté en l'élargissement et l'approfondissement de cette section de canal.

L'adjudication de ces maisons a eu lieu le 27 Décembre 1867 et elles seront construites pendant la campagne qui va s'ouvrir.

Enfin, le budget de 1868 comprend un crédit total, extraordinaire de 97,600 francs, pour différents travaux à la même section de canal, consolidation et amélioration des digues, pavage des plates-formes des écluses ; — id aux abords du bassin de Herenthals, etc, etc.

Grande Nèthe.

Vers la fin de 1867, M. l'ingénieur en chef des ponts et chaussées a été chargé par le département des travaux publics d'élaborer le projet des ouvrages, que comporterait, au point de vue de l'importance restreinte de sa navigation et de ses irrigations, l'entreprise d'une nouvelle amélioration de la grande Nèthe, dont l'exécution éventuelle serait du reste subordonnée à la constitution d'associations de wateringues, garantissant leur utile emploi. On s'occupe de ces études, en même temps que celles des projets dont la réalisation pourrait donner satisfaction à la ville de Lierre, en ce qui concerne les inondations dont elle se plaint et l'on s'efforcera de hater autant que possible l'envoi des pièces à l'autorité supérieure.

Senne.

La Députation permanente a exprimé, à diverses reprises, au Gouvernement le désir de recevoir communication, pour examen, du plan des travaux à faire à la Senne sur le territoire de la province d'Anvers.

Le 30 avril, M. le Ministre des travaux publics a fait connaître qu'il a jugé opportun de faire dresser un projet d'ensemble pour les travaux à effectuer sur tout le parcours de la Senne, depuis Bruxelles jusqu'à son embouchure.

Ce projet s'élabore en ce moment par les soins de M. l'Ingénieur des ponts et chaussées que la ville de Bruxelles a chargé de la direction des travaux d'assainissement. L'importance du travail et des questions qui s'y rattachaient exige un temps relativement long. On espère aboutir à une solution qui satisfera complètement les deux Provinces, puisque les travaux d'amont et ceux d'aval seront compris dans une même combinaison et coordonnés de manière à sauvegarder les intérêts de l'aval de la rivière. Une difficulté est à craindre celle de concilier les intérêts de l'assèchement avec l'irrigation des terres riveraines. Le Gouvernement a fait directement remarquer à l'administration du bureau de bienfaisance de Malines que, pour arriver à ce résultat, il importe de constituer dans la vallée de la Senne des associations de Wateringues.

Canaux.

La Députation permanente a fait des démarches réitérées, pour connaître les intentions du Gouvernement, quant à l'achèvement du canal de Turnhout à Anvers, par St-Job-in-t'-Goor.

Le 27 Avril dernier, M. le ministre des travaux publics a répondu qu'il a fait dresser le project complet d'une section de 9586 mètres s'étendant de St.-Léonard jusqu'au de là de St.-Job-in-'t-Goor, et que les terrains nécessaires à l'ouverture de cette section sont tous acquis par l'Etat. Les crédits alloués laissent un excédant suffisant pour faire face à la dépense d'exécution ; mais des considérations impérieures ont jusqu'à ce jour obligé le Gouvernement à n'engager qu'avec une grande réserve les crédits mis à sa disposition et l'ont par conséquent empêché de mettre en adjudication, non seulement cette section du canal, mais bon nombre d'autres travaux de même nature, au moins aussi importants pour l'industrie d'un grand nombre de localités.

Toutes ces adjudications seront ordonnées dès que les circonstances le permettront.

Quant aux crédits complémentaires pour l'achèvement du canal de Turnhout jusqu'à Anvers, le Gouvernement les demandera lorsque, eu égard à la situation du trésor et aux besoins aux quels il doit pouvoir, dans l'ordre de leur urgence ou de leur utilité relative, le moment opportun lui paraîtra venu.

Section VI. — Bâtimens publics.

De commun accord avec le département des finances, M. le Ministre des travaux publics a chargé la direction des ponts et chaussées, des études des projets d'appropriation de la maison Henséatique, à Anvers, pour y établir divers services publics.

Nous indiquerons ci-après, la situation des ouvrages entrepris à l'entrepót public d'Anvers, par la compagnie cessionnaire de cet établissement.

L'appropriation du grand hangar à l'usage de hangar aux laines, est terminée.

Il en est de même de la consolidation des pavillons Nord ancien et Nord nouveau.

La reconstruction de la galerie Nord, est également achevée.

La situation, du reste, n'a guère changé depuis l'année dernière et on n'estime qu'à 200,000 francs la valeur des travaux exécutés et que la compagnie n'a pas fait continuer, à défaut de ressources, paraît-il ; l'ensemble des travaux adjugés le 20 Février 1866, moyennant une somme de 665,900 francs, aurait dû être terminé depuis le 20 Février 1868 et n'est donc pas arrivé encore, au tiers de la totalité.

Section VII. — Chemins de fer.

Les travaux du chemin de fer de Malines à St-Nicolas, n'ont pas encore été entamés.

Cette ligne, concédée au sieur Lancelot, le 22 Avril 1863, aurait dû être terminée depuis le 22 Avril 1866.

Les travaux du chemin de fer de Turnhout à la frontière des Pays-Bas vers Tilburg étant terminés, la mise en exploitation de cette ligne a été autorisée par arrêté ministériel du 30 Septembre 1867.

C'est la société du Grand Central Belge qui l'exploite en vertu de la concession du 6 Janvier 1865, faite a la société anonyme du chemin de fer du Nord de la Belgique.

Le chemin de fer d'Anvers à Tournay, concédé le 3 Février 1865, aux sieurs Gillon et Peeters-Baertsoen, a été entamé entre Contich-village et Contich-station ; mais l'exécution des travaux, complètement interrompus depuis le 1er Juin 1866, s'est réduite à fort peu de chose.

C'est au 3 Février 1870, que la ligne d'Anvers à Tournay et ses deux embranchements, vers les stations de Denderleeuw et de Contich, devraient être terminés.

Par un arrêté royal du 25 Mars 1867, l'administration des ponts et chaussées a été chargée de la partie du service de surveillance des chemins de fer concédés, en exploitation, comprenant l'entretien des voies, des ouvrages d'art, des bâtiments, des stations et de ceux servant d'habitations aux gardes.

TITRE XV.

AGRICULTURE.

Section I. — Personnel de la commission provinciale d'agriculture.

Aucun changement n'est survenu dans le personnel de cette commission pendant l'année 1867.

Sections II et III. — Etat de la récolte.

Froment. La récolte en froment a presque partout laissé à désirer.

Seigle. Récolte peu abondante. Les pluies froides ont exercé une fâcheuse influence sur la floraison.

Orge d'hiver. Bonne récolte.

Orge d'été. Produit satisfaisant. Ne se cultive que dans six districts agricoles.

Avoine. Produit abondant et d'excellente qualité.

Sarrasin. Bonne récolte.

Pommes de terre. Mauvaise récolte. Ont souffert beaucoup de la maladie, notamment dans les terrains bas et humides.

Carrottes. Forte récolte. Bonne qualité.

Navets. Dans les localités où les navets n'ont point été dévorés par les chenilles, la récolte a été bonne comme qualité et comme quantité.

Betteraves. Produit satisfaisant.

Trèfle. Les diverses coupes ont donné un rendement supérieur.

Spergule. Très-mauvaise récolte. Cette plante a été dévorée par les chenilles.

Foin. Récolte abondante, bonne qualité.

Lin. Produit moyen, qualité variable.

Plantes potagères. Produit généralement satisfaisant.

Arbres fruitiers. A l'exception des cérises, le produit des fruits à noyaux a été médiocre. Les fruits à pépins ont donné un produit satisfaisant mais de qualité variable.

Tableau du rendement par hectare des céréales et autres produits agricoles.

PRODUIT moyen.	Froment.	Seigle.	Orge d'hiver.	Orge d'été.	Avoine.	Sarrasin.	Pommes de terre.	Carottes. — Culture dérobée.	Navets. — Culture dérobée.	Betteraves	Trèfle.	Foin.	Lin.
	hect.	hect.	hect.	hect.	hect.	hect.	kil.	kil.	kil.	kil.	kil.	kil.	kil.
Produit moyen de 1867............	15.83	13.33	29.70	24.33	39.44	26.72	11016	5743	8671	25000	30222	3972	391.87
Id. 1866............	18.44	21.28	33.37	21.83	31.44	17.11	9327	5537	5750	14000	27833	3505	325.
Poids moyen par hectolitre en 1867...	78.22	70.00	63.20	33.00	45.								

Section IV. — Produits nouveaux.

La serradelle, le froment de maïs victoria, la spergule géante, l'orge chevalier, le navet de norfolk et le navet Turneps sont, parmi les plantes nouvellement introduites dans la province, celles qui ont donné le meilleur résultat.

Section V. — Défrichements, Plantations.

Rapport de M. l'Ingénieur en chef, sur le service des défrichements.

J'ai l'honneur de vous faire connaître le résultat de l'exploitation des irrigations de la campine en 1867.

En général il y a progrès sensible dans le mode d'exploitation des prés.

La 1re coupe a été plus abondante en 1867 qu'en 1866, mais à cause de la baisse des eaux continue pendant l'été, la 2me coupe a été médiocre.

Sous le rapport du produit, les prairies peuvent être classées comme suit :

1re *classe*. Produit par hectare de 5500 à 6000 kils de foin et de 2500 à 3000 kils de regain.

Dans cette classe ne se trouve que la prairie de 70 hectares de M. Tacquenier, sous Moll. A l'exception d'une parcelle de 8 hectares, toute la prairie est soumise au pâturage ; 3 ½ génisses ou vaches, y sont engraissées par hectare.

2me *classe*. — Produit de 4000 à 5000 kils de foin et de 1500 à 2000 kils de regain par hectare.

Les irrigations qui se trouvent dant cette classe sont :

1° Celles de M. Keelhoff, sous Lommel, surface 54 hectares ;

2° Celles de MM. De Mulder, Vissers, Lefebvre, sous Moll, d'une superficie de 99 hectares.

3me *classe.* — Produit par hectare 3500 à 4000 kils de foin et 1200 à 1500 kils de regain.

Les prairies de cette catégorie sont :

1° Celles du Houdsbosch à divers propriétaires, surface 14 hectares ; 2° de M., Leclercq, sous Moll, d'une superficie de 94 hectares ; 3° du domaine privé du Roi, sous Gheel, surfaces 24 et 30 hectares.

La prairie de M. Leclercq est par moitié alternativement fauchée et pâturée. En 1867, 141 génisses et vaches y ont été engraissées.

4me *Classe.* — Produit par hectare 3000 à 3500 kils de foin et 1000 à 1200 kils de regain.

Dans cette classe se trouvent les irrigations suivantes :

1° Celles de M. Schaetzen, sous Rothem, d'une surface de 17 hectares ; 2° de M. le comte de Theux, sous Loozen, d'une superficie de 156 hectares ; 3° de la société agricole et industrielle d'Anvers, sous Caulille, surface 41 hectares ; 4° de M. le comte de Theux, sous Achel, d'une superficie de 32 hectares ; 5° de divers propriétaires sous Neerpelt (Heerstraat) surface 79 hectares ; 6° de M. Houbotte, sous Overpelt, d'une superficie de 43 hectares ; 7° de M. Josson, sous Moll, surface 50 hectares ; 8° de M. Van Eetvelde, même commune, 4 hectares ; de M. Vandewyngaert, sous Gheel, 32 hectares.

5e *classe.* — Produit par hectare 2500 à 3000 kils de foin, 1000 à 1200 kils de regain.

Dans cette classe se trouve l'irrigation des héritiers de M. Chaniaye, sous Overpelt-Neerpelt, d'une surface de 60 hectares.

6e *classe.* — Produit de 2000 à 2500 kil[s] de foin et de 800 à 1000 kil[s] de regain par hectare.

Dans cette catégorie ne se trouve que l'irrigation de M. Clermont, sous Neerpelt, d'une superficie de 70 hectares.

7e *classe.* — Produit moyen de 1500 à 2000 kil[s] de foin et de 500 à 600 kil[s] de regain par hectare.

Dans cette classe se trouvent les prairies suivantes :

1° Celles de M. De Bellaing, sous Rothem, surface 20 hectares ; 2° de M.Spaes,sous Lille St.Hubert, d'une superficie de 12 hectares ; 3° deM.le comte de Theux, sous la même commune, d'unesurface de 162 hectares; 4° du même propriétaire, sous Achel, surface 96 hectares ; 5° de M. Delbrouck, sous Neerpelt, d'une superficie de 47 hectares ; 6° de M. Clermont, sous Lommel, surface 42 hectares ; 7° de M. Vau Put, sous Raevels et Turnhout, surface 66 hectares.

8e *classe.* — Produit par hectare de 1000 à 1200 kil[s] de foin et de 400 à 500 kil[s] de regain.

Les prairies qui se trouvent dans cette catégorie sont :

1° Celles de la société Liégeoise, sous Eelen, surface 123 hectares ; 2° de M. Nagaut, sous Neeroeteren, d'une surface de 50 hectares ; 3° de M. Thiry, sous Hamont, d'une superficie de 55 hectares ; 4° de M. Van Put, sous Lommel, 162 hectares. A l'exception d'une parcelle de 30 hectares, cette prairie a été pâturée à raison d'une génisse et 1 vache par hectare. La parcelle fauchée a donné environ 3500 kil[s] de foin par hectare, c'est la seule de toute la propriété qui ait été entretenue et fumée.

Enfin la propriété de la société Anversoise, sous Arendonck, n'a plus d'une irrigation que le nom. Elle est soumise au pâturage en grande partie, et annuellement une surface de 30 à 35 hectares est rompue et reçoit une emblavure d'avoine ou de seigle. »

—

Rapport de l'ingénieur Barbier sur le service des défrichements.

« J'ai l'honneur de vous adresser mon rapport sur les travaux de boisement des terrains communaux incultes de la province d'Anvers, pendant l'année 1867.

Ces travaux entrepris par des communes ou établissements publics, n'ont pas tous été couronnés d'un plein succès à cause des pluies continues qui ont fait beaucoup de tort aux jeunes semis de pins sylvestres ; néanmoins le boisement a réussi sur une certaine surface ainsi que je l'ai constaté dans mon inspection, dont voici le résultat.

Oolen. — Le boisement fait cette année et les semis antérieurs qui n'avaient pas réussi et qui sont actuellement dans un état satisfaisant, comprennent 2 h. 50 a. 52 c. Par arrêté royal du 2 Mai 1867, cette commune a été autorisée à aliéner les 9 h. 65 a. 06 c. qui restaient à boiser.

Merxplas. — Le conseil a ensemencé une grande étendue de bruyères, sur lesquelles le semis n'a pas réussi ; elle a en outre planté, sur 3 h. 50 a., de beaux sujets, qui ont repris.

Weelde. — On y a effectué des plantations sur des terrains où le semis avait manqué et pratiqué de beaux travaux de défoncement du sol.

Desschel. — L'administration a fait défoncer une grande surface et procéder à de nombreux repiquages.

Hulshout. — Comme les années précédentes, le conseil communal a planté de beaux pins dans un terrain bien préparé : cette opération a parfaitement réussi.

Casterlé. — Les semis et plantes entrepris sur 4 h. 40 c. exigeront des repiquages.

Beersse. — Les travaux ont été bien exécutés et les semis ont réussi sur plus de 66 hectares.

Meir. — Cette commune a boisé, par semis, qui est beau, une superficie de 16 h. 40 a.

Rethy. — Le conseil communal continue à exécuter les travaux de préparation du sol, avec intelligence; les ensemencements qu'on y a faits ont réussi.

Halle. — Le bureau de bienfaisance a effectué des plantations qui ont bien repris, dans une bruyère défoncée à la bêche.

Wickevorst. — On y a boisé, par un semis qui a réussi, 3 h. 48 a. de terrain bien préparé.

Ryckevorsel. — Le collége échevinal a ensemencé 1 h. 50 a.; l'opération parait avoir réussi.

Gierle. — Cette commune n'a boisé qu'une petite étendue de bruyères.

Les communes de Moll, Calmpthout et le bureau de bienfaisance de Hoogstraeten, ont entrepris des travaux préparatoires et Weeelderzande des repiquages.

Vorsselaer, Poederlé, Esschen, Raevels, Poppel, Arendonck, Vlimmeren, ainsi que l'hospice Ste. Elisabeth de Gheel et le bureau de bienfaisance de Casterlé, n'ont pas travaillé.

Le tableau ci-après indique la situation du boisement dans la province, au 31 Décembre 1867.

Communes.	Etendue des terrains incultes dont on a autorisé le boisement.	Surface boisée au 1r Janvier 1867.	Surface boisée pendant l'année 1867.	Etendue qui reste à boiser.	Époque à laquelle le boisement doit être terminé.
	h. a. c.	h. a. c.	h. a. c.	h. a. c.	
Oolen *	22 39 50	10 23 92	2 50 52	9 65 06	1865
Merxplas	165 32 60	51 31 33	3 50 00	110 51 27	1875
Weelde	16 53 50	0 46 60	7 72 65	8 34 25	»
	32 76 60	»	»	32 76 60	1868
Desschel	81 50 50	30 18 70	2 97 30	48 34 50	1871
Hulshout	5 00 00	3 60 00	1 07 44	0 32 56	1868
Casterlé	25 00 00	1 00 00	4 40 00	19 60 00	1871
Vorsselaer	6 00 00	3 21 25	00 »	2 78 75	1867
Poederlé	4 00 00	1 30 55	00 »	2 69 45	1867
Moll	10 00 00	6 28 70	00 »	3 71 30	1864
Beersse	300 00 00	99 13 25	66 48 90	134 37 85	1865
Meir	27 60 00	10 00 00	16 40 00	1 20 00	1869
Esschen	87 70 00	36 51 80	»	51 18 20	1867
Rethy	70 00 00	35 85 43	13 34 30	20 80 27	1870
Wechelderzande	21 13 90	14 00 00	»	7 13 90	1873
Raevels	12 20 05	5 00 00	»	7 20 05	1873
Casterlé (bur. de bienf.)	11 67 25	4 08 55	»	7 58 70	1871
Halle (idem)	7 15 79	1 10 00	0 90 00	5 15 79	1873
Wickevorst	16 00 00	6 92 45	3 48 00	5 59 55	1869
Gheel (hôpital S. Elisab.)	3 14 00	1 46 00	»	1 68 00	»
Hoogstraeten (bur. de bien.)	20 51 44	9 34 00	»	11 17 44	»
Calmpthout	36 65 00	7 95 00	»	28 70 00	1869
Ryckevorsel	5 00 00	3 00 00	1 50 00	00 50 00	1866
Poppel	27 63 90	17 25 30	»	10 38 60	1868
Gierle	57 25 00	13 70 00	1 24 30	42 30 70	1875
Arendonck	11 94 50	»	»	11 94 50	1876
Vlimmeren	3 00 00	»	»	3 00 00	1870
Totaux	1087 13 53	372 92 83	125 53 41	588 67 29	

* L'étendue qui reste à boiser, a été vendue ensuite de l'arrêté royal du 2 Mai 1857.

Section VI. — Elève des chevaux et du bétail.

§ 1. — *Amélioration des races.*

En présence des ravages que la peste bovine exerçait en Hollande, d'où la province d'Anvers recevait annuellement un grand nombre de vaches laitières, les cultivateurs ont compris qu'il était de leur intérêt de donner plus d'extension et plus de soin à l'élève du bétail. Les mesures adoptées dans notre pays pour combattre cette épizootie ont permis aux éleveurs de se livrer à leur industrie sans risques ni périls. Aussi le nombre de têtes de bétail s'est il, depuis deux ans, considérablement augmenté.

Le commerce des chevaux n'a pas été très-actif. Toutefois la vente des chevaux de gros trait continue à s'opérer à des conditions favorables.

Le règlement provincial sur l'amélioration de l'espèce chevaline est bien observé.

Le nombre des étalons présentés à la commission d'expertise, s'élève à 17 dont 13 ont été admis pour le service de la monte publique.

§ 2. — *Relevé des saillies.*

Arrondissement	d'Anvers	382	saillies,	soit	76	par étalon.
"	de Malines	212	"	"	53	"
"	de Turnhout	294	"	"	73	"

§ 3. — *Epizooties.*

L'état sanitaire des chevaux a été satisfaisant, pendant l'année 1867. On ne compte en tout que 7 cas de morve et de farcin.

Les cas de pleuropneumonie exudative parmi la race bovine, ont été peu nombreux. Les mesures en vigueur contre le typhus contagieux ont contribué également à empêcher la propagation de la pleuropneumonie.

Peste bovine.

Dans les *Exposés* de 1866 et 1867 nous avons fait connaître les diverses dispositions qui ont été prises pour combattre l'introduction et la propagation de la peste bovine. L'état sanitaire du bétail a permis de rapporter ces mesures exceptionnelles qui ont si bien servi les intérêts de l'agriculture. Les foires et marchés sont rétablis, les entraves mises au déplacement du bétail sont abolies, et les frontières des pays voisins sont ouvertes.

Depuis la publication du dernier *Exposé*, le typhus contagieux s'est encore manifesté dans 12 étables de cette province. Les diverses irruptions de la maladie, sauf une qui se rattache à un cas de fraude, sont attribuées à l'introduction dans les étables de matières contaminées.

L'épizootie s'est surtout montrée avec une grande ténacité dans l'agglomération anversoise. Malgré les soins pris pour détruire et isoler le premier foyer qui s'était produit au Kiel, sous Anvers, le mal s'est propagé d'étable en étable et pour arrêter le fléau dans sa marche menaçante, la nécessité a été reconnue de sacrifier tout le bétail qui se trouvait dans ce cordon sanitaire. Les détenteurs de ces animaux ont été les premiers à consentir à cette mesure radicale. Tous étaient, en effet, exposés à un danger imminent et en expropriant leur bétail on les préservait de la ruine et on empêchait la maladie de se propager au loin. Cet abatage préventif a eu d'heureux résultats. Les animaux des étables situées à quelques mètres à peine de la ligne extérieure du rayon ont été préservés et depuis le 27 Janvier 1868, la province est entièrement délivrée du fléau.

Ces derniers foyers d'infection ont été heureusement éteints sans devoir remettre la province en interdit et imposer, de nouveau, au commerce, qui avait repris toute son activité, les entraves dont il était débarrassé depuis le 21 Novembre 1867.

En ces circonstances, chacun a fait son devoir. Le Gouvernement, en reconnaissance des services rendus, a bien voulu décerner la décoration civique aux personnes qui se sont particulièrement distinguées à l'occasion de cette épizootie.

Statistique du typhus.

COMMUNES.	DATE de L'ABATTAGE.	Nombre des communes infectées.	Nombre de bêtes bovines: Mortes.	Malades abattues.	Suspectes abattues.	Total des bêtes abattues.	Indemnité allouée par le Gouvernement.	Observations.
Anvers.	22 avril 1867.			2	1	3	760. »	
Contich.	23 et 24 juill. id			4	11	15	1983. »	
Berchem.	7 décembre id.		1	7	4	12	2181.66	
Anvers.	Id			4	1	5	1414.66	
Id.	22 et 23 déc. id.			3	2	5	1681.66	
Id.	24 décembre id.			1	2	3	1011.66	
Id.	10 Janvier 1868.			1	4	5	1686.66	
Id.	Id.			1	3	4	1413.32	
Id.	16 Id.				9	9	3091.66	
Id.	Id.				3	3	1056.66	
Id.	Id.				1	1	356.66	
Id.	Id.				4	4	1296.66	
Id.	Id.				4	4	1375.00	
Id.	Id.				2	2	776.66	
Id.	Id.				4	4	1251.66	
Id.	Id.				2	2	800.00	
Id.	Id.				2	2	740.00	
Hoboken.	24 janvier id.			1	1	2	348.33	
Id.	Id.			6	»	6	1906.67	
Cappellen.	27 janvier id.			3	3	6	916.66	
		5	1	33	63	97	26031.23	

Il y a eu ainsi dans cinq communes de la province, 1 bête morte du typhus, 33 malades et 63 suspectes abattues, soit en tout 97 animaux morts ou tués.

Depuis le commencement de l'épizootie, jusqu'au 27 Janvier 1868, date de la dernière irruption de la maladie, on compte 7 bêtes mortes, 148 malades et 221 suspectes abattues, soit en tout 376 animaux morts ou tués. La maladie a été observée dans 13 différentes communes : 10 de l'arrondissement d'Anvers, 1 de l'arrondissement de Malines et 2 de l'arrondissement de Turnhout. Le nombre d'étables infectées s'élève à 37. Le total général des indemnités allouées par le Gouvernement à des habitants de cette province dont le bétail a été abattu pour cause de typhus contagieux, s'élève à fr. 96,721.19.

Section VII. — Service vétérinaire.

Aucun changement n'est survenu, pendant l'année 1867, dans le personnel des médecins vétérinaires du Gouvernement. Le ressort d'inspection de Duffel est encore vacant. Il est provisoirement confié au vétérinaire Aelaerts, de Lierre.

On compte dans la province :

15 médecins vétérinaires du Gouvernement ;

6 » » diplômés ;

15 maréchaux vétérinaires.

Section VIII. — Fonds d'agriculture.

Le montant des indemnités accordées en 1867, à des propriétaires dont les animaux ont été abattus, pour cause de maladies contagieuses, s'élève :

Pour l'arrondissement d'Anvers à . . .	fr.	11,087.74
" " de Malines à. . .	"	440.—
" " de Turnhout à . .	"	130.—
Ensemble	fr.	11,657.74

En 1866, le Gouvernement a alloué une somme de fr. 74,304.44.

Section IX. — Sociétés d'horticulture et d'agriculture.

Comme les années précédentes les Sociétés royales d'horticulture d'Anvers et de Malines ont organisé, en 1867, des expositions remarquables de produits horticoles.

La *Société du Nord* et le *Landbouwersgenootschap van Duffel* ont organisé 36 conférences agricoles et horticoles. Elles ont été suivies par environ 3000 cultivateurs.

En vertu de l'arrêté ministériel du 27 Décembre 1866, des conférences publiques, sur l'éducation de l'hygiène des animaux domestiques, ont été instituées dans cette province.

Des cours complets de taille et de culture des arbres fruitiers ont été donnés par le sieur De Beucker, d'Anvers, au sein de l'*Antwerpsch kruidkundig Genootschap*.

La *Société agricole du Nord* se subdivise en 13 sections. Elle compte 1101 membres.

Section X. — Foires et marchés.

§ 1. — *Établissement et changement de foires et marchés.*

Dans sa session de 1867, le Conseil provincial a accueilli les demandes faites par les conseils communaux de Borgerhout, Thisselt, Eynthout et Grobbendonck, à l'effet d'obtenir l'autorisation d'ériger des marchés hebdomadaires ou quotidieus au bétail, aux légumes, au beurre ou aux grains et au lin.

Dans la même session, le conseil communal de Meir a été autorisé à transférer au mardi de chaque semaine le marché au beurre qui se tenait le mercredi dans cette localité.

§ 2. — *Importance des ventes des produits agricoles.*

(Voir le paragraphe suivaut.)

§ 3. — *Mercuriales.*

Le tableau qui suit indique le prix moyen, par mois, des grains, fourrages et autres denrées, vendus sur les principaux marchés de la province, pendant l'année 1867.

Section XI. — Police rurale.

§ 1. — *Droit de vaine pâture.*

N'ayant pas de données exactes sur l'exercice de ce droit dans la province d'Anvers, nous avons jugé utile de consulter toutes les administrations communales afin de savoir si la vaine pâture se pratiquait encore chez elles et sur quelle échelle. —

Il résulte des réponses que nous avons obtenues et qui sont analysées au tableau qui suit que le libre pacage s'exerce encore dans plus de communes et sur une plus grande étendue de biens qu'on aurait pu le supposer.

Communes.	Date et objet de L'AUTORISATION.	Nature et étendue du PATURAGE.	Temps pendant lequel la vaine pâture est exercée.	Observations.
Calmpthout.	En vertu d'un usage immémorial. Vaine pâture.	Terrains vagues appartenant à la commune. 1300 à 1400 hect.	Toute l'année.	
Putte.	Id.	Les prairies dites : *de nieuwe bemden* et *Pulschenkoek*. 86 hect.	A la fin du mois d'Août jusqu'au 3 Mai de l'année suivante :	
Viersel.	Id.	Des prairies d'une étendue de 40 hectares.	Du commencement de Septembre au troisième dimanche du mois de mai.	
Lippeloo.	Id.	Prairies 12 hect. 76 ares 30 c. appartenant à divers propriétaires.	A partir du dernier dimanche du mois d'Août jusqu'au 15 Mars de l'année suivante.	Assujettie à un droit de secondes herbes.
Arendonck.	Id.	Bruyères, marais, appartenant à la commune. 500 hect.	Toute l'année.	
	Id.	Prairies dites : *Gebroekten*. 850 hect.	Après la moisson jusqu'au 15 Mai de l'année suivante.	
Herselt.	Id.	Prairies. 95 hect.	Après la moisson jusqu'au 1r Mai.	

Hulshout	En vertu d'un usage immémorial. Vaine pâture.	*Doodbroeck* et *Geertkoekbemden*. 27 hectares.	Au *Geertsbroeck* depuis le 1er Août jusqu'au 1er Mai et au *Doodbroeck* depuis le 15 Août jusqu'au 15 Mai.
Lichtaert.	Id.	*Lichtaerts* et *Bielengebroeckt*. 80 hectares.	Toute l'année excepté du 15 Mai jusqu'au 15 Août.
Lille.	Id.	Dans les bruyères. 110 hect.	Toute l'année.
Meerhout.	Id.	Dans les prairies 't *Gebroeckt*. 25 hect.	Depuis le 15 Août jusqu'au 15 Mai et de la Noël au 15 Mars.
Oolen.	Id.	't *Gebroeckt*. 55 hectares.	Du 15 Août au 15 Mai.
Poederlé.	Id.	De *Gebroeckten*. 121 hectares.	Toute l'année sauf du 15 Mai au 15 Août.
Veerle.	Id.	Prairies entourées de fossés. 25 hectares.	Du 15 Août au 1er Mai.
Vlimmeren.	Id.	Les allées et les prairies après la moisson. 57 hectares.	Toute l'année.
Vorsselaer.	Id.	Prairies. 100 hectares.	Du 1er Octobre au 30 Avril.
Weelde.	Id.	Bruyère de la commune. 1900 hectares.	Toute l'année.
Westerloo.	Id.	Les prairies dans les vallées de la grande Nèthe. 555 hectres.	Du 15 Septembre au 15 Mai.
Zoerleparwys.	Id.	id. 330 hectares.	Du 15 Septembre au 15 Mai.

Ainsi d'après le tableau qui précède, la province d'Anvers a 6058 hect. 76 a. 30 c. de biens soumis à la vaine pâture. Ils se divisent en 2198 hect. 76 a. 30 c. de prairies plus ou moins marécageuses livrées au bétail banal, du 15 août jusqu'à la fin de mars, et en 3860 hect. de bruyères sur lesquelles les bestiaux peuvent paître librement pendant toute l'année.

Les contenances indiquées ci-dessus se répartissent de la manière suivante entre les trois arrondissements :

Anvers 163 hect. de prairies et 1350 hect. de bruyères ;
Malines 12 " 76 a. 60 c. de prairies ;
Turnhout 2023 " de prairies et 2510 hect de bruyères.

S'il était possible d'assurer un bon écoulement aux eaux des 2023 hectares de prairies marécageuses de l'arrondissement de Turnhout, celles-ci donneraient un produit quadruple de leur rendement actuel. — L'obstacle provient du défaut d'écoulement des eaux des Nèthes et de leurs affluents en amont de leur partie navigable et flottable.

§ 2. — *Chasse.*

L'ouverture générale de la chasse a eu lieu en 1867, le 31 Août.

Le nombre des permis de port d'armes de chasse délivrés pendant cette année est de 908, ce qui présente une diminution de 3 sur celui de l'année précédente.

§ 3. — *Echenillage.*

Par ordonnance du 21 Décembre 1866, la Députation permanente a prescrit l'échenillage des arbres, arbustes, haies et buissons, pour 1867.

D'après les rapports reçus, cette opération, quoique laissant encore beaucoup à désirer, s'est faite dans des conditions meilleures.

Comme nous avons attiré, l'année passée, l'attention des autorités communales sur la nécessité d'empêcher, dans l'intérêt de l'agriculture, la destruction des oiseaux insectivores et surtout de leurs nids, nous croyons qu'il serait aussi grandement nécessaire de les inviter à s'opposer également par tous les moyens en leur pouvoir à la chasse aux mésanges, pendant leur migration.

Ces oiseaux rendent de véritabes services en enlevant des arbres, haies, murs etc., les chrysalidés et les œufs des chenilles.

§ 4. — *Tourbières.*

Pendant l'exercice écoulé seulement deux demandes tendant à pouvoir extraire de la tourbe ont été soumises à la Députation permanente. Ces demandes ont été accueillies.

TITRE XV.

INDUSTRIE.

Section I — Exploitations, usines, manufactures et ateliers.

§ 1 — *Fonderies.*

Voir section II, § 2, de ce titre.

§ 2. *Brasseries.*

Aucune nouvelle brasserie n'a été érigée dans la province en 1867.

§ 3. *Distilleries. Raffineries de sel.*

§ 4. *Raffineries de sucre.*

Voir section II, § 2, de ce titre.

Section II. — Appareils à vapeur.

§ 1 *Appareils à vapeur.*

Il existait au 31 Décembre 1867, dans la juridiction de la direction provinciale des ponts et chaussées 267 appareils à vapeur, représentant une force motrice de 5070 chevaux, plus 15 générateurs ; 294 chaudières se trouvaient en activité et les établissements comprenaient 28 chaudières de rechange.

Les locomotives en usage sur les chemins de fer de l'État, ne font point partie des prédits appareils.

Il n'est arrivé en 1867, aucun accident par le fait de ses appareils.

§ 2. — *Fabriques et usines.*

Relevé des autorisations délivrées en 1867.

Abattoirs	2
Boucheries	2
Briqueterie	1
Chaudières (fabrique de)	1
Chaux (magasin de)	1
Chiffons (dépôts de)	16
Cire (blanchisserie de)	1
Cuirs verts et peaux fraîches (dépôt de)	1
Guano (dépôts de)	2
Fécule de pommes de terre (fabriques de)	2
Fonderies de cuivre	6
Fonderie de fer	1
Gaz d'éclairage (fabriques de)	2
Graisse (fonderie de)	1

Laine (filature de)	1
Lapidaire (atelier de)	1
Moulin à broyer la cendrée.	1
" à farine	1
" à huile	1
Magasins d'os . . . . . , ...	2
Pétrole (dépôts de)	2
Tanneries	2
Tonneliers (ateliers de).	7
Triperies	9
Vernis (fabrique de).	1

Section III. — Brevets d'invention, importation, etc.

Pendant l'année 1867, il a été reçu dans la province d'Anvers 37 brevets, dont 25 d'invention, 9 de perfectionnement et 3 d'importation.

Le tableau ci-contre donne l'état détaillé de ces brevets :

Section IV. — Conseil de prud'hommes.

Pendant l'année 1867, le bureau du conseil de prud'hommes de la ville d'Anvers a été saisi de 150 causes, qui se répartissent comme suit d'après l'ordre de leur importance numérique :

1° Refus de paiement de salaires . .	73
2° Sortie d'ouvriers sans avertissement .	20
3° Renvoi d'ouvriers id. .	14
4° Refus de remettre le livret . . .	12
5° Inexécution de convention de travail .	12
6° Refus de rapporter ou d'achever des ouvrages	11
7° Refus de rembourser des avances reçues.	2
8° Refus de restituer des outils. . .	6

132 de ces contestations ont été vidées à l'amiable par le bureau de conciliation et 18 ont été renvoyées au conseil, qui en a concilié 4 et jugé 11 contradictoirement et 3 par défaut.

Le conseil ne s'est pas trouvé dans la nécessité d'infliger aucune des peines disciplinaires que comminent les art. 42, 43, 57 et 58 de la loi.

Il y a eu 41 séances du bureau de conciliation, 17 séances du conseil réuni en bureau de jugement dont 1 à 17 membres, 4 à 16 membres, 6 à 15 membres, 4 à 14 membres et 2 à 13 membres.

5 enquêtes.

2 visites de lieux.

Le budget des recettes et dépenses pour l'année 1867, montant à fr. 2920,44, a été approuvé par la Députation permanente du Conseil provincial en séance du 30 Novembre 1866.

Les dépenses de l'exercice 1866 se sont élevées à la somme de fr. 1695,12 d'après le compte de la gestion du receveur communal, également approuvé par la Députation permanente le 8 Novembre 1867.

Aucune mutation n'a eu lieu dans le personnel du conseil de prud'hommes.

M. Vinck Guillaume, nommé greffier par arrêté royal du 31 Janvier 1867, a été installé le 21 Février suivant, et M. Claessens, François, nommé commis-greffier, en séance du Conseil le 21 Février 1867, a été installé le 7 Mars suivant.

Section V. — Pêche maritime.

La loi du 20 Décembre 1867 ayant autorisé le gouvernement à apporter à la législation sur la pêche les modifications nécessitées par la suppression des primes d'encouragement, il est intervenu, le 25 février dernier, un arrêté royal qui détermine les conditions à remplir pour que le poisson de la pêche nationale soit admis en franchise des droits d'entrée.

Nous nous bornerons ici à citer les principales :

Les bâtiments de pêche doivent être armés dans le royaume et, sauf quelques exceptions, munis de lettres de mer.

Ils doivent être équipés convenablement et être pourvus de tous les apparaux et ustensiles nécessaires pour exercer la pêche à la quelle ils sont respectivement destinés. Ces apparaux et ustensiles seront en bon état et proportionnés en nombre et en étendue au genre de pêche auquel ils vont servir.

Aucune chaloupe ne peut mettre en mer pour la pêche nationale sans être munie d'un permis de pêche, valable pour toute la saison.

Les navires se rendront directement au lieu de pêche et en reviendront de même, sans pouvoir aborder en pays étranger, si ce n'est par force majeure, ce dont il sera justifié. Toutefois, il est loisible aux pêcheurs d'aller débarquer le produit de leur pêche dans un port belge autre que celui d'armement.

Douze bâtiments ont été expédiés du port d'Anvers pour la pêche en pleine mer pendant l'année 1867.

Le produit des divers voyages qu'ils ont effectués, s'est élevé à :

1,009	tonnes de morue,
643 1/2	" déchet,
6	" foie de morue,
23,184	cabillands,
2,961	lingues,
781	barbues,
165,700	églefins,
422 1/2	paniers raies et flottes,
11,060	mules,
100	turbots.

TITRE XVII.

COMMERCE.

Section I. — Entrepôt général de commerce d'Anvers.

Relevé indiquant les principales marchandises reçues à l'Entrepôt public d'Anvers, pendant 1867.

Bois de construction	de chêne et de noyer	en grume ou non sciés	(mèt. c.)	7490
		simplement refendus	id.	1059
		sciés	id.	1662
	autres	en grume ou non sciés	id.	28873
		sciés, de plus de 0,05 c.	id.	91541
		sciés, de 0.05 c et moins	id.	42813
Boissons distillées, à 50			(litre)	237420
Cacao brut			(kilog)	348364
Café		torréfié	id.	41
		autres	id.	11920074

Fruits		amandes	kil.	33321
		citrons et oranges	id.	393463
		figues	id.	370082
		pruneaux	id.	24470
		raisins secs	id.	982352
rains		froment	id.	74682135
		seigle	id.	31655855
		orge	id.	23137242
		pois	id.	1283778
		avoine	id.	8443172
		maïs	id.	266733
		sarrasin	id.	1385343
		farines	id.	601279
Miel			id.	416040
Produits chimiques, Sels de soude, Carbonates			id.	527626
iz			id.	7350774
irops et Mélasses au-dessous de 50 %			id.	861904
ucres	BRUTS	de canne	id.	11333660
		de betterave	id.	1295495
	RAFFINÉS	sucres du n° 10	id.	152743
abacs		non fabriqués	id.	6221281
		fabriqués	id.	68875
er et Acier		fonte brute	id.	5382101
		fer battu	id.	142073
		ouvré	id.	10871
ins		en cercles	(litre).	964623
		en bouteilles	id.	17459

Section II. — Chambre de commerce.

Par arrêté royal du 29 Janvier 1868, ont été nommés membres de la chambre de commerce, en remplacement de ceux dont le mandat est expiré le 31 Décembre 1867, savoir :

MM. O. Gunther,
H. Foulon,
D. Mauroy,
J. De Coen,
E. De Marbaix,
F. Ceulemans,
L. Elskamp.

Section III. — Courtiers.

La loi portant révision du titre V, livre 1er, du code de commerce, relatif aux bourses, agents de change et courtiers, a été sanctionnée le 30 Décembre 1867.

Cette loi nouvelle établit une liberté complète en cette matière et supprime toute règlementation de la part du Gouvernement.

Section IV. — Poids et mesures.

La vérification périodique des poids, mesures et instruments de pesage a eu lieu en 1867, dans les trois dernières sections de la ville d'Anvers, dans les communes rurales de l'arrondissement d'Anvers, plus le canton d'Hoogstraeten, dans la ville de Turnhout et les communes rurales de l'arrondissement de ce nom, moins le canton précité.

Les tableaux ci-dessous des bureaux d'Anvers et de Malines donnent le nombre de pièces poinçonnées en 1867.

BUREAU D'ANVERS.

Exercice 1867.

Vérification.	Mesures de longueur.	Poids en fer.	Poids en cuivre.	Mesures de capacité pour matières sèches en bois.	Mesures de capacité pour matières sèches en fer.	Mesures de capacité en métal pour liquides.	Mesures de solidité.	Instruments de pesage à bras égaux.	Instruments de pesage à bascules.	Compteurs à gaz.	Totaux.
Vérification première des pièces neuves présentées.	580	921	13569	»	162	5987	»	140	14	89	21468
Vérification périodique des poids, mesures et instruments de pesage.	1190	18147	27518	260	293	21642	26	6540	172	»	75728
Totaux.	1770	19068	41087	260	455	27629	26	6680	186	89	100196

BUREAU DE MALINES.

Exercice 1867.

Mesures de longueur.	Poids en cuivre	Poids en fer.	Mesures de capacité pour les liquides.	Mesures de capacité pour les matières sèches.	Mesure se soli dit	Balance à bras égaux.	Bascules.	Totaux.	Total général.	Instruments rebutés
Vérification première.										
	3213	16	62	3	»	2	»	3298		
50	40979	45	1617	86	.	46	6	42829	73926	28789
Vérification périodique.										
571	8150	11430	5496	132	1	1895	124	27799		3070*

(*) La totalité des instruments s'élève à 102487.

Afin de détruire l'idée souvent très-fausse que les populations ont encore de la vérification et de mettre à leur portée l'avantage qu'il y a pour elles à posséder des instruments exacts, il faudrait charger les instituteurs communaux d'enseigner à leurs élèves, *en même temps que le système métrique*, l'existence du service spécial des poids et mesures et de les initier à la tâche que les vérificateurs ont à remplir. Ils auraient à leur faire comprendre qu'il ne suffit pas qu'un instrument de pesage ou de mesurage ressemble aux modèles que les élèves ont sous les yeux, mais qu'il est indispensable qu'il soit, comme justesse, la reproduction fidèle des types qui sont soigneusement conservés par les hauts dignitaires auxquels la loi en a confié la garde.

On leur dirait aussi que les vérificateurs sont chargés, par cette même loi, de comparer périodiquement les divers instruments que les particuliers ont entre les mains, avec les types dont il vient d'être question, et que ce n'est qu'après que ces fonctionnaires ont ramené ces instruments à leur justesse primitive, ou reconnu que cette justesse n'a pas varié qu'ils constatent le résultat de leurs opérations, par application de marques particulières, dont la forme spéciale est arrêtée tous les ans par M. le ministre de l'intérieur.

On leur ferait comprendre, en outre, que la garantie de l'acheteur et celle du vendeur dépendent surtout des soins que les vérificateurs apportent à leurs opérations, assez difficiles à cause du grand nombre d'instruments employés dans chaque ressort, et des variations presqu'inévitables que ceux-ci subissent par l'usage.

On ajouterait que la mission de ces fontionnaires étant *toute de confiance*, on doit avoir pour eux les égards qui leur sont dûs.

Il y a lieu de déplorer l'usage des mesures de capacité pour les matières sèches. Elles prêtent trop à la fraude : l'acheteur est toujours à la merci de celui qui opère. Les vides nombreux qui se forment par le remplissage sont cause que le consommateur ne reçoit jamais les quantités qu'il croit acheter. On devrait vendre toutes ces matières au poids.

Il est également regrettable que la loi ait supprimé le poinçonnage des verres à l'usage des consommateurs.

Presque tous ces récipients qui devraient contenir 50 *centilitres* ou *un demi litre* ne contiennent plus aujourd'hui que 30 *à* 35 *centilitres*. Il en est de même des bouteilles et cruchons qui n'ont plus la contenance naguère obligée du litre.

Section V. — Tribunal de commerce.

Par arrêté royal du 29 janvier 1868, MM. Edmond Lambrechts, Henri Lavaut, Antoine De Bien, C. J. Bal, Ferdinand Van der Taelen, Ferdinand Coosemans et Van Gastel-Gantois ont été nommés, les quatre premiers juges, et les trois derniers, juges suppléants au Tribunal de commerce, d'Anvers.

La liste des négociants notables appelés à élire les membres du dit Tribunal, liste que nous avons arrêtée le 21 Décembre 1866 et qui a été approuvée par M. le Ministre des affaires étrangères le 24 Janvier suivant, comprend 586 personnes, dont 479 appartiennent à la ville et 107 à des communes de l'arrondissement d'Anvers.

Section VI. — Faillites.

Statistique du Tribunal de commerce d'Anvers, du 15 *Août* 1866 *au* 15 *Août* 1867.

Pendant cette année judiciaire, le nombre total des causes à juger s'est élevé à 2022. Sur ce nombre 869 ont été terminées par jugement, 649 par radiation du rôle et 504 restaient à juger à la fin de l'année. Pendant cette même période 1489 lettres de change acceptées et billets à ordre ont été protestés et leur montant s'élève à fr. 1,812,749-99. — 29 nouvelles faillites ont été déclarées pendant la même année, lesquelles jointes aux 42 antérieures à l'année formaient le nombre de 71. Sur ce nombre 7 ont été terminées par concordat, 7 par liquidation, 1 revoquée, 16 cloturées, faute d'actif, et 40 restaient à juger à la fin de l'année.

Le passif des nouvelles faillites se divise comme suit :

7	au	dessous	de fr.	10,000
11	de	10,000	à "	50,000
3	"	50,000	" "	100,000
8	"	100,000	" "	500,000

Anvers, le 3 Juin 1868.

Par ordonnance :
Le Greffier provincial,
E. DE CUYPER.

La Députation,
Chev. ED. PYCKE, présid[t].

TABLE

DE L'EXPOSÉ DE LA SITUATION ADMINISTRATIVE

DE LA

PROVINCE D'ANVERS.

ANNÉE 1867-1868.

Titre I.

Population.

Titre II.

Organisation des Chambres législatives.

Titre III.

Administration provinciale.

Section I. — Conseil provincial.

TABLE

TABLE

PAGE

Section VII. — Finances communales.

Titre V.

Institutions de bienfaisance.

Section I. Bureaux de bienfaisance.

Section Ibis. — Ateliers de charité.

Section II. Hospices et hôpitaux.

PAGE

Titre IX.

Hygiène publique.

Section I. — Art de guérir.

Titre X.

Justice et prisons.

Section I. — Police.

Section II — Justice répressive.

Section III. — Prisons.

PAGE

Titre XI.

Milice.

Titre XII.

Titre XIII.

Contributions publiques.

Section I. — Contributions directes.

Section II. — Contributions indirectes.

Titre XIV.

Voies de communication. — Régime des eaux.

Section I. — Voirie urbaine.

PAGE

Section II. — Voirie vicinale.

Section III. — Routes.

Section IV. — Rivières, canaux, ports et côtes.

Titre XV.

Agriculture.

Section VI. — Elève des chevaux et du bétail.

Titre XVI.

Industrie.

Titre XVII.

Commerce.

FIN.